Perturbado

Perturbado

Paul Harper

Traducción de
Julia Osuna Aguilar

Rocaeditorial

Título original: *Pacific Heights*

Primera edición: agosto de 2011
Segunda edición: septiembre de 2011

Av. Marquès de l'Argentera, 17, pral.
08003 Barcelona
info@rocaeditorial.com
www.rocaeditorial.com

Impreso por Egedsa
Roís de Corella, 12-16, nave 1
Sabadell (Barcelona)

ISBN: 978-84-9918-336-7
Depósito legal: B-33.184-2011

Para J., cuya paciencia conmigo apenas puede describirse, ni mi gratitud expresarse con meras consonantes y vocales.

«Para los seres humanos el secreto es igual de indispensable que el fuego, e igual de temible.»

Sissela Bok, *Secrets*

Capítulo 1

San Francisco

Cenaban tarde en el Crete.

El chino de rasgos andróginos llevaba un esmoquin sin corbata, un bigotito y el pelo azabache cortado a lo *garçon*. El otro hombre era bien parecido, con un cabello frondoso y muy repeinado color miel, ojos gris azulado y una mandíbula prominente. Iba vestido con una americana marrón chocolate, pantalones italianos de seda en tono café y una sobrada actitud de seguridad en sí mismo.

Sentados a una mesa de un rincón no muy lejos de la barra de mármol blanco, compartían una lubina con miso caramelizado y mojitos de coco. El local estaba atestado de habituales del barrio de The Castro, quienes flotaban bajo la luz fucsia que rebotaba en los espejos tintados de rosa y en las cristaleras. La clientela era cosmopolita, muy a la última, *très chic*.

El chino, el que más hablaba, parloteaba animadamente. El caucásico estaba recostado contra el respaldo como si la cosa no fuese con él, aunque miraba fijamente a su acompañante, divertido quizá por la energía que desprendía su forma de actuar.

Se fueron del Crete a la hora del cierre.

El hotel que tenían en The Castro era un sórdido decorado cinematográfico situado en un callejón apartado. La ventana daba a Le Mesonge, una discoteca que palpitaba con una base melódica que se sentía por toda la calle.

Cerraron y dejaron la llave puesta. Al tiempo que el caucásico iba hasta la ventana y se quedaba contemplando el exterior, el chino retiró la colcha y la sábana de arriba y lo tiró todo a un rincón. Al volverse se encontró al caucásico justo delante de él; le sacaba una cabeza. El chino permaneció inmóvil mientras el otro hombre le desvestía.

Siguió una coreografía cuyos detalles no estaban ensayados. Las líneas generales las había dictado previamente el caucásico; el asiático, por su parte, sorprendido e intrigado por lo oído, se había mostrado dispuesto a seguirle el juego. El escenario propuesto era otra muestra más de la extraordinaria capacidad del caucásico de escrutar en la naturaleza oculta del otro. ¿Hasta dónde iba a llegar intuyendo aquellas fantasías que al chino le resultaban tan seductoras?

Más allá de la cuenta.

Tiró el esmoquin a un lado y ambos se quedaron a los pies de la cama. El caucásico arrancó con cuidado una punta del bigote del chino desnudo, solo una punta. Allí estaba ella, desamparada por voluntad propia, con un pellizco en el estómago.

El sexo fue extravagante hasta el punto de rayar en lo bizarro. Intenso y asombroso, tal y como ella se lo había imaginado.

El hombre se quedó dormido justo después, como si ella le hubiese echado algo en la última copa. Y fue entonces, estando allí tumbada sobre la sábana sin colcha, desnuda y rígida cual cadáver, cuando le embargó el miedo.

Repetía en su cabeza la zarabanda que habían bailado, paso por paso. Había sido todo idéntico a lo que había imaginado y precisamente eso era lo que le infundía aquel miedo mortal.

Lo que ese hombre le acababa de hacer sobrepasaba con mucho la intuición. Era desconcertante, y le hacía sentirse como si su cerebro físico hubiese dejado de ser el único alambique de su imaginación. Sus fantasías sexuales eran precisamente eso: sus fantasías sexuales, las de ella, y aun así, el hombre había recreado uno de esos guiones con una fidelidad tal que solo podía calificarse de siniestra.

En su cabeza no constituía una trama tan aterradora; únicamente entonces, al presentársele desde la imaginación de otra persona, le había resultado horripilante. El escalofrío que experimentaba nada tenía que ver con las noches de The Castro, sino con la mente que dormía a su lado.

Nada más empezar el idilio ya era consciente de que se trataba de todo un tópico, pero aun así lo agradeció. La aventura sexual, en los márgenes desdibujados de la decencia, la incipiente conexión especial, la penetrante fragancia del peligro, todo ello se había convertido en una demanda muy necesaria en la dilatada historia de su destartalada vida emocional. Sin embargo, en los últimos tiempos la extraña complicidad entre ambos resultaba cada vez más inquietante, por no decir anormal. Estaba consiguiendo que se asustase de verdad.

Esa noche había sido demasiado. No podría repetirlo. No le importaba lo guapo que fuese; ni tampoco lo alocado y estupendo que fuese el sexo. Tumbada allí con pedazos de sus pensamientos en la cabeza de otra persona, decidió que había tenido suficiente. Pondría punto final al idilio.

Pero ¿cómo pensaba hacerlo exactamente? La próxima vez que él la llamase no se lo cogería. ¿De verdad iba a ser tan sencillo? ¿Podía terminar solo porque ella lo deseara? Estas cosas funcionan así, se dijo. Ambos utilizaban nombres falsos; había sido lo primero que habían acordado: Robert y Mei.

¿Tan segura estaba de que él no sabía nada de ella? Se había atenido a las normas, pero ¿y él? Siempre quedaban a una hora y en un sitio preestablecidos, así lo había querido él. Nunca había visto su coche, no tenía idea de dónde vivía (una vez mencionó el condado de Marin), sabía solo por encima a qué se dedicaba (había dicho algo sobre una inmobiliaria). Esas formalidades habían surgido durante los primeros tanteos de la relación para acabar erigiéndose en las normas del romance. Así había sido.

Pero no podía irse por última vez sin saber quién era ese hombre. Él conocía hasta el último rincón de su cabeza, así que, ¿por qué no iba ella a averiguar al menos su verdadera identidad?

Se incorporó. Sus ropas formaban una montaña a los pies de la cama, los rescoldos físicos del seísmo psíquico de apenas unas horas antes. Se levantó, rodeó la cama, se agachó junto a las prendas y empezó a separarlas bajo la pálida luz de la ventana.

Cogió la americana y encontró la cartera del hombre en el bolsillo exterior. Cuando sus dedos la rozaron se detuvo y permaneció a la escucha; la respiración de él no había cambiado. Sacó la cartera, la abrió y vio el permiso de conducir en una funda de plástico. Poca luz. Lo inclinó hacia la ventana: Philip R. Krey, 2387, Leech, Mill Valley. Estudió la foto, repitió varias veces para sí el nombre y la dirección, y siguió rebuscando. Sacó el dinero, examinó los billetes y los devolvió a su sitio. Comprobó las tarjetas de crédito: todas a nombre de P. R. Krey. En un papelito había unos números de teléfono. No sería capaz de memorizarlos jamás.

Cerró la cartera y la volvió a meter en el bolsillo de la chaqueta.

—¿Ya te vas?

La recorrió un escalofrío y se levantó rápidamente para disimular su sobresalto, con la ropa en la mano.

—Sí, tengo que irme —dijo dejando la ropa sobre la cama. Agradecida por la escasa luz, desenmarañó como pudo las bragas, que habían quedado hechas un ocho.

—¿Quieres que te llame esta semana?

—Te llamo yo —le contestó en la oscuridad—. Mi marido tiene un par de cenas de trabajo esta semana. Tendré que hacer acto de presencia, aunque todavía desconozco los detalles. Ni siquiera sé qué días son.

Se puso la ropa interior. ¿Del derecho?, ¿del revés? Poco le importaba. Sin sujetador, cogió la camisa blanca y se la puso a toda prisa.

Él no decía nada. ¿Se habría quedado dormido?

—¿Qué pasa? —preguntó.

—¿Que pasa de qué?

—Te noto… tensa.

—¿Hecha polvo, más bien?

—Puede ser. —Miró hacia la ventana—. No se oye nada, no hay música.

—¿Qué quieres? Son las cuatro menos veinte —dijo abrochándose el último botón de la camisa. Cogió el pantalón del esmoquin, se lo subió y se lo abotonó.

—¿Tienes prisa? —inquirió él.

—No, es que tengo que irme —le respondió al tiempo que se agachaba y palpaba el suelo en busca de los zapatos.

—¿Te ha gustado cómo ha ido?

¿A qué venía ahora esa curiosidad?

—Claro. ¿Cómo no iba a gustarme?

—¿Sorprendida?

—Sí, claro.

—¿Qué te ha sorprendido?

—Todo. Yo diría que no te has dejado nada, Robert. Como te he dicho, estoy agotada.

Dio con los zapatos y se los puso. No quería hablar con él de aquello, solo quería alejarse de ese hombre, ni más ni menos. Después de peinarse con los dedos el pelo corto, le tocó buscar el bolso de cóctel de seda negra.

—¿Qué buscas?

—Mi bolso.

Una vez más fue hasta los pies de la cama, torció el gesto y pasó las manos por la alfombra mugrienta, bajo las ropas de él. Ahí estaba.

—Ya está —anunció. Debía pasar junto a él para alcanzar la puerta y le aterraba la idea de que extendiese la mano para tocarla, para hacerla reaccionar de algún modo.

El hombre se había incorporado con un codo apoyado en la cama y la observaba.

—Bueno... —dijo.

—Te llamo —se despidió la mujer mientras salía a aquel pasillo con olor a rancio y cerraba la puerta tras de sí.

Se levantó y fue hasta la ventana. Un minuto después ella salía por la puerta del hotel y recorría la calle a paso rápido hasta desaparecer.

De vuelta a la cama se agachó para recoger la americana y sacar la cartera. Dejó la chaqueta sobre la cama y volvió a la ventana.

Abrió la cartera: todo parecía en orden. ¿Estaba torcido el permiso de conducir? No. Un momento; sacó lentamente el dinero de su sitio: los billetes estaban bocabajo.

Bueno, total, tarde o temprano tenía que pasar. Como mucho buscaría la dirección por Internet. Esperaría a ver qué pasaba.

Se había producido un cambio, no obstante. Había contado

con que ella se alterase ante lo sucedido, pero no creyó que su ansiedad, al ir a más, tomase esos derroteros. Aunque pensó que tal vez aumentaría la crispación del sexo, si no se equivocaba con lo de la cartera, había suscitado suspicacia en vez de crispación. ¿Por qué de repente quería conocer ahora su identidad?

Por lo que a él respectaba, aquella mujer existía solamente dentro de los parámetros de una órbita minúscula que había creado para ella. No podía dejar que traspasase esas lindes secretas. No se podía permitir tal inestabilidad; y menos ahora: había mucho en juego.

Noche del lunes

Capítulo 2

Al otro lado de la calle, Marten Fane vigilaba la entrada del Stafford desde su coche. Se trataba de un hotelito con encanto en la confluencia entre Russian Hill y Pacific Heights. Construido en la década de 1930, el edificio *art decó* había sido adquirido por una pareja de inversores con vista que lo habían restaurado sin reparar en gastos para resucitar su ambiente retro. Desde entonces se había vuelto popular entre el público local.

La entrada estaba bastante lejos de la calle, tras un jardín con setos de boj y viejos limeros. Un gran toldo verde musgo conducía hasta las puertas correderas de cristal.

Vera List llevaba ya un cuarto de hora en la habitación y Fane no había visto rastro alguno de vigilancia. Solía utilizar el Stafford para sus citas porque su ubicación permitía descubrir a posibles observadores. Por eso, y porque le gustaban las habitaciones.

Al salir del coche miró a través de la llovizna hacia la cuarta planta, justo a la mitad del edificio: la luz del cuarto estaba encendida. Cruzó la calle.

Ya en el vestíbulo se quitó la gabardina y echó un vistazo en la recepción. Había alguna gente, pero nada que llamase su atención. A la izquierda, las luces atenuadas del bar Metro le resultaron tan atrayentes como siempre. Se dirigió hacia los ascensores.

Se bajó en la cuarta planta y fue hasta la habitación 412. Llamó y esperó a que ella le observase por la mirilla. La mujer descorrió el pestillo, abrió la puerta y se echó a un lado invitándole a pasar.

—Soy Marten Fane.

—Hola, yo soy Vera.

Con cuarenta y cuatro años, ella tenía la tez clara y una espesa media melena castaña que enmarcaba una cara ovalada. Su mirada era la de una persona inteligente y muy curiosa.

—Gracias por acceder a verme —le dijo a Fane cuando este hubo entrado en el cuarto. Pronunció las palabras con precisión pero con naturalidad. Pese a su evidente nerviosismo, se mostraba resuelta, una actitud que hizo que a Fane le cayera bien. Estaba decidida a ventilar aquel asunto, se tratara de lo que se tratase.

—Cómo no. Shen es un viejo amigo —respondió mientras colgaba la gabardina en la percha de detrás de la puerta—. Siempre me alegra que me llame.

La siguió a una sala de estar ante un par de ventanas que daban a la calle de la entrada del hotel. Esperó a que Vera tomase asiento para sentarse luego frente a ella, al otro lado de una mesa baja con un cristal ovalado que se apoyaba en tres tallas de desnudos de estilo moderno.

Vera no se recostó en el sillón, mantuvo la espalda recta y las piernas a un lado, cruzadas con decoro a la altura de los tobillos. Llevaba un vestido de punto de color gris perla, de manga al codo, que acentuaban sus largos y delicados dedos.

—El señor Moretti me contó que trabajaron juntos en la policía.

—Exacto, en Inteligencia —especificó Fane—. Yo era detective de Homicidios hasta que conocí a Shen y me convenció de que me trasladase a Inteligencia. Cuando se jubiló llevábamos doce años trabajando juntos.

—Me habló maravillas de usted. —Si bien se la notaba incómoda, se le daba bien controlar el lenguaje corporal—. Le conocí por mi hermana: eran vecinos. Una vez que decidí que tenía que… hacer algo, no se me ocurrió nadie más a quien acudir. Pero cuando le expliqué que tenía un problema que comprometía a dos de mis pacientes, que se trataba de un tema confidencial y que no quería involucrar a la policía ni a investigadores privados, me dijo que no siguiese, que no quería oír más. Y me dio su nombre.

—Bien —dijo Fane cruzando las piernas.

Se produjo un silencio incómodo.

—Me contó que usted... era conocido, entre los que lo necesitaban, como el hombre al que acudir cuando tienes un problema y no te quedan más opciones. También me dijo —añadió— que podía fiarme de usted; ciegamente.

Su último apunte era un sorprendente ejercicio de pensamiento mágico. Necesitaba que fuese cierto, de ahí que al decirlo le hubiese mirado a los ojos, como el que se santigua.

Fane esperó.

—Entenderá —prosiguió Vera— que solo hablando de esto con usted ya estoy a un tris de violar el acuerdo de confidencialidad con mis pacientes, que han de saber que pueden decirme lo que quieran sin que salga de esas cuatro paredes. La confianza absoluta es fundamental en el psicoanálisis.

—Lo entiendo.

—Y por mi parte necesito tener esa misma clase de confianza en usted. Me fío de la recomendación del señor Moretti, pero a él no le he contado lo que le voy a relatar a usted. No será con él con quien me lance del precipicio.

Hacía un uso interesante de las metáforas. No era ninguna exageración calificar a Vera List de «desesperada».

—Mire, ni siquiera sé a qué se dedica. El señor Moretti me dijo que debería hablar con usted pero no me explicó por qué. O sea, deduje que usted podría ayudarme, aunque la verdad es que fue bastante críptico al respecto. —Calló un instante para luego añadir—: Entiéndame, yo no quiero nada ilegal. Eso lo tiene claro, ¿no? —Ladeó la cabeza y enarcó las cejas, a la espera de una respuesta.

Al ver asentir a Fane se relajó un poco.

—Bueno, el caso es que el señor Moretti tampoco me contó mucho, como le he dicho —insistió ella—. Necesito saber algo más antes de poder hacer esto.

—Me parece justo —concedió Fane. La terapeuta tenía toda la razón. Las personas que habían acudido a él en los últimos años estaban familiarizadas con su mundo, habían vivido en sus márgenes, en esa región inestable donde todo está envuelto por una sombra de incertidumbre.

Vera List, por el contrario, y a pesar de su profesión, era del mundo corriente, donde la ambigüedad no suele ser bien recibida y solamente es un tema de debate teórico. Al menos, así lo había sido hasta la fecha.

—Hace cuatro años —empezó Fane— me vi envuelto en un escándalo en el Departamento de Inteligencia de la policía, donde llevaba unos doce años; por aquella época pertenecía a la Unidad de Operaciones Especiales. Allí es donde se guardan todos los secretos. Aquello es pura intriga: los años pasan, pero los secretos permanecen, tienen fecha de caducidad.

»Al final me vi obligado a abandonar el cuerpo. Meses después recibí la llamada de un reconocido abogado litigante que me pidió que fuese a ver a uno de sus clientes. Aquel hombre tenía un problema: debía decidirse entre dos opciones que provocarían consecuencias igual de nefastas. Le ayudé a encontrar una tercera vía.

»Fue un favor al que no di mayor importancia. Luego, al cabo de cuatro meses, recibí otra llamada. El primer hombre al que ayudé me había recomendado a otra persona; fue el comienzo de un oficio accidental. No hay ninguna descripción de un trabajo que encaje con lo que hago. No tengo currículum vitae ni doy referencias.

Vera List le estaba mirando fijamente, exprimiendo el sentido de cada sílaba. Hasta los espacios entre las palabras le hablaban.

—Hallar una solución a su problema no es una cuestión de «si», sino de «cómo» —continuó Fane—. Y respecto a lo de confiar en mí le diré que en el negocio de la inteligencia el patrón oro es la garantía de alguien en quien ya confía. Y en ocasiones eso es todo lo que uno tiene cuando ha de tomar la decisión de saltar.

»Si quiere hablar con Moretti antes de ir más lejos, por mí bien. Y si no vuelvo a verla, tampoco me supondrá ningún problema.

Vera List alzó la barbilla, asintió y respiró lenta y profundamente. Fane supuso que tendría el corazón al borde de la fibrilación.

—Lo siento mucho, pero no estoy tan tranquila como me gustaría.

Fane lo comprendía. Normalmente era ella la que esperaba escuchar de boca de otro la historia perturbadora. Le resultaba desconcertante que los papeles se invirtieran.

—Esta situación —empezó a contar— es… inquietante. Ambas son mujeres, con personalidades muy dispares. Proceden de ambientes muy distintos, tienen intereses y preocupaciones diferentes. No se conocen entre sí y nunca se han visto. Mis pacientes entran y salen por dos puertas diferentes y así nunca se cruzan.

»Ya hace dos años que Elise es paciente mía. Lore, en cambio, lleva solo seis meses viniendo a mi consulta. Ambas están casadas. —Hizo una pausa—. Y tienen un amante.

»La aventura de Elise dura ya unos cinco meses. Ignoro el nombre del hombre, pero, desde que empezaron, el lío se ha convertido en el eje de nuestras conversaciones durante meses.

»Ha sido una relación intensa desde el principio. El hombre la ha seducido en todos los sentidos de la palabra. Me cuenta que prácticamente puede leerle la mente, que conoce sus pensamientos más íntimos, intuye sus necesidades, sus deseos, sus miedos. Esto resulta de lo más cautivador, claro; la tiene hechizada.

Vera tenía las manos apoyadas en el regazo, con las yemas entrelazadas sin tensión. No había alianza, se sorprendió Fane. La postura era un tanto remilgada, pero parecía natural y despreocupada.

—En ocasiones —prosiguió— he notado que a Elise le resulta algo… inquietante. Pero no lo suficiente para romper con él. Es típico de ella: es guapa y está necesitada; es compasiva, con tendencia a la autodestrucción, aunque al mismo tiempo es una superviviente.

»La otra mujer, Lore, empezó su aventura poco después de acudir a mi consulta. Tampoco sé el nombre del amante. La primera vez que mencionó el lío pareció algo secundario. Al contrario que Elise, no era algo de lo que Lore quisiese hablar.

»Sin embargo, al cabo de unos meses empezó a dibujarse un extraño patrón. Lore comenzó a hablar de su amante, y cuando lo hacía me recordaba muchísimo a Elise. Él tenía una intuición increíble. Prácticamente podía leerle la mente. La conocía como la palma de su mano, sabía lo que quería, lo que temía, conocía incluso sus fantasías.

Vera se detuvo y tragó saliva una vez y luego otra. Fane se levantó para ir al baño, donde llenó un vaso de agua que le tendió a Vera.

—Gracias —le dijo esta, y acto seguido le dio un sorbo. Se aclaró la garganta mientras él volvía a su silla—. Al principio me fascinaban las similitudes entre ambos romances, pero esperaba que el caso de Lore acabase tomando sus propios derroteros. Sin embargo no fue así. De hecho las similitudes se acentuaron; había detalles de su conducta sexual que eran idénticos a los que describía Elise. Estaba alucinada. —Otro trago—. No podía por más que pensar que Elise y Lore estaban viéndose con el mismo hombre. Porque, a ver, que dos mujeres que no se conocen mantengan una aventura con un mismo hombre puede ser, pero lo que ya es mucha casualidad es creer que tengan la misma psicoanalista. Me asusté bastante.

—¿Está usted completamente segura de que no se conocen? —inquirió Fane.

—¿Completamente? Pues no.

—¿Sospecha que sea posible?

—No, la verdad es que no. Me he devanado los sesos intentando averiguar cómo ha podido pasar. ¿Se estará colando este hombre en los historiales de mis casos? Si quiere que le diga la verdad, no se me ocurre otra explicación.

»Decidí hacer algo que, visto ahora, parece una tontería. Sembré mis notas de las dos siguientes sesiones de Elise y Lore de información falsa, con cosas que estaba segura de que él les mencionaría si de verdad leía los archivos. Por supuesto, aunque él así lo hiciera, no tenía garantías de que ellas me lo fuesen a contar a mí. —Pausa enfática—. Al cabo de unas semanas cada mujer me habló de una extraña conversación que había tenido con su amante; este había querido hablar sobre algo que a ambas les había parecido totalmente fuera de contexto. Les resultó extraño.

—La información que usted había introducido.

—Sí.

—¿Puede que se equivoque?

—No. Ese hombre está entrando en los historiales de mis casos y utilizando mis notas para colarse en sus mentes.

Capítulo 3

Fane la observó con el vaso en el regazo y se dio cuenta de que el lenguaje corporal que antes había interpretado como un apego por la precisión era en realidad otra cosa: era pánico reprimido.

—Dice usted que ninguna de las dos mujeres ha mencionado nunca el nombre de ese hombre. ¿Se lo ha preguntado?

—No, al principio carecía de importancia. Ambas evitaban deliberadamente ponerle nombre y yo quise respetarlas. Con el tiempo se convirtió en la norma para nuestras conversaciones sobre sus aventuras.

—¿Tiene alguna idea de cómo podría estar él utilizando tal información? —preguntó Fane—, ¿o cómo planea usarla?

—Bueno, es evidente que la utiliza para manipularlas. Está el sexo, desde luego, y tal vez la cosa no vaya más allá. Pero no sé... algo me dice que no se limita al sexo.

—¿Ha cambiado la configuración de su seguridad?

—No me he atrevido. Me parecía que ya me había arriesgado bastante al colarle información falsa. Cuando Elise y Lore se mostraron confusas ante aquellas referencias, él debió de sentirse desubicado, pero poco más. En cambio, si aparte de eso ahora se encuentra de repente con que se ha modificado la configuración... Tengo miedo de que se dé cuenta de que le he pillado.

—Bien, una decisión muy acertada. ¿Desde cuándo está segura de esto?

—Hace solo unos días, tres en concreto.

Marten Fane miró por las ventanas. La lluvia, iluminada en contrapicado por las farolas, caía en centellas agónicas.

Cuando volvió la mirada Vera le estaba observando fijamente.

—No quiere recurrir a la policía ante la posibilidad de que todo salga a la luz.

—Exacto. Mis historiales contienen datos que pueden destruir las vidas de estas personas. Para mí resulta impensable desencadenar a sabiendas una situación en la que tales archivos pasen a ser de dominio público en un juicio. —Se revolvió en su asiento—. Escuche, señor Fane, no estoy muy segura de qué es lo que le estoy pidiendo exactamente, pero se me antoja que tiene que haber una manera de detener a ese hombre sin que mis pacientes lleguen a saber que sus archivos se han visto comprometidos, una forma de resolverlo sin que nadie se entere jamás de lo ocurrido. —La energía que emanaba Vera era casi cinética—. Yo también vivo con secretos —prosiguió—, igual que usted; los escucho a diario. Una decena de vidas evoluciona todos los días, año tras año, en cierto modo gracias a que sé guardarlos. Si revelo lo que se me cuenta en confidencia, estas vidas podrían evolucionar de otra manera, tal vez trágica. —Clavó sus ojos oscuros en él—. Lo que está haciendo ese hombre es otro secreto más que trato de guardar, aunque en este caso voy a necesitar cierta ayuda.

Vera List no estaba pidiendo consejo sobre si hacía o no lo correcto. A Fane le daba la impresión de que, pese a su miedo palpable, ella ya había decidido que no tenía alternativa.

—Sé que comprende que lo que quiere usted hacer es algo serio —dijo Fane—, pero hay ciertas cosas que debe considerar antes de proseguir.

Vera aguardó la continuación.

—Lo primero es que este tipo de cosas nunca salen como uno espera. Por muy inteligentemente que se aborden, o por muy bien que se planeen, siempre se producen sorpresas desagradables. Y si estas prosperan de un modo inapropiado, pueden acabar con usted.

»También ha de saber que tomar cierto camino la expone a desafiar la ley de diversas formas. —Vera alzó un poco la barbilla—. Yo no soy abogado, pero me da la impresión de que si sigue permitiendo que ese hombre acceda a los historiales de sus casos, está usted autorizando a sabiendas una violación de los archivos de sus clientes. Si él comete un delito como resultado de esa infiltración ilegal, corre usted el peligro de que la acusen de actuar como cómplice e instigadora.

»Si cree que ese hombre planea utilizar la información de sus archivos con fines delictivos y no informa de ello a las autoridades legales, es susceptible de ser acusada de encubrir una acción delictiva.

—Pero si solamente es una sospecha…

—Y si cree que esas señoras están en peligro y no las advierte, o no informa de lo que ocurre a las autoridades competentes, es susceptible de ser acusada de negligencia criminal o, peor aún, de connivencia.

Vera no dijo nada. Aquello no era ni por asomo lo que había esperado oír de él. Cerró los ojos.

Fane advirtió el ligero cambio en la subida y bajada de su pecho, y la sutil alteración en su entrecejo. ¿Cuántas otras mujeres, en la larga historia del viejo hotel, se habrían sentado junto a esas mismas ventanas en otras tantas noches lluviosas lidiando con las circunstancias desconcertantes de sus historias particulares?

Vera abrió los ojos:

—Ha utilizado varias veces la palabra «susceptible». Ninguna de esas consecuencias son inevitables de antemano, ¿me equivoco?

—No.

La psicoanalista le miró con un interés repentino, sereno:

—Algo me dice que es usted una persona muy reservada. —Fane no respondió—. Entenderá entonces —continuó ella como si el silencio de él confirmara su suposición— lo que supone ver su mente expuesta a la luz pública, su yo más secreto convertido de buenas a primeras en objeto de escarnio.

Vera se levantó y fue hasta las ventanas. Con un hombro apoyado contra el marco, se cruzó de brazos y se quedó contemplando la húmeda noche. El vestido de punto gris le dibujaba una elegante línea desde la cadera arqueada hasta la pantorrilla.

—Si voy a la policía —prosiguió volviéndose hacia él—, detendrán a ese hombre y se celebrará un juicio público. Reclamarán mis historiales como pruebas. Mis pacientes son demasiado ricas y guapas, están excesivamente encumbradas en sus pedestales para bajarse. Se producirán filtraciones y se revelará su identidad. Comenzará un goteo de pedazos de sus vidas, de los peores fragmentos, y este se convertirá en avalancha, en otro circo mediático como los muchos que ya conocemos. Se sacrificarán otras dos vidas más para entretenimiento del público.

—Parece muy segura de eso —comentó Fane.

—Es la cultura imperante en nuestros días, ver a gente que se autodestruye, vidas que se van por el sumidero; es nuestro pasatiempo nacional. Somos unos yonquis de los trapos sucios.

Este comentario sin recato hizo que Fane intuyese que la terapeuta había pasado por experiencias duras. Lo cierto era que no podía contradecirla; el anonimato y la intimidad son el último refugio de la cordura en un mundo cada vez más hipervinculado, más a corazón abierto, más desnudo digitalmente y ávido de cotilleo. Son tan poco frecuentes como la modestia y, una vez perdidos, resultan tan irrecuperables como la inocencia.

—Y puede que Elise y Lore no sean las únicas víctimas. He descubierto que ese hombre está leyendo estos archivos solamente por la forma en que utiliza la información, porque esta vuelve a mí como un bumerán. Pero ¿y si se está metiendo también en los historiales de otros clientes míos? ¿Cómo puedo saber si utiliza esa otra información de manera distinta?

—¿Cree que podría estar haciéndolo?

—A esa clase de hombre le costaría resistir la tentación de echar mano del resto del material.

Vera List lo veía todo bastante negro.

—Me ha contado que cree que la razón para entrar en los archivos de sus pacientes es manipularlas, muy probablemente con fines sexuales. Pero tiene la sensación de que la cosa no acaba ahí. ¿A qué se refiere?

—Es por la forma en que Elise y Lore me hablan de él. Da la impresión de ser una persona más compleja que un simple mirón o un pervertido sexual. Verá, es solo que tengo la sensación de que lo que les está pasando a esas mujeres no es… no es tan sencillo. Hay algo más.

—¿En qué sentido es más complejo?

La pregunta la incomodó.

—Yo... Lo siento, pero si hablo de eso estaría entrando en sus relaciones. Estaríamos pasando... a otro nivel.

—Tengo que saber de quién estamos hablando —insistió Fane.

Vera asintió, sabedora de que tendría que acabar cediendo.

—Elise es Elise Currin.

—¿La mujer de Jeffrey Safra Currin?

—Sí.

Fane comprendió al instante la ansiedad de Vera; no tardaron en venirle a la cabeza una docena de razones que la justificaban.

—¿Y la otra mujer?

—Lore Cha. Su marido es Richard Cha, tiene una empresa en Silicon Valley de algo de innovación y *software*; un montón de patentes y de dinero. Ambición.

—¿Ninguna de ellas sabe lo que ha descubierto?

—Desde luego que no, y así quiero que siga. Aparte de mí, usted es el único que lo sabe.

Currin era un destacado miembro del elitista club al que pertenecen apenas unos miles de individuos en el mundo, aquellos que han amasado tal influencia gracias a la riqueza, al talento o a la falta de escrúpulos que sus vidas afectan, con sus decisiones y sus acciones, a millones, a miles de millones incluso, de personas. Era directivo de media docena de multinacionales y dueño de otra media. Sus amigos pertenecían a esa clase de gente que sacaba buen partido de su posición privilegiada; compraban contactos en Washington y sus aviones privados estaban familiarizados con las pistas de aterrizaje de Londres, Dubái, Hong Kong, París y Bombay.

El chantaje era lo primero que le venía a la cabeza. Sin embargo, al igual que Vera, la intuición de Fane le decía que se trataba de una posibilidad demasiado obvia.

—Tiene tres cosas a su favor —le dijo Fane— y sin ellas no estoy seguro de que podamos abordar el problema como a usted le gustaría. En primer lugar, fue muy inteligente por su parte no alertar a ese tipo de que le había pillado. Lleva saliéndose con la suya un tiempo y debe de sentirse bastante a sus anchas. Eso está bien. En segundo lugar, no le ha dicho ni a Elise ni a Lore lo que está ocurriendo. Eso nos da cierto margen de maniobra, más opciones. Y tercero, sabe usted guardar un secreto.

»Estoy interesado en ayudarla —continuó—, pero tiene que entender que lo que quiere hacer pondrá en marcha un engranaje que opera al margen del sistema. Y siempre que uno se sale del sistema paga un precio; es fácil subestimar el coste.

—No me asusta tener que tomar decisiones difíciles o vivir con las consecuencias.

—Va más allá. Se está metiendo en esto sin saber qué moneda tendrá que usar para pagar el precio. ¿Una conciencia limpia? ¿Respeto por uno mismo? ¿Pérdida de la fe... en sí misma, en los demás?

—Eso es bastante deprimente —contestó a la defensiva—. ¿Hay algo que dicte que eso es siempre así?

—No quiero que se ilusione.

Vera lo estudió por un instante y volvió a su sillón para sentarse.

—A mí Jeffrey Currin o Richard Cha me importan poco. Pero tengo una obligación para con sus mujeres. Si permitiese que saliera a la luz lo que me cuentan confidencialmente, estaría faltando a mi responsabilidad. Sería demoledor para ellas.

»Además, estoy segura de que para usted es obvio, pero quiero decirlo abiertamente para ser justa: también a mí me arruinaría. Y no voy a permitir que eso ocurra; encontraré el modo. Y pagaré el precio.

Capítulo 4

Fane contempló desde su coche a Vera List mientras esta abandonaba el Stafford y se subía el cuello de la gabardina contra la llovizna mientras llegaba hasta su BMW, aparcado al final de la manzana. Nadie la siguió una vez que arrancó.

Entonces, Marten realizó tres llamadas desde su BlackBerry encriptada a otros tres números codificados.

La primera fue a Roma Solís, una colombiana de piernas largas a la que Fane había conocido en Bogotá hacía una década, poco después de entrar en la UOE. Había ido a Colombia tras la pista de una investigación y su contacto en la región era el inspector de Homicidios Felipe Solís. Roma, la hija, licenciada por la Universidad de Chicago y dispuesta a seguir los pasos de su padre, era una joven investigadora de la policía nacional.

Fane se hizo amigo de la familia Solís y casi todos los años viajaba a Bogotá para verlos. En el año 2009 una investigación secreta de Felipe sobre una conspiración para asesinar a un implacable fiscal federal acabó con dos coches bomba y un accidente aéreo. La primera bomba mató a Felipe y a su mujer, y la segunda, a la hermana de Roma y su familia.

A la joven le habían asignado una misión en Santa Marta a última hora y había perdido su vuelo nocturno a Cartagena, en un avión que se estrelló en la selva. Unos días más tarde regresó a Bogotá bajo una fuerte protección. Enterró a su familia, vendió sus propiedades y al cabo de diez días estaba viviendo en Ciudad de México.

Cuando Fane se vio obligado a abandonar la UOE tardó un año en decidirse a iniciar un negocio propio. La primera llamada que hizo fue a Roma. Sus años en el Departamento Administrativo de Seguridad de Colombia —el temerario y vilipendiado equivalente local del FBI— habían sido como titularse en conspiración y engaño. Tres semanas después aterrizaba en el aeropuerto internacional de San Francisco.

De eso hacía ya casi dos años.

La segunda llamada que hizo Fane fue a Jon Bücher, un especialista en contravigilancia que regentaba un almacén reconvertido y lleno de trastos de una planta baja de Potrero Hill. Fane lo conoció en el año que siguió al 11-S, cuando algunos agentes de la UOE fueron reclutados para ayudar al FBI a actualizar listas de sospechosos, algo que, de repente, requería una atención inmediata. Bücher fue uno de los expertos que se contrataron para cubrir la falta de especialistas en tecnologías. Su actitud fue serena y creativa, dos características que Fane apreciaba enormemente. Siempre que necesitaba un especialista en contramedidas, llamaba a Bücher.

—Jon, aquí Marten. Tengo un encargo urgente para ti; mañana a media mañana. Si pudieses ocuparte de ello, te lo agradecería.

—¿Qué tienes?

—Yo diría que Roma va a recomendar un rastreo y la instalación de una cámara remota. ¿Sería posible con tan poco tiempo?

—¿Tú qué crees? ¿Necesitáis una furgoneta equipada?

—Probablemente. Roma se pondrá en contacto contigo para los detalles. Solo quería asegurarme de que estabas disponible.

—Sin problema —respondió Bücher.

La tercera llamada fue a Bobby Noble, cuya empresa, Virtual Marketing Research, no tenía nada que ver con la mercadotecnia.

—Bobby, soy Marten. Dentro de un cuarto de hora estaré en la gasolinera Shell que hay en la esquina de la calle California con Steiner. ¿Te da tiempo a llegar?

—Claro que sí. Allí te veo.

Fane arrancó y giró por la calle Larkin.

La historia de Noble tenía su miga. Bajo y corpulento, llevaba siempre el pelo liso y tupido muy repeinado y echado hacia atrás, en un estilo un tanto retro. Se crio en Panamá durante los años de romance de Manuel Noriega con la CIA. Su padre era asesor político de los estadistas panameños conchabados con la Agencia. Bobby fue un espectador de primera fila del funcionamiento de la CIA en aquella época, y no le gustó nada lo que vio.

Se mudó a Estados Unidos, hizo un máster en Stanford y desarrolló un programa informático muy especializado, pensado para los investigadores de trapos sucios que trabajan a sueldo de los políticos.

Al igual que Bücher, Noble vivía en varios tonos de gris: a simple vista llevaba un negocio, pero mantenía en la sombra la mayor parte de su trabajo, el de asentista secreto para el mundo de la inteligencia. Miraba con ojos cautelosos y desconfiados a la gente con la que trabajaba.

Noble ya estaba echándole gasolina al coche de su mujer cuando vio aparecer el Mercedes de Fane al fondo de la calle; se desplazó bajo el resplandor fluorescente de la gasolinera y paró justo en el surtidor de enfrente.

La puerta del conductor se abrió y Fane se apeó del coche todavía vestido con la chaqueta cruzada y la corbata ceñida al cuello de su camisa a medida. Siempre elegante, su delgado perfil de un metro noventa y cinco le confería una buena estampa. Rodeó el coche y abrió el depósito de la gasolina.

—Bobby —dijo Fane.

—¿Qué tal va eso, Marten?

—Bien. —Fane pasó la tarjeta de crédito por el surtidor, metió el grifo de la manguera en el tanque y el dispensador empezó a funcionar. Se subió el cuello de la chaqueta mientras Noble ponía su surtidor en automático; a continuación ambos se dirigieron hacia el capó del coche de Fane.

—Tengo un par de nombres para ti —le explicó Fane.

Esa era su forma de hacer negocios. No es que rehuyera la conversación, pero el trabajo era lo primero, *stacatto,* al grano, sentando las bases del juego.

—Dispara —le dijo Noble.

—Richard Cha.

—¿Ce-hache-a? —Noble nunca apuntaba nada; se metía las cosas en la cabeza a base de deletrearlas.

—Eso es. Y Jeffrey Safra Currin.

Noble silbó.

—Ese sí que lo sé deletrear. ¿A qué se dedica Cha?

—Silicon Valley, patentes de *software*, por lo que tengo entendido.

—Bueno, eso acota bastante la búsqueda —dijo Noble torciendo el gesto y apoyando un pie en el parachoques del coche de Fane—. Veré qué puedo hacer.

—Te daré una breve panorámica de la situación —le dijo Fane, que pasó a relatarle una trama que se sostenía con referencias indirectas y menciones a terceros, pensada para contar tanto y tan poco como le fuese posible. Los detalles y la enjundia vendrían luego: de entrada a Fane siempre le gustaba tomarse los casos nuevos con una buena dosis de cautela por si la historia no se desarrollaba según lo previsto.

La lluvia había dejado paso a una densa niebla, al tiempo que la bruma avanzaba desde el Pacífico atravesando el parque del Presidio. Noble sonrió mientras se alzaba el cuello del cortavientos y escuchaba la historia de Fane, con la espalda arqueada contra la húmeda corriente de aire.

A Fane le gustaban las historias enrevesadas. Para él todo era un laberinto, todo tenía segundas intenciones. Su cabeza funcionaba como la de un hurón, rápida, curiosa y precavida, cosa bastante normal en alguien que trabaja en inteligencia. Poseía un auténtico instinto para desentrañar la mente detrás de la intriga. Lo suyo era una inclinación natural para resolver acertijos.

Una vez Fane comentó con ironía, aunque solo medio en broma, que la navaja de Ockham estaba muy bien como instrumento modélico para evaluar hipótesis científicas pero que, cuando se trataba de la naturaleza humana, el único modelo que por sistema tenía sentido era la paradoja.

—La hostia, tío —exclamó Noble cuando Fane hubo terminado—. ¿En qué movida andas metido?

—Ya. Es interesante.

Noble jugueteó con las monedas que tenía en el bolsillo y miró a Fane, que estaba echado contra el guardabarros mojado, con el peso apoyado en una pierna y un pie por delante del otro tobillo. Con los brazos cruzados sobre el pecho, tenía la atención fija en los contornos borrosos de la luz.

—Pero no creo que se trate de chantaje —dijo Fane como retomando un hilo anterior.

La mirada seria que aparecía en su semblante no era producto de un ceño fruncido, sino el resultado de dos pliegues verticales instalados entre los párpados que le hacían parecer estancado en un perpetuo escepticismo. El rostro, alargado y de rasgos marcados por unos pómulos prominentes y una nariz romana, contrastaba poderosamente con su impecable atuendo. Por el rabillo de sus ojos oscuros asomaban los inicios de unas patas de gallo, que eran lo primero que delataba cuando estaba preocupado, pues se le ponían más oscuras.

—Creo que se trae algo más entre manos —añadió Fane.

Sonó el clic del grifo de la gasolina de Noble.

—¿Como qué?

Fane sacudió la cabeza:

—No lo sé.

Noble asintió. No iba a sacarle nada más.

—Y bueno, ¿en qué me centro? —le preguntó—. Podría llenar una biblioteca entera con información sobre Currin. Y a saber con Cha.

—Lo que busco es algo en común entre ambos hombres; aparte del tipo que se acuesta con sus esposas.

Justo entonces chasqueó también el surtidor de Fane y ambos regresaron a sus mangueras para retirarlas.

Cuando Noble terminó fue hasta la isleta que separaba ambos surtidores y apoyó los codos mientras Fane abría la puerta de su coche.

—Si hemos de tener en cuenta con quiénes estamos tratando —apuntó Noble—, y lo que está ocurriendo, esto lleva colgado el cartel de «follón».

—Ya —asintió Fane deteniéndose ante la puerta abierta. Meditó una idea, vaciló en verbalizarla y decidió guardársela para sí. Asintió con la cabeza—: Así es.

Acto seguido subió al Mercedes y cerró la puerta. Segundos después los faros traseros del coche se perdían en la noche lluviosa.

Capítulo 5

Jane se encontraba a pocos minutos en coche de su casa de Pacific Heights, un antiguo y elegante barrio encaramado en la cresta de una de las numerosas colinas de la ciudad. Al estar muy por encima de la bahía de San Francisco, gozaba de unas fabulosas vistas panorámicas que se extendían desde el Pacífico, al oeste, hasta Oakland, en el este. Del gusto de los ciudadanos más ricos y prominentes, las tranquilas calles arboladas del vecindario estaban flanqueadas por mansiones de una amalgama de estilos arquitectónicos que iban desde el victoriano y el misión hasta el Beaux Arts y el *art decó*. Algunas de las antiguas residencias se habían convertido en sobrios consulados extranjeros y colegios privados; únicamente el repiqueteo ocasional de las campanas de la iglesia turbaba la envidiada tranquilidad del barrio.

Sin embargo la geografía sin igual de la bahía era lo que dotaba a Pacific Heights de uno de sus mayores atractivos: las espectaculares panorámicas. Al ser el Golden Gate, a las puertas de la bahía, el único corte a nivel del mar de la cadena montañosa de la costa, el variado clima marino se colaba por el estuario en caprichosas brisas de poniente que podían alterar el ambiente de manera rápida y contundente.

Un día cualquiera se podían ver veleros por la bahía, bordada adelante, bordada atrás, sobre un reguero líquido de cegadora luz solar para, en cuestión de horas, contemplar la bruma que se extendía por el Golden Gate, en un impresionante despliegue de insólita belleza que envolvía la bahía en un sudario de frío gris. Por las mañanas eran habituales las bóvedas de niebla que se formaban sobre Alcatraz y Angel Island: en ocasiones las ensombrecían y otras veces creaban la ilusión de que levitaban sobre plácidas capas de nubes.

Era un paisaje impresionante, en constante cambio. En los últimos años Fane lo había convertido en parte integrante de su ritual diario: se levantaba cada mañana con las sorpresas que le deparaba y no se acostaba ninguna noche sin dedicarle un último vistazo.

Su casa no era de las más majestuosas del famoso barrio, pero era grande y hermosa, y aunque apenas llevaba viviendo en ella tres años, ya estaba colmada de recuerdos intensos, concentrados en torno a la vida —demasiado corta— que había compartido allí con Dana.

No la pagaron con el dinero de él, sino con el de Dana. Fane había dejado de preocuparse por lo que la gente de ciertos círculos pensase al respecto más o menos por la misma época en que dejó de preocuparse por los rumores que lo relacionaban con el asesinato de Jack Blanda. De hecho, este se las apañó solito para que lo matasen, y si la gente se empeñaba en creer otra cosa, Marten no podía hacer nada. Además, lo cierto era que había sido Jack quien se había casado con Dana por su dinero; Marten había tenido la fortuna de enamorarse de ella de verdad.

Al doblar la calle llegó a un aparcamiento de paredes de ladrillo oculto tras un muro de enredaderas. Estacionó y pasó por una verja de forja hasta un jardincillo con un camino de roca caliza, flanqueado por palmeras, que llegaba hasta la puerta principal. La casa era una mezcolanza de estilos, ladrillo rojo con dinteles y revestimiento de caliza y tejado de pizarra. A lo largo de su vida había pasado por varias restauraciones radicales que habían dado como resultado una estructura única en su género, difícil de clasificar. A Fane le gustaba.

Colgó la gabardina en el recibidor y atravesó el gran pasillo central hasta la sala de estar, donde encendió un par de luces antes de ir hasta la cocina. Una vez allí se echó unos hielos en un vaso, los regó con un dedo de Glenfiddich y regresó a la sala de estar. Se quedó un momento parado en medio del cuarto, dio un sorbo al escocés y ordenó sus pensamientos. Había vuelto a aquella estancia más por inercia que por un motivo concreto. Miró a su alrededor. Había libros de fotografía diseminados por todas partes, algunos abiertos por el suelo, otros en el sofá. Siendo como había sido siempre un autodidacta con una curiosidad insaciable, tenía por costumbre sumergirse en gran variedad de temas en los que tendía a ver relaciones en lugares donde los demás no veían nada.

Si bien a Fane le había interesado la fotografía desde que estudiaba en Berkeley, en los últimos cinco años había experimentando una atracción particular por los retratos. Todo empezó cuando estaba todavía en la UOE, trabajando en una investigación en la que tenían a varios informantes ocultos en distintos pisos francos. Uno de ellos se encontraba recluido en un pequeño bungaló en el valle del río Russian. Cuando ese mismo informante no se presentó al encuentro que habían fijado, Fane fue hasta aquel refugio apartado y se lo encontró muerto. Estaba en el suelo del salón de la cabaña, como dormido, rodeado por cuarenta y siete fotografías, concretamente retratos de niños pequeños, adolescentes y jóvenes.

El hombre se había suicidado con un cóctel de pastillas y vodka. Lo primero que a Fane le pasó por la cabeza era que se trataba de un pederasta; sin embargo, cuando empezó a estudiar las fotografías, dispuestas en el sentido de las agujas del reloj en torno al cuerpo, y en orden cronológico según las edades de los retratados, a Fane le sorprendió descubrir que todas las instantáneas eran del propio muerto.

Turbado por aquel descubrimiento, Fane se pasó casi una hora a solas con el informante allí muerto estudiando las fotografías. Por alguna extraña razón sentía la obligación de mirar las imágenes una por una, repasarlas en el orden en que el hombre las había dispuesto, tomándose un tiempo para analizar al detalle la cara cambiante del niño que crecía, hasta que vio algo con lo que se identificó: el leve fruncido de preocupación en el ceño, el asomo de una sonrisa tímida, un vacío evocador, la felicidad fugaz, la ausencia final de inocencia.

¿Por qué había conservado aquel hombre esas fotografías? ¿Por qué se había rodeado de ellas en el momento de su muerte? ¿En qué había estado pensando en esa última hora que pasó ordenando las fotografías, mirando por última vez las caras del niño que fue? Todas esas preguntas tuvieron cautivado a Fane durante semanas.

Empezó una colección de libros de retratos fotográficos. No le importaba la edad de los individuos, ni la nacionalidad, el sexo o la raza; todas las caras contenían información para él, todas eran relatos de sus historias particulares y ventanas a los misterios del individuo. Fane no tenía claro si entendía lo que veía en aquellas caras, lo único que sabía es que quería hacerlo y que, en cierto modo, al mirarlas, se acercaba a esa posibilidad. Ahora tenía decenas de esos libros y de tanto en tanto los sacaba de las estanterías y se pasaba horas hojeándolos.

Dejó la chaqueta en el respaldo de una silla y se fue con su copa hasta las puertas cristaleras que daban a la terraza. Hacía nada que la lluvia se había reanudado, muy poco a poco. Contempló las luces del puente del Golden Gate a la izquierda y el atracadero de debajo. Tal vez uno llegase a acostumbrarse a la vista pasado un tiempo, una vida, quizá, pero cansarse de ella, nunca.

Vera List asaltó sus pensamientos. Inteligente, asustada, tenía una historia muy interesante y un objetivo al que había que echarle valor. Pero el tema de la confidencialidad iba a suponer un problema. Aunque ella no lo había dicho expresamente, sin duda a Fane le había dado la impresión de que no iba a tener acceso ni a Elise ni a Lore. Vera no quería que supiesen lo que les estaba ocurriendo. Eso tendría que cambiar.

Sin embargo, Fane no había querido tratar el tema todavía. Vera ya estaba bastante agobiada por la situación, al borde del pánico; esa conversación podía esperar.

Aun así, le había impresionado que fuese una mujer capaz de mantenerse en sus trece hasta el final. Parecía comprender en qué estaba metida y las advertencias de Fane no habían resquebrajado su determinación. Tal vez una terapeuta fuese capaz de leer entre líneas mejor que cualquier otra persona.

Por lo demás, cuando Vera recurrió a Shen Moretti en busca de ayuda ya parecía decidida a hacer algo. Fane se preguntaba si habría podido decir algo que la hubiese hecho cambiar de parecer.

Sacó el teléfono del bolsillo y la llamó.

—¿Cómo tiene la mañana?

Hubo una pausa.

—Tengo una cita a las diez… No, la han anulado. Estoy libre entonces. Aunque luego estoy ocupada toda la tarde, a partir de la una.

—Perfecto. Hay un par de cosas que tenemos que hacer.

Eran casi las once cuando terminó de pasar al ordenador las notas de la conversación con Vera List. Cerró el fichero y al levantarse captó un destello de la cabina de la maqueta de un avión que tenía en el escritorio. Era un viejo Beechcraft C-12F Huron, el modelo que había pilotado con dieciocho años, cuando transportaba lo que creía que era contrabando desde el continente hasta Isla Margarita. Junto al Huron había un trozo de coral que había recogido ese mismo año en Bonaire.

A pesar de que la habitación estaba llena de recuerdos, no había fotos de Fane con nadie; no era de esa clase de gente. Aunque sí tenía tres fotos de tres mujeres a la izquierda del escritorio: de su madre de joven, tomada cuando rondaba los veintidós años, con las montañas tejanas de Caddo al fondo; de una joven montada en bici pasando por debajo del arco de Sather Gate en Berkeley; y de Dana posando delante de las buganvillas de la terraza, al medio año de su corto matrimonio de catorce meses.

Todas sonreían.

Todas se habían ido para siempre.

Fane posó la mirada durante un momento en cada foto, aunque apenas un instante. Dana llevaba ya un año muerta, las otras más, y resultaba muy dañino mortificarse con ello; era peligroso, sobre todo a esas horas de la noche. Hubo un tiempo en que esa mortificación estuvo a punto de acabar con él; ahora tenía un sano respeto por los pensamientos nocturnos.

En lugar de eso apagó las luces, echó un vistazo a los monitores de seguridad y llevó el vaso vacío por el pasillo principal hasta la cocina. Lo dejó en el fregadero y miró por la ventana que daba a la calle.

Sin pensar mucho en lo que estaba haciendo atravesó a paso lento el comedor, con sus vistas a la bahía y sus ecos de cenas y fiestas pasadas. Salió por un extremo de la sala al pasillo central y de ahí por la cristalera hasta la terraza, donde se quedó un rato bajo el goteo de los toldos.

En las noches despejadas Dana y él solían ponerse unos jerséis y salir a la terraza con una botella de vino y un cuenco de aceitunas. No entraban hasta que no quedaban más que huesos y copas vacías. Hablaban de todo, con tanta historia tras ellos y tanto futuro por explorar..., podrían haber hablado por siempre jamás. Dios, con todo lo que habían pasado juntos, ¿cómo lograron conservar su ingenuidad?

Dio media vuelta rápidamente y volvió adentro. Fue una vez más a la sala de estar con la idea de pasar un rato mirando los libros de fotografía, pero la luz estaba apagada y la idea de encenderla era menos atrayente que la oscuridad. Un tenue reducto de claridad se extendía por el suelo en su dirección desde el corredor abovedado al otro lado de la habitación. Lo siguió hasta fuera. Recorrió el pasillo y llegó al dormitorio pasando por el estudio; ambas habitaciones daban a la terraza.

Se quitó la ropa antes de meterse en la cama y quedarse despierto en la penumbra, contemplando el dibujo intrincado del techo. Ojalá no hubiese llamado tan pronto a Roma. Así podrían haber hablado en esos momentos y hubiera alargado la conversación para que se comiera parte de la noche. Roma se habría dado cuenta de que intentaba prolongar la cháchara, pero no le habría importado; lo habría entendido.

Su mente volvió a Vera List. La extraña situación en la que se había visto envuelta había debido de hacer temblar su mundo desde los cimientos. Pero, a pesar de que estaba claramente decidida a afrontar esas desconcertantes dificultades con valentía y resolución, Fane había notado un matiz de incredulidad en su voz. Vera sabía que, aunque cualquiera puede sobrellevar mínimamente lo que le depara este mundo, ella había perdido el control de su vida. Había cambiado para siempre, y el alcance de ese cambio dependía ahora en gran medida de Fane.

Escuchó el repiqueteo de la lluvia sobre la terraza hasta que el tiempo se tiznó de infinito y se quedó dormido.

Capítulo 6

—Tú has tenido que ser mujer —le dijo ella.

—No, nunca lo he sido.

—¿Y tú qué sabes?

—Créeme, Elise, lo sabría.

La habitación de cristal sobresalía en el espacio nocturno como un voladizo en las lomas, por encima de Sausalito. Al otro lado de la bahía las luces de San Francisco brillaban como luciérnagas bajo la bruma.

Todavía no se le había pasado, seguía alterada por lo que acababa de ocurrir. Intentó disimularlo, sin saber muy bien por qué. Tal vez hubiese llegado la hora de dejar de ocultar su turbación por el cariz que estaban tomando los acontecimientos. Iba a peor y quizá lo más adecuado era reconocerlo. Sin embargo, algo le decía que él ya lo sabía.

—Mi psicoanalista me ha dejado un artículo sobre un personaje de la mitología griega —comentó la mujer.

Pegada a la cristalera miraba al través mientras iba recobrando la voz. Lo tenía a sus espaldas, en el sofá.

—Tiresias. El azar quiso que se convirtiese en mujer y, al cabo de siete años, volvió a adquirir forma de hombre. Hera y Zeus tuvieron entonces una discusión sobre quién disfrutaba más con el sexo: Zeus decía que las mujeres y Hera, que los hombres. Le preguntaron a Tiresias, y este se decantó por las mujeres: nueve veces más placer que los hombres, precisó. —El hombre no dijo nada. En el reflejo del cristal Eliseo vio que se llevaba la copa de vino a los labios y bebía—. Así que como Tiresias se puso de parte de Zeus, Hera lo dejó ciego.

—Bonita historia —intervino él—. Y supongo que la moraleja es que yo he tenido que ser mujer en otra vida porque comprendo cómo te funciona la cabeza.

—No, la moraleja es que resulta peligroso saber demasiado sobre lo que piensa una mujer.

Él no contestó, aunque ella sabía que se estaba conteniendo, porque antes de nada él tenía que averiguar qué había detrás de la anécdota: no el significado, sino el engranaje mental. Para él la relación que tenían era un acto de calibración y, a pesar de llevar tantos meses juntos, Elise no había llegado a comprenderlo hasta hacía poco.

Se habían vestido y estaban apurando el vino antes de regresar en coche a la ciudad.

—¿Que es peligroso? —preguntó el hombre extrañado—. ¿Peligroso?

Ella esperó a ver adónde quería llegar.

—Estás hablando medio en broma, medio en serio, ¿no es así? ¿Qué es lo que pasa? ¿Demasiado intenso?

La pregunta iba con segundas, con un tono de arrogancia resabiada, pero la mujer notó, o creyó notar, una sombra de duda bajo las apariencias.

A pesar de estar todavía afectada, logró reunir el valor para contarle lo que sentía:

—No te adelantes tanto a mí —dijo, avergonzada ante el ligero temblor de sus palabras—. No te adentres tanto.

Elise sabía que él entendía por qué escogía una palabra y no otra. No estaba mezclando metáforas ni tampoco hablaba de sexo.

Por el reflejo lo vio levantarse del sofá y cruzar el cuarto para ponerse justo detrás de ella. Estaba guapo incluso en la ahumada imagen del vidrio: distinguió las mechas doradas de su pelo al atravesarle un cálido rayo de sol. Se quedó parado a sus espaldas ante la cristalera, suspendidos ambos en la oscuridad. Miraban hacia la bahía y Elise notaba la forma en que se adaptaba a ella, intentando reanudar ese no sé qué psicológico que les unía, ese no sé qué que había empezado a asustarla.

—Pues dime tú cómo quieres que sea. Cómo puedo... controlarme.

Parecía ir encontrando su equilibrio, y el mero hecho de que lo estuviese haciendo con tanta facilidad la turbó aún más.

—No lo entiendo, la verdad —prosiguió—, ¿por qué te incomoda tanto la... conexión de nuestras mentes?

Ella se volvió y él hizo otro tanto. Todavía tenían en la mano las copas de vino, imagen especular el uno del otro. Allí, al lado de él, en el panel de cristal, estaba su reflejo, otra imagen de un espejo. Era macabro. Ella notaba también su propio reflejo en el cristal de al lado, a pesar de no estar mirándolo. Allí estaban los cuatro, compartiendo una misma mente.

Necesitaba pensar en cómo expresarlo. Para ganar tiempo se llevó la copa a los labios y le dio un sorbo; él hizo lo mismo, como en un acto reflejo tal vez —igual que cuando el bostezo de alguien provoca el del vecino—, y bebieron vino a una vez. A Elise le entraron ganas de gritar.

—No es la conexión —le dijo sintiendo una repentina agitación en el pecho—. Es lo que robas.

Vio la sorpresa en él, algo que le resultó extrañamente reconfortante: por una vez él parecía confundido por lo que ella le decía.

—¿Lo que robo?

—Que me lees la mente, si lo prefieres.

El hombre hizo amago de hablar pero se detuvo.

—Que te anticipas a mis pensamientos, si lo prefieres.

Él escuchaba.

—Que me quitas las palabras de la boca, si lo prefieres.

Él aguardó.

—Pero, por el amor de Dios, aléjate de mi cabeza. Déjame al menos un sitio donde esconderme... cuando lo necesite.

Estaba en el salón de la casa de Sea Cliff con el portátil sobre las piernas y uno de los archivos de la psicoanalista en la amplia pantalla. Sus ojos, en cambio, vagaban entre la cristalera y las luces del Golden Gate, que se estaban apagando poco a poco bajo el aliento espectral y gris de la bahía.

Miró la hora: eran las tres y cuarto de la madrugada. Sus ojos volvieron a la pantalla, a uno de sus pasajes favoritos de los apuntes de Vera List, un fragmento de una de las primeras sesiones de Elise Currin. Era de hacía más de un año, pero había marcado un hito en la terapia de Elise.

Desgarrador. Es la única palabra que se me ocurre para calificar esta historia irremisiblemente perturbadora.

Elise estaba en el sofá, lacerada emocionalmente por el recuerdo y las palabras que habían salido de su cabeza y de su boca. Era horrible mirarla a los ojos, congestionados e hinchados por el llanto. Había amasado un pañuelo de papel en una bola prieta, de tanto retorcerlo y apretarlo, hasta dejarlo más pequeño que una uva.

Tenía nueve años cuando posó los ojos por primera vez en la paloma de cristal verde. Estaba en una mugrienta repisa de una caseta de feria ambulante, en las deprimentes afueras de Barstow. Era el regalo que tocaba si probabas suerte en un juego, pero ella jamás tendría esa fortuna.

Le preguntó si podía cogerla al hombre de la caseta, quien, viendo en la niña un señuelo para primos, la sentó en el mostrador y le dejó la figurilla. «Prueben suerte, amigos —llamó a los primos que pasaban—, ganen la palomita para la señorita.»

El pájaro de cristal resplandecía, lleno de burbujas y torbellinos de luz esmeralda que la hechizaban y la trasladaban a lugares donde nunca antes había estado, que ni siquiera habría podido imaginar. Vio allí algo que le proporcionó una sensación de bienestar por primera vez en su vida; ignoraba que a eso se le llamaba esperanza, pero supo que no podría vivir sin ella.

Con todo, los primos que caían en el timo no lograban ganar la paloma y al final de la noche el hombre de la caseta se la quitó y la mandó irse por donde había venido. La noche siguiente, cuando el feriante ya se había olvidado de ella, se coló por entre las cortinas y la robó.

Se la ocultó a sus padres. Viajó con ella mientras la familia buscaba trabajo en el polvoriento valle de San Joaquín, y cuando lograba robar algo de intimidad, como había hecho con la propia paloma, la sacaba de su escondite y la ponía bajo la luz… y entonces remontaba el vuelo, escapaba.

La paloma se convirtió en un objeto sagrado, a pesar de que Elise no sabía nada de lo sagrado. No podía captar lo espiritual del concepto, pero cuando miraba a través de los ríos verdes de la paloma, su imaginación de niña echaba a volar.

La noche en cuestión su madre había salido con unos clientes. El padre la pilló bajo las sábanas mirando la paloma de cristal con una linterna. Explotó de rabia sin razón aparente; se volvió loco, con una furia aterradora. Ya estaba acostumbrada a que la visitase por las noches, pero nada la había preparado para aquello.

Con una perversidad apabullante se mofó de ella por la paloma, la amenazó con usarla de falo, jugueteó con ella antes de violarla. Y luego se la llevó con él. Durante semanas volvía por las noches con la paloma, con las mismas burlas crueles, el mismo final vergonzoso, hasta que convirtió la figurilla en algo tan feo que ella no era capaz ni de mirarlo.

Él la mató con ella.

Y luego una noche llegó borracho y, en cuanto perdió el conocimiento, la niña le quitó la paloma y la estrelló contra el suelo.

Era la segunda vez que la inocencia moría para ella, y en esa ocasión era para siempre.

Abrir la mente de una mujer era igual que hurgar con una hoja afilada en la hendidura de una ostra. Para llegar a la perla hay que utilizar el instrumento adecuado; si es demasiado romo no surte efecto; y si es demasiado fino, puede partirse por la presión. Se necesitaba la hoja adecuada, y él sabía cuál era.

Capítulo 7

Seis meses antes

El Escalade gris metalizado surgió de la niebla nocturna y se deslizó hasta el bordillo de la calle lateral de una casa de estilo español, cerca de la cima de Forest Hill. Un hombre salió de una verja bajo los árboles y se montó en el asiento trasero del todoterreno, que se puso en marcha para empezar al poco a caracolear colina abajo en dirección a los barrios al nivel del mar, donde las calles azotadas por el viento van a parar directamente a Ocean Beach.

—Gracias por venir —dijo la mujer.

El hombre no respondió y esperó a que se pusiese en marcha la dinámica de siempre.

Una mampara de cristal separaba al hombre y la mujer del conductor y el copiloto, que iba absorto en un portátil. El Escalade contaba con un escáner corporal y en unos instantes el hombre del ordenador sabría si el nuevo pasajero suponía algún tipo de riesgo de seguridad electrónica. No sería así, desde luego, pero el procedimiento era el mismo para príncipes y mendigos: todo el mundo pasaba por el escáner.

Ni el hombre ni la mujer eran de los que hablan por hablar; además, si aquel encuentro se producía era a causa de algún problema, y ninguno de los dos estaba de humor para conversaciones insustanciales. Lo único que quería el hombre era saber de una vez por todas con qué se iba a enfrentar, para ir haciéndose a la idea.

La mujer seguía a través de la mampara los faros delanteros del Escalade, que iluminaban los coches estacionados y las señales de tráfico conforme aparecían y desaparecían entre la niebla que los tenía atrapados. El tenue resplandor verdoso de las luces del salpicadero y de la pantalla del ordenador le arrebataba el color de la cara y difuminaba los detalles de sus rasgos.

El hombre, no obstante, los conocía bien: era alta y delgada y tenía cincuenta y dos años. El negro homogéneo de su pelo resultaba poco natural, una improbabilidad física para su edad que no parecía molestarla tanto como la idea de dejar que el blanco siguiese su curso. Solía vestir trajes de chaqueta de colores oscuros, con la falda unos centímetros por debajo de la rodilla, ni sexy ni monjil. Rara vez llevaba joyas.

Una lucecita verde parpadeó bajo la mampara.

—Esto es ICS —dijo la mujer volviéndose hacia el hombre y utilizando las siglas de Información Compartimentada Sensible, un término tomado de los servicios de inteligencia estadounidenses para designar el manejo de información clasificada dentro de las categorías de alta seguridad—. Uno de nuestros franjas negras ha desaparecido.

El hombre constituía un quinto del consejo de administración de ella. Cuando algo iba mal a ese nivel, él era el primero y el único que se enteraba. Si el problema se podía contener o resolver, él tenía la autoridad para sepultarlo; no tenía por qué salir de ahí.

—¿Cuándo ha sido?

—Hace cinco días. No mandó el informe y no logramos ponernos en contacto con él. Enviamos un equipo a su casa de Diamond Heights. La habían vaciado.

—¿A qué nivel de exposición nos enfrentamos con él?

—Solo lleva con nosotros cuatro meses… pero ha estado todo el tiempo en la cuenta Currin.

Aunque no estaba mirando al hombre, sabía que su expresión había cambiado: la boca se le había puesto tensa y los hombros rígidos. Callar era como maldecir en silencio.

—Hemos puesto una célula roja a trabajar en ello —continuó—, de hecho, a varias células, y contrainteligencia está cribando atentamente su actividad con Currin. Hay forenses examinando los ordenadores. Tenemos en esto a tanta gente como es posible sin salirnos del núcleo del programa.

—¿No se sabe nada todavía?

—No, pero tampoco tenemos aún ningún indicio de que se tratara de una invasión hostil, de que fuese un topo. Por supuesto, todavía es pronto. Es posible que averigüemos algo en los próximos días. Pero el sujeto tiene fama de ser un tanto ermitaño y de momento parece que se ha esfumado sin más.

El Escalade avanzaba lentamente, abriéndose paso en la oscuridad, un cordón de seguridad móvil para una conversación que nunca había tenido lugar.

La mujer esperó a que el hombre ordenase sus pensamientos. Ella había cumplido con sus responsabilidades y no tenía que decir nada más hasta que no se le preguntase. Su experiencia de veintidós años en el campo de la inteligencia le decía que era muy fácil hablar más de la cuenta.

El hombre llevaba incluso más años que ella en inteligencia, además de más tiempo como gerifalte empresarial. Sus instintos le llevaban a preocuparse más por el balance final que por la ciencia del espionaje.

—Currin —dijo—. Cielos.

No importaba lo sofisticado o lo poderoso que uno fuese, nadie es inmune a la patada en el estómago que supone una mala noticia.

—No voy a poder encubrirlo mucho tiempo. Si fuese un problema de un único país, o incluso solamente de Estados Unidos, tal vez podría estirarlo un poco más. Pero Currin, joder. ¿De modo que el sujeto tiene acceso total?

—Nos llegó con unas credenciales increíbles, por eso…

—¿Tiene acceso a todo o no?

—Sí.

Se quedó callado. El Escalade cortaba el gris, avanzando por la frontera entre la luz y la oscuridad.

—Quiero que me tengas al tanto. Es más, llámame cada par de horas.

—De acuerdo, entendido.

—Aunque no haya nada nuevo. Quiero saber qué se está haciendo… lo que se va a hacer… lo que consideres que hay que hacer.

—De acuerdo.

El hombre estaba molesto pero mantenía el control. Miró por la ventanilla a la noche, donde no había nada que ver salvo su reflejo, y hasta eso era difícil de distinguir en la negritud de los cristales tintados.

—¿Te has enfrentado alguna vez a algo así? —le preguntó el hombre, que todavía miraba la ventanilla, donde rebotaba su voz.

—¿Como esto? No. —Y entonces, para no dejar que se fuese con un sentimiento de superioridad, le preguntó—: ¿Y tú?

—Bueno, con el Gobierno era distinto, la verdad. Había... parámetros.

Le dio la impresión de que a él le habría gustado seguir hablando, pero no lo hizo. No pasaría por ahí.

—Bien —dijo el hombre arrellanándose en su asiento—. Háblame de su historial.

La mujer empezó a hablar; estaba preparada, eso se le daba bien. No cometió ningún error; no se dejó nada... técnicamente.

Pero toda narración es un ejercicio de interpretación, sobre todo en este nuevo mundo de sombras. Si bien las maneras de la mujer eran desapasionadas y directas, y por lo general presentaba los hechos sin florituras, había puntos en los que dejaba escapar una palabra para recalcar algo, o trataba de dirigir las suposiciones del hombre con implicaciones veladas. Y había puntos en los que no se paraba mucho, donde matizaba una frase, pasaba por alto un dato... y con mucha delicadeza se guardaba en la manga una pieza crucial de la historia.

La mujer alargaba su relato; el Escalade susurraba en la niebla.

Martes

Capítulo 8

—Vaya —dijo Roma con una sonrisa de fascinación—, una historia muy interesante.

Iban en el coche de Fane, quien había empezado a relatarle la historia de Vera List en la cocina, con una taza de café, y la estaba terminando en esos momentos, mientras cruzaban la avenida Pacific. Las nubes se estaban tornando de blanco y pronto se despejarían.

Roma iba en el asiento del copiloto y acababa de encender un pequeño portátil que tenía apoyado sobre los muslos.

—Es un asunto intrigante y complejo —dijo Fane al frenar en un semáforo—. Eso es lo primero que disparó mis alarmas. Y después, el hecho de que lleve tanto tiempo en escena sin arrojar indicios que apunten a ninguna de las respuestas fáciles: perversión sexual, chantaje, homicidio. Es otra cosa.

—¿Crees que Vera List es consciente de ello?

—Desde luego; le resulta extraño en muchos sentidos. Anoche hablé con Noble, se está encargando de recopilar un primer expediente sobre Currin y Cha. Bücher está a la espera. Le dije que te pondrías en contacto con él.

A la altura de la calle Van Ness Fane dobló hacia la bahía mientras Roma apuntaba la dirección de la consulta de Vera en su ordenador. Al girar hacia Russian Hill el sol penetró en manchas brillantes entre los claros de nubes. Pasadas unas manzanas redujo la marcha.

—Ahí la tienes.

La consulta de Vera List se encontraba en un vecindario de residencias aburguesadas con jardines frondosos y caminos de ladrillo; la zona era un auténtico enjambre de callecitas y vías peatonales.

La imagen por satélite de la manzana apareció en el ordenador de Roma, que la aumentó mientras Fane aparcaba junto a una acera arbolada.

—Mal asunto —comentó Roma—. Hay demasiados puntos de acceso. Mira los jardines de la manzana. Es un laberinto.

Fane se inclinó sobre la consola central para ver mejor la pantalla.

—Uno, dos, tres, cuatro… cinco jardines. No se ve si están todos conectados entre sí. Este es el edificio de Vera. Mira qué vegetación: árboles, arbustos, setos. Si a eso le sumas la bruma de Russian Hill, el resultado es un auténtico infierno para la vigilancia.

—Un tipo con suerte —ironizó Fane.

—La calle Greenwich no tiene salida, y Leavenworth cae en picado hasta la bahía. No nos vale. Una solución sería aparcar en Filbert.

Roma estudió la pantalla: veía lugares que eran escondites o trampas, que permitían escapar o revelaban una ruta dos cruces antes.

—Vale —concluyó—, esto es lo que haré: peinar las habitaciones. Si encontramos micros, los dejaremos en su sitio. Si damos con cámaras, la hemos cagado. En caso contrario, le diré a Jon que instale varias microcámaras remotas de infrarrojos. Teniendo en cuenta la frecuencia de las sesiones de las mujeres, es probable que el colega venga todas las semanas para ponerse al día. Y, como tú has dicho, a estas alturas se sentirá bastante cómodo con esta rutina y puede que baje un poco la guardia.

»Empezamos con vigilancia estática —prosiguió—, cubriendo los accesos a los jardines. Saldrá caro, pero teniendo en cuenta sus blancos, tiene sentido. Una vez que el sujeto haya entrado, si es necesario modificaremos las posiciones.

—Bien.

—Entonces, ¿quieres que nos pongamos ya en marcha esta misma noche?

—Por supuesto.

—Pues ahora llamo a Jon y le digo que vaya organizando el tema. Pero primero vamos a llegar hasta la calle Greenwich y a rodear la manzana. Quiero ver las escaleras que bajan a Leavenworth a través de toda esa vegetación.

Una vez que estuvo satisfecha con la inspección, Roma volvió con Fane a la casa de este, de donde recogió su coche, un Pathfinder, para acudir a su cita con Bücher.

A las diez en punto Vera List encendió su iPod, seleccionó varias horas de Mahler y lo dejó en marcha.

Recogió sus cosas con cierto nerviosismo, echó un par de llaves electrónicas de repuesto en el bolso y salió de la consulta. Bajó por el ascensor hasta el pequeño vestíbulo, donde le esperaban una mujer y dos hombres.

—¿Vera?

—Sí. ¿Es usted Roma?

Se dieron la mano, pero la atractiva colombiana no le presentó a los dos hombres, ambos con voluminosos maletines metálicos.

Vera le tendió las dos llaves electrónicas a Roma.

—La que tiene el distintivo azul abre la puerta de la calle —explicó Vera—. La verde abre la consulta. He dejado música puesta, como suelo hacer por las tardes cuando me dedico al papeleo. Quédese con las llaves.

—La llamaré al móvil en cuanto terminemos —le dijo Roma.

Vera sonrió nerviosa, saludó con la cabeza a ambos hombres y salió al jardín por la puerta de la calle.

Cuando tenía citas muy seguidas hasta pasado el mediodía, solía almorzar tarde en el mismo bistró, a solo unas manzanas de allí.

Le gustaba ese horario, en el que solía compartir el local con apenas unos cuantos clientes. Le venía muy bien. A veces leía o pasaba a limpio las notas de la última sesión; otras, en cambio, se quedaba mirando por la ventana y dejaba volar sus pensamientos.

Ese día, a media mañana, tampoco estaba muy concurrido, era tarde para desayunar y temprano para almorzar. Acababa de sentarse cuando Fane atravesó el umbral. La localizó con el primer vistazo y fue hasta su mesa.

—Siento llegar tarde —se disculpó mientras se sentaba en la silla de enfrente.

—No pasa nada. Yo acabo de llegar también.

Ambos pidieron café y ella intentó disimular la ansiedad creciente que llevaba varios días experimentando. Miraba a Fane prestando más atención que la noche anterior en el hotel Stafford.

Él debía de rondar los cuarenta y pico, pero costaba decirlo a ciencia cierta. Tenía una cara contradictoria: una expresión ceñuda y seria con unos ojos amables; una estructura ósea dura con una boca patricia. De nuevo, traje caro; de nuevo, gemelos. Mucha más clase de lo que Vera había esperado, aunque eso era culpa suya, por dar cosas por hecho.

—Tardarán una hora, son rápidos.

—Y supongo que las cámaras solo estarán encendidas por la noche —quiso confirmar Vera.

—Así es.

El camarero llegó con los cafés; los ojos de Fane lo siguieron hasta la barra para luego volverse hacia Vera, que repasaba nerviosa el borde de la taza con un dedo.

Detuvo el movimiento.

—Vera, tiene usted que decidir cómo piensa manejar el tema de la privacidad. Seguramente necesite saber más de lo que creo que quiere contarme.

—¿Como qué?

—Presumo que nuestro hombre está utilizando alias, uno diferente con cada mujer. Tengo que saber de qué nombres estamos hablando.

—Ya le dije que ninguna ha mencionado nunca ningún nombre.

Fane le dio un sorbo al café:

—Necesito hablar con ellas.

—Yo no... No veo cómo... cómo podría hacerlo.

—Si quiere hacer esto tal y como me lo describió anoche, si quiere contenerlo de algún modo, deberá estar dispuesta a desdibujar las líneas.

—¿Qué líneas?

—Las que ha trazado en torno a esas mujeres.

Clavó los ojos en ella, aguardando una respuesta. Su forma de observarlo todo exasperaba a Vera y, pese a sus esfuerzos por mostrarse resuelta, estaba convencida de que Fane podía captar su confusión.

—¿Cuándo tiene las próximas sesiones con ellas?

—Lore viene más tarde, a las dos. Elise mañana por la mañana.

—Piénselo. Reflexione. Va a tener que escoger.

Vera todavía intentaba asumirlo, tratando de valorar las implicaciones, cuando Fane dijo:

—Mientras tanto, me estoy centrando primero en Elise Currin. Cuanto más sepa sobre ella, mejor. Tal vez pueda darme una idea de quién es, como si me estuviese hablando de una amiga, de alguien que yo no conozco.

Vera vaciló:

—Bueno, ese es el problema, ¿no le parece? Que no es mi amiga, es una paciente. Y eso sitúa la relación en un plano completamente distinto.

Fane la miró en silencio. Ya le había dicho cómo eran las cosas, no se iba a poner a discutir con ella.

Vera, por su parte, se sentía indefensa: iba a ser más duro de lo que se había figurado.

Capítulo 9

—Es una mujer florero —comenzó Vera—, y lo sabe; es guapa, con el pelo rubio rojizo. Y es perfectamente consciente de lo que vale su belleza en la gran ecuación de la vida: no mucho.

»No obstante, sabe de sobra que su belleza es una buena baza, un instrumento afilado, y que su seguridad económica depende en gran medida de ella. Le paga la desintoxicación a su hermana; es el pegamento que impide que la familia de su otra hermana se desintegre. Evita que su madre se pudra en un asilo mugriento de un pueblucho polvoriento del valle de San Joaquín e insufla oxígeno en la bombona que lleva arrastrando su padrastro. —Vera List apuró el café y le hizo un gesto de negativa al camarero, que se encaminaba ya a la mesa para rellenarle la taza—. Elise es una mujer pragmática… con un corazón que no lo es —prosiguió la psicoanalista—. Pasó los primeros doce años de su vida en una caravana oxidada que su padre, soldador, iba arrastrando valle de San Joaquín arriba, valle abajo, en busca de «trabajo y sombra encontrando poco de lo uno y menos de lo otro», en palabras de ella. La madre se acostaba con los lugareños para sacar un dinero extra, mientras que su padre se metía en la cama con Elise sin pagar un centavo.

»Cuando tenía trece años plantaron el campamento en una arboleda a las afueras de un pueblecito cualquiera del valle. En una tarde bochornosa hizo autoestop hasta la ciudad y se plantó en la oficina del *sheriff*, donde denunció a su padre por abusar de ella y de sus hermanas, que por entonces tenían nueve y siete años.

»El padre fue a la cárcel. Las chicas desfilaron por distintos centros de menores y «lugares» de acogida. Elise no les llama «hogares». Consiguió terminar por fin el instituto en Modesto y se pagó la carrera en Berkeley trabajando de camarera. Acudió a una cita a ciegas con un estudiante de Derecho. Se casaron apenas él se licenció y se mudaron a San Francisco cuando lo contrató una empresa de aquí. —Vera se detuvo—. No sé si esto es lo que usted quiere oír.

—Va bien.

Vera asintió y continuó:

—Elise se vio de repente en un mundo nuevo, a años luz del que había dejado atrás. Descubrió la delicada jerarquía de los abogados y sus esposas, las fiestas de empresa, la ropa buena, las habilidades sociales. Se trataba de un juego que ella entendía por instinto, y se le daba muy bien. Su belleza se había convertido en una baza que podía utilizar para algo más que para sacar buenas propinas: supuso un espaldarazo para la carrera profesional de su marido. Pero entonces este empezó a padecer jaquecas terribles. Fue perdiendo la vista. Un tumor cerebral, de los peores. Al cabo de cuatro meses había muerto.

»Elise estaba desesperada, y no solo por perderle a él. Le aterraba volver a su antigua vida; no habría podido soportarlo. De modo que cuando un veterano del bufete, divorciado en tres ocasiones, la reconfortó y la asesoró como un caballero, ella le siguió el juego. Siete meses después estaban casados. Por su parte fue un caso flagrante de venalidad: su cuerpo a cambio de estabilidad económica. Se trata de una transacción muy vieja y común, pero a ella no le resultó nada reconfortante. No tardó en martirizarla. Tenía veintisiete años.

»A los ocho meses se estaban divorciando. Y fue atroz. Él amenazó con revelar su pasado, el padre maltratador, la madre prostituta. Elise se achantó y se fue con las manos vacías.

Vera hizo una pausa, mientras seguía dándole vueltas al platillo del café con las yemas de los dedos.

—Sin embargo para entonces —retomó el hilo— ya era bastante conocida en esos círculos legales que habían supuesto una novedad para ella hacía solo unos años. La apreciaban, y ella había aprendido a manejarse en ellos.

»Entonces llegó Jeffrey Safra Currin. Estuvieron saliendo un año. Se casaron hace cuatro.

—Lleva yendo a su consulta dos años, ¿no es cierto?

—Así es.

—¿Había estado en terapia con anterioridad?

—No. Pero sabía a qué se atenía. Ser la señora de Jeffrey Currin la situó en un sistema solar distinto a los anteriores. Las mujeres con las que se codea en esos círculos no son ajenas al psicoanálisis, y una vez que decidió que necesitaba ayuda, la aconsejaron.

—¿Quiere decir que alguien le recomendó su consulta?

—Sí.

—Y en ese tercer matrimonio con Currin, ¿las motivaciones eran las mismas que con el segundo marido? —quiso saber Fane.

—Eran algo distintas. En esa ocasión el razonamiento fue más complejo. Se dejó hacer la corte. Si no había amor, bien podía aceptar el romance, el amor de imitación. Ya por entonces no tenía tan a flor de piel el deseo de aferrarse a la buena vida, pero persistía. Y ella lo sabía.

Un estruendo de silbidos y gorgoteos llegó desde la máquina de café de detrás de la barra y en la sala de al lado alguien soltó una sonora carcajada que pronto se esfumó.

—Desde que empezó la aventura —preguntó Fane—, ¿habla de algún tema más, tiene otras preocupaciones?

Vera inclinó la cabeza ligeramente hacia un lado y frunció el ceño.

—Los temas y las preocupaciones no han cambiado mucho que digamos, pero tal vez ahora los aborde de una forma algo distinta. En cierto modo la aventura la ha… aliviado del aislamiento de su matrimonio.

—¿Aislamiento?

—Los floreros se ponen en las repisas de cristal de las vitrinas. Cogen polvo. Nadie los toca en mucho tiempo.

—Pero ¿ha notado algún cambio en ella desde que empezara el idilio?

—Sí.

—¿Cómo lo describiría?

—Un incremento de la pena.

A Fane le sorprendieron aquellas palabras:

—Pero ¿no dijo que la aventura supuso para ella una vida nueva? Afirmó que ese hombre la tiene embrujada, como hechizada.

—Embrujada y hechizada no son necesariamente palabras positivas. Creo haberle mencionado ya que en realidad a ella le resulta todo un tanto inquietante.

—Vale, bueno, retrocedamos un poco —dijo Fane—. ¿Le contó cómo lo conoció?

—Por casualidad; un encuentro fortuito, una cosa llevó a la otra.

—¿Alguna vez hablan entre ellos de Currin?

—Si es así, Elise no me ha contado nada.

—¿Seguro que nunca lo ha mencionado?

—Solamente al principio. En cuanto ese tipo se enteró de quién era su marido, se obsesionó con que mantuviesen sus encuentros en secreto. Temía que Currin hubiese puesto a un detective privado a vigilarla.

—¿Y a Elise le ha preocupado eso alguna vez?

—No, en absoluto.

—Antes de que empezara el idilio, ¿le había dado a Currin razones para que la vigilase?

—No lo creo; la aventura fue un gran paso para ella, algo nuevo.

Fane había olvidado el café, en cuya superficie la espuma se estaba replegando en volutas deshilachadas. Vera se estaba mostrando más escurridiza en su relato sobre Elise Currin de lo que Fane había esperado, aunque tampoco le sorprendió.

—Ha dicho que el idilio era una vía de escape para su soledad. Pero ¿cree que puede haber algo más?

Vera llevó las manos al platillo, repasó el borde con el dedo y paró.

—Creo que ser la señora de Jeffrey Safra Currin —dijo alzando la mirada hacia Fane— es más de lo que Elise había esperado. Ignorada, tratada como propiedad, sí. Utilizada para sexo sin amor, sí. Sacada en exposición cuando él quiere enseñarle a la gente qué buena pieza de carne tiene, sí. Elise decidió vivir con todo lo que conlleva, por las razones que le he contado. —Vera midió con cautela las siguientes palabras—.

La mayoría de las mujeres en su situación viven sin más con ello. Sus mecanismos de defensa son la acritud y el cinismo, y parecen bastarles y sobrarles. Pero hay algo en Elise que nunca le permitiría caer en esa falta de sensibilidad; la empuja a plantarle cara a la vida y a las decisiones que toma, sin amedrentarse. Explora con estoicismo su propia vergüenza; sopesa su desesperación. Y quiere de veras comprender la combinación humana de todo ello. No mucha gente es capaz de soportar esa clase de enfrentamiento con uno mismo. Es brutal, y de un coraje tremendo.

Capítulo 10

Lore Cha estaba sentada con las piernas cruzadas en el sofá del rincón; balanceaba el pie, con el talón de sus estilosos zapatos Ferragamo suspendido en el aire.

—Nadie, pero nadie, lo juro, nadie conoce esa fantasía —relataba Lore—. Bueno, supongo que te lo he contado a ti, pero, cielos, de repente allí estábamos, representándola sin más. Hasta el más mínimo detalle, vamos, el más ínfimo. ¡Era como una alucinación demencial, me sentía colocada!

Estaba furiosa y asustada. El miedo y la furia llevaban varios días trabados en su interior y todavía los estaba procesando. Vera aguardó: quería más, quería todo lo que su paciente fuese capaz de recordar.

La mente de Lore se quedó atascada con algo y dejó de mover el pie. Tenía los ojos fijos en nada en concreto, más allá de las ventanas y los jardines. Se había quedado tiesa como un ciervo, a la escucha.

A la vez que el pie retomó su balanceo ella volvió a su indignación:

—Y luego se desmayó. Y me refiero a desmayarse de verdad, o sea, como si se hubiese quedado exhausto después de todo aquello. —Sacudió la cabeza y miró a Vera—. Joder, es que me puso de los nervios.

Lore Cha era una mujer de una belleza asombrosa, china estadounidense de quinta generación y familia de clase media. Se había doctorado en política internacional por Stanford; tenía un cuerpo de modelo de pasarela, un marido rico y una salud mental fastidiada. Ni pasar el resto de su vida en terapia le bastaría para curarse.

Cogió un vaso de agua de la mesa auxiliar, bebió un poco y lo dejó en su sitio. A continuación le contó a Vera que había hurgado en la cartera de Krey, que él se había despertado y la había pillado, o casi, que se vistió y se largó.

—Al día siguiente busqué su nombre por Internet —prosiguió Lore—. No encontré ningún número de teléfono. Aunque sí que di con una dirección; en medio del bosque, perdida en uno de los cañones de Mill Valley. Pero saber aquello era como no saber nada, y yo quería más. Lo estuve rumiando durante un día y ayer me planté en Marin para verlo con mis propios ojos. —Se detuvo, sacudió la cabeza y miró a Vera—. Subí hasta aquellos cañones, me perdí un par de veces. Era un poco inquietante aquel paisaje con todas esas secuoyas. Pero lo encontré. —Hizo una nueva pausa, exaltada, y empezó a asentir con la cabeza, a corroborar—. Lo encontré y me quedé en medio del camino preguntándome cómo diablos podía yo saber si de verdad era esa su casa. No le pegaba ese rollo residencial en mitad de un bosque; ni con cola.

Ese día a Lore no había que insistirle mucho para que hablara; lo tenía todo reprimido dentro y estaba dispuesta a darle rienda suelta hasta el final.

—Regresé al pueblo más cercano y me fui a una inmobiliaria. Fingí andar buscando un terreno con casa, como si quisiera comprar algo. Me sacaron varios mapas y los fuimos viendo uno por uno; con datos del registro. La casa pertenece a Philip R. Krey.

»Cogí el coche y volví allí. Cuando llamé a la puerta salió a abrir una mujer de unos cincuenta y cinco años. Le dije que buscaba a Philip Krey y ella me miró raro, como desconcertada; me contestó que estaba de viaje, que llevaba fuera del país seis meses y que estaría fuera otro año más.

»Le pregunté quién era ella y me dijo que se llamaba Jenny Cox. Quise saber cuánto hacía que conocía a Krey, a lo que repuso que apenas le conocía, que simplemente había respondido a un anuncio de un periódico para cuidar la casa. Se puso entonces como a la defensiva y acabó cerrando la puerta.

Lore empezó a calmarse y detuvo el movimiento del pie.

—Desde entonces —prosiguió en una voz más suave, más

contenida— he hecho lo que he podido para contrastar su identidad, pero Philip R. Krey no parece existir. —Justo cuando su rabia se hubo calmado, la calma evolucionó en un miedo acentuado que le mudó el rostro—. Y ahora me pregunto con qué clase de tío he estado teniendo un lío. Y por qué hace lo que hace. ¿Cómo puede saber tanto sobre mí? ¿Y por qué sabe tantísimo? ¿Qué es lo que busca? ¿Sexo?, ¿eso es todo? Pues tampoco hace falta hacerse tanto el misterioso para conseguir un polvo. Una cosa es que quiera ser discreto, eso lo entiendo, pero, joder, ¡que no exista...!

Lore había ido como en una montaña rusa hasta llegar a ese punto del relato, mientras que, por su parte, Vera iba creándose todo un nuevo universo de problemas con cada una de las revelaciones de su paciente. Había escuchado el torrente de palabras con ansiedad creciente. ¿Qué iba a hacer Lore ante aquellas revelaciones? ¿Qué pensaba hacer con aquel hombre que no era Krey?

—La historia esta de la intuición ha llegado a un punto que resulta aterradora, la verdad —reconoció Lore—. No debería poder «intuir» esas cosas; no debería poder acercarse tanto, tantísimo, a mis pensamientos.

Se le quebró la voz, y pareció pillarle por sorpresa. Parpadeó como loca y, debatiéndose por no llorar, cogió el vaso de agua y le dio un sorbo.

—¿Qué tienes pensado hacer? —le preguntó Vera, pero Lore todavía no se había recuperado del todo.

La terapeuta esperó; aunque no estaba muy segura de qué paso dar a continuación, sabía que detener a Krey era la única forma de proteger la intimidad de Lore y la confidencialidad de sus archivos. «Piénselo —le había dicho Fane—, reflexione.»

—Lo que tengo pensado hacer —respondió Lore por fin, tragando saliva— es no volver a ver a ese pirado nunca más. Y desear con todas mis fuerzas que desaparezca de la faz de la tierra.

—Bueno, eso no creo que vaya a hacerlo.

—Por lo que a mí respecta ya lo ha hecho.

—¿Crees que esa es la mejor forma de enfrentarte a él?

—¿Por qué no?

—Hacer como que no existe no es muy realista; no es una solución real.

—¿Solución? ¿Te estás quedando conmigo? No volver a verle ya es solución suficiente para mí.

—Pero nunca podrás estar segura de que se ha terminado. —Lore la escudriñó y aguardó la continuación—. Lo único que digo es que meter la cabeza en la arena no es resolver el problema —insistió Vera—; es evadirlo.

—Es renegar de él.

—Eso no propicia ninguna solución.

—Hay cosas en la vida que no la tienen.

—¿Ah, no? ¿Es sabiduría popular?

Lore no le respondió porque no estaba escuchando. Sabía que no tenía una solución; sabía que estaba metida en un buen lío y tenía un miedo de muerte.

Vera, por su parte, lidiaba con su propio pánico. Se acercaba a una decisión crítica, y no había tenido tiempo de calibrar las ramificaciones del vago desenlace que estaba tomando forma, en un momento que se volvía cada vez más agobiante.

—¿Qué probabilidades hay de que ese hombre te permita dejar la historia? —preguntó Vera—. ¿De veras crees que va a desaparecer de tu vida solo porque no le devuelvas las llamadas? —Lore no respondió. Sus largos dedos jugueteaban nerviosos con un brazalete de coral—. Te pasarás el resto de tu vida con el miedo de encontrártelo a la vuelta de la esquina, de que sea él al otro lado del hilo telefónico.

Lore tenía la mirada perdida, y el pie volvía a bailarle en el zapato. Entre sus hermosas cejas, el ceño se mantenía fruncido.

—Vendrá a por mí —dijo Lore en voz baja, viniéndose abajo de pronto—. No sé qué voy a hacer. No se me ocurre nada, no veo solución alguna. Me voy a volver loca. Joder, joder, joder.

De repente lloraba, aunque su cara no reflejaba la angustia; era como de piedra, y las lágrimas le caían a raudales, corriéndole por la cara, hasta doblar el mentón. No se molestó en enjugárselas. Vera se levantó, cogió varios pañuelos de la caja que había sobre la mesa de centro y se los tendió a Lore.

—A lo mejor es hora de contárselo a Richard —quiso ponerla a prueba.

La cabeza de Lore apareció de golpe de entre los pañuelos:

—¿Deliras o qué? Eso es una locura. ¡No y no! ¡Jamás!

Aliviada, Vera dio el siguiente paso:

—¿Le has contado a alguien más lo de la aventura, aparte de a mí?

—Claro que no.

—¿Ni siquiera lo has sugerido?, ¿tal vez a alguna amiga cercana?

—Será broma, ¿no? —dijo Lore indignada desde detrás de los pañuelos, intentando controlar el llanto—. No es de esa clase de aventura, ni tampoco tengo esa clase de amigas.

Vera dejó que pasaran unos segundos para darle a Lore tiempo de calmarse.

—Vas a necesitar algo de ayuda —dijo Vera con calma, sorprendiéndose ante el paso que iba a dar.

—No me lo digas… un detective privado. Ni loca. Una conocida mía contrató a uno para algo parecido y el muy asqueroso acabó chantajeándola.

Vera apartó la vista para darle espacio a Lore y que no pensase que la estaba presionando para actuar de determinada manera. Tras las ventanas las palmeras estaban inertes en la suave luz de primera hora de la tarde y la terapeuta escuchó el silencio como si fuese un músico que prolonga un acorde hasta que capta el efecto concreto que busca.

Lore se sonó la nariz y Vera volvió su mirada hacia ella.

—No te iba a sugerir un detective privado.

—Ah, pues entonces es estupendo eso de decirme que necesito ayuda. ¿Alguna gran ocurrencia más?

—No querrás esperar a que Krey intente contactar contigo otra vez. Tienes que hacer algo…

—¡Joder! —estalló Lore—, eso ya lo sé, Vera, pero es que no sé el qué.

Maldijo una vez más y se levantó de golpe, enfadada consigo misma, enfadada con Krey, enfadada con su miedo. Fue hasta las ventanas que daban al jardín y caminó de un lado a otro, con la mirada perdida fuera. Vera se levantó y se acercó a ella.

—Sé de alguien que podría serte de ayuda. —Ahí estaba, lo había dicho. Había empezado a desdibujar las líneas.

Lore paró el movimiento y se volvió hacia su terapeuta.

—Que sabes de «alguien» que «podría»… ¿Qué me quieres decir con eso?

—Conozco a gente que conoce a gente —dijo Vera secamente, intentando encontrar el tono adecuado—. Pero tienes que darme tu permiso para poner en marcha el engranaje.

—¿Y no es un detective?

—Te lo juro.

—Entonces, ¿qué es?

—Él te lo explicará. Solo tengo que saber que quieres hablar con alguien que… te ayude con esta historia.

Lore buscó la cara de Vera:

—Con discreción.

—Claro.

La mente de Lore se disparó con las posibilidades, y Vera supo que su paciente había comprendido que cuanto menos dijera, mejor.

Con los ojos inyectados en sangre y la cara hinchada, Lore parecía exhausta. Se llevó los pañuelos a la nariz, los dejó ahí y se quedó mirando a Vera. Acabó rindiéndose:

—¿Cómo funciona?

—Necesito un número de teléfono del que te puedas fiar. Se lo daré a alguien que se lo pasará a la persona adecuada.

Lore escudriñó a Vera y se sorbió la nariz.

—Espero que el tío ese sea bueno —comentó, y le dijo el número de teléfono.

Capítulo 11

Fane esperaba en un banco del parque Huntington. Al otro lado de la fuente, cerca de las pérgolas, media docena de ancianas chinas se mecían a través de las ondas de la luz vespertina en una lenta y mustia secuencia de tai-chi.

Vio a Moretti antes de que este lo descubriese a él; estaba contemplando la escalinata de la catedral Grace cuando se vio sorprendido por una horda de turistas que salían del templo. Justo cuando Moretti cruzaba la explanada de delante, la muchedumbre se lo tragó.

El grupo iba en dirección a la calle Taylor cuando de repente se paró en seco. Moretti pudo cruzar ya solo hasta la escalera del parque Huntington.

Esbozó una sonrisa al acercarse a Fane con sus habituales andares desgarbados. A este último siempre le resultaba fascinante la naturaleza cambiante de sus rasgos: a veces se imponían los de su madre china y otras los de su padre siciliano. En ese momento era más Shen que Moretti.

—Qué elegante vas —le piropeó Moretti mientras se acercaba al banco y se sentaba.

—No nos veíamos desde hacía varios meses —comentó Fane.

Moretti sonrió, se arrellanó en su lado de banco y contempló a Fane:

—Quieres que te hable de Vera List.

—Tu hermana la conoce, ¿no?

—Así es —asintió Moretti, cuya mirada reparó entonces en el grupo de tai-chi—. Yo no la conozco bien, lo que sé es más que nada por mi hermana. Pero he coincidido con ella un par de veces. Me pareció muy agradable. Supongo que ya la has conocido.

—Sí.

—¿Interesante?

—Bastante.

—¿Sabías que asesinaron a su marido?

Por una milésima de segundo Fane se enfadó consigo mismo por no saberlo.

—No.

—Hace nueve meses. Lo asaltaron, le atracaron y le dispararon. Nunca atraparon al culpable.

—¿Qué pasó?

—Él también era psicoanalista. Por aquella época vivían en Saint Francis Wood. Una noche lo llamaron, un cliente con una crisis o algo por el estilo. Se paró en un tiendecilla por el barrio de The Mission y cuando volvía al coche le dispararon. Se lo llevaron todo: reloj, anillos, cartera; hasta los zapatos.

—¿Hijos?

—No. Estaban los dos volcados el uno en el otro y en su trabajo. Vera vendió la casa y se mudó a una urbanización de Laurel Heights. Ahí fue donde conoció a Gina, que es una persona receptiva, que sabe escuchar. Al principio Vera hablaba mucho, ya se sabe: la persona adecuada en el momento adecuado. Estuvieron muy unidas durante un tiempo, hasta que Vera se mudó a Russian Hill.

—Cerca de la consulta.

—Exacto. Conforme pasó el tiempo y Vera volvió a enfrascarse en su trabajo, ella y Gina dejaron de verse. Me da la impresión de que para Vera toda su vida es el trabajo; sobre todo ahora. No tiene mucho tiempo para las amistades. —Reflexionó un segundo—. Supongo que cuando te pasas el día escuchando hablar a la gente…

Moretti se encogió de hombros. Ambos se quedaron mirando el grupo de tai-chi mientras los integrantes cambiaban lentamente de posición.

—Bueno, ¿y cómo te ha ido a ti con ella?

Fane le contó a Moretti prácticamente todo, guardándose lo justo para sentir que estaba respetando la confidencialidad de Vera. Al igual que Roma, Moretti se quedó fascinado, y vio claramente lo graves que podían llegar a ser las tribulaciones de la psicóloga.

—Esa es casi toda la película —dijo Fane, cambiando de postura en el banco y cruzando las piernas hacia el otro lado.

Moretti permaneció en silencio, absorto en los chorritos que salían de las pilas de mármol rosa de la fuente.

—Le echa valor —musitó—. Me pregunto si lo estará llevando así por lo de su marido.

—¿A qué te refieres?

—A que a lo mejor ve un paralelismo entre que alguien le sustraiga los archivos y el robo a mano armada de la vida de su marido. No permitirá que vuelva a pasarle.

—No sé —reconoció Fane.

Shen se volvió hacia él:

—Tienes que ser realista con eso de que no quiera que sus pacientes sepan qué está pasando, que no quieran que hablen entre sí. Respétalo mientras puedas, pero si eso se cruza en tu camino, tienes que pasar del tema. Lo sabes, ¿no?

—Sí, ya.

—A lo mejor no llega a enterarse nunca.

Fane notaba que Moretti le estaba dando vueltas a algo que quería decir. Se decidió a hablar:

—Mira, Marten, sé que te gusta este caso; tiene su chicha. Es como un buen acertijo. Y sé que he sido yo quien te la ha mandado, pero no podía imaginarme ni por asomo que Jeffrey Safra Currin estuviese implicado. Es una locura. Se puede volver contra ti de millones de maneras.

—La que tiene el problema es su mujer.

—No te engañes.

Se oyó un tranvía que remontaba entre traqueteos la calle California y el vuelo de las golondrinas del tai-chi dio otra vuelta de tuerca.

—No me hace gracia tener que dejar el caso porque esté involucrada la mujer de Currin.

—Venga, Marten.

—Lo digo en serio.

Shen asintió. Vale, vale. No hacía falta gastar más saliva en advertencias. Fane se había involucrado, y no tenía que explicarle a Moretti las razones de sus palabras; se dedicaban a eso.

Lo cierto era que a Shen Moretti le gustaban los acertijos tanto como a Fane, y tenía el cuerpo tan acostumbrado a esas cosas que sería raro que su amigo no le convenciese.

—Bien, ¿qué te preocupa? —le preguntó Moretti.

—Lo que no me está contando.

—¿Lo que se está callando a sabiendas?, ¿o lo que simplemente no se da cuenta de que es importante?

—Ambas cosas; en ese orden.

—¿Qué me puedes contar de lo primero?

—Tengo la sensación de que la relación de Vera y Elise es más como de hermanas que de terapeuta-paciente. Cuando Vera me contó la historia de Elise, hizo todo lo posible por parecer profesional pero no pude evitar captar un matiz menos médico en su voz.

—De modo que el hecho de que Vera se niegue a que hables con Elise puede tener tanto que ver con proteger a su paciente en el plano personal como con sus preocupaciones profesionales.

—Puede ser.

Fane se quedó contemplando a Moretti mientras este le daba vueltas a la idea en su cabeza. Una bandada de palomas que pululaba por los alrededores de las escaleras que bajaban desde la calle California rompió a volar de repente y trajo así a Moretti de vuelta a la realidad.

—Sea lo que sea lo que ese tipo esté tramando, es interesante que lo esté haciendo de esa forma.

—¿Qué quieres decir?

—Puede que descubriese a Lore mientras hurgaba en los archivos de Vera en busca de información sobre Elise. Pero ¿cómo llegó a enterarse de que Elise estaba viendo a una terapeuta? ¿Se lo dijo ella? ¿O también lo descubrió en los archivos? Y en tal caso, antes de nada, ¿qué demonios andaba haciendo en los archivos de Vera? Lo que me pregunto es qué fue primero para este tipo, si los archivos o las mujeres.

Fane dejó a Moretti en el parque Huntington y estaba ya de camino a su coche, en la calle Sacramento, cuando le vibró el móvil: era Vera.

—Marten, acabo de terminar la sesión con Lore Cha. —Se la oía tensa, aunque procuraba que no se le notase—. Pasó una noche con nuestro hombre que la ha dejado petrificada. Tengo un nombre para usted. Y creo que he averiguado una forma para que pueda hablar con ella.

Para cuando Vera terminó de describirle la sesión con Lore, Fane ya había alcanzado el Mercedes.

—Eso es todo. No tiene ninguna gana de volver a verlo en la vida. Jamás. No sé cómo querrá usted lidiar con esto.

—Lo primero de todo, ha sido muy inteligente al lograr que Lore acceda a verme —la elogió Fane—. Me pondré en contacto con ella esta misma mañana, y le dejaré bien claro que he conseguido su número a través de un intermediario. Eso la mantendrá a usted al margen.

—Bien, gracias.

—¿Cómo interpreta usted lo que está ocurriendo con el tal… Philip Krey?

—Cielos, la verdad es que no sabría decirle, aunque no cabe duda de que ya no se molesta en ser muy sutil. Está pasando a lo concreto, coge detalles explícitos de mis notas y los incorpora directamente en sus juegos de rol.

—¿No es muy arriesgado por su parte?

—Depende de adónde quiera ir a parar con todo esto.

—Tiene que saber que la está asustando.

—Por supuesto que lo sabe. Tenga las razones que tenga, está intensificando la relación.

—Vale, entiendo —dijo Fane intentando sonar como si lo tuviese todo controlado. Notaba la tensión en la voz de Vera y tenía que ayudarla a calmarse—. Concentrémonos solamente en el siguiente paso: tiene que inventar apuntes nuevos para la sesión de Lore. Tenemos que impedir que él sepa que está asustada, que quiere romper con él.

—De acuerdo, me pondré a ello.

—¿Qué hay de Elise? —le preguntó Fane.

—Tenemos sesión mañana por la tarde.

—Vale, pues intente sacarle un nombre, como mínimo.

—Lo intentaré.

—Lo está haciendo muy bien, Vera. Ahora me pondré en contacto con Lore.

En cuanto colgaron, Fane guardó el número de Lore Cha en su BlackBerry y lo marcó. Quería llamarla cuanto antes: si la pillaba por sorpresa, conseguiría mantener la sensación de urgencia que ya la estaba acuciando.

—Aquí Townsend.

—¿Quién?

—¿Hablo con Lore Cha?

Vacilación suspicaz.

—Sí.

—Tengo entendido que necesita ayuda con un problema.

—¿Le ha llamado Vera?

—Me ha llamado un hombre.

Vacilación.

—Townsend no es su apellido real, ¿verdad?

—No.

—¿Cuándo podemos vernos?

—Ahora mismo.

Vacilación.

—Hum… vale, está bien. ¿Dónde?

—¿La están siguiendo?

La pregunta la cogió desprevenida.

—Yo… esto… No.

—¿Cómo lo sabe? —Silencio—. Bien, mandaré un taxi para que la recoja y la traiga a un sitio donde podremos reunirnos en privado.

—¿Es necesario?

—Si no está segura de que no lo sea, entonces la repuesta es sí.

Lore le dijo dónde dejaría el coche y colgó. Fane llamó a un taxista que sabía qué hacer y cómo.

Acto seguido marcó el teléfono de Bobby Noble y le pidió que le rastrease un nombre: Philip Krey.

Capítulo 12

No era fácil dar con Lambeth Court, de ahí la razón para hacerlo allí. Era un pequeño cubil en uno de los laberintos de Chinatown: había que bajar por una sinuosa vía peatonal, a través de un patio, hasta un callejón sin salida, un pasillo húmedo y una escalera con el pasamanos pringoso. Por fin desembocó en un vestíbulo infecto que olía a madera vieja y a lejía.

Tras varias incursiones en Chinatown para encontrar el lugar idóneo, llamó a Traci Lee y le dijo que alquilase allí una habitación para un par de semanas. Era de esos sitios donde puedes pagar por semanas, y lo mejor era que una vez te daban la llave nadie más que tú podía entrar, hasta que se presentaba alguien para reclamarte más dinero o darte la patada.

La clientela estaba formada por gente que quería que la dejasen en paz. Traci era la única persona vinculada a la habitación: eso era lo que sabían en el mostrador de abajo, o lo que se molestaban en saber.

Llevaba tanto tiempo viviendo bajo distintas identidades y direcciones que ya no tenía ni idea de quién era, y a veces ni tan siquiera le importaba. Una clase de vida así había que dosificarla; esa era la única forma de controlar la realidad de la situación: parcelar. Así se sobrevivía, se mantenía la cordura. De hecho, incluso si de vez en cuando esta se perdía, siempre podía uno «recuperarse» si prestaba mucha atención a lo que había en las parcelas creadas. En esta, lo raro. Aquí, lo cuerdo. En esta otra, Joe. Aquí detrás, Mary. «Ellos» van arriba. «Esos», abajo. «Aquello», ahí dentro. Y sacar lo necesario cuando tocaba; o dejar la tapa puesta cuando no. Era como contar las cartas en el *blackjack*. Solo hay que evitar que la mierda se desborde, y no pasará nada.

Así y todo, tenía la impresión de estar forzando la máquina con esas mujeres. El único problema era que ya no sabía qué era forzar y qué no.

Llamó a la puerta con el dorso de la mano, procurando no hacer mucho ruido. Se abrió una rendija que dejó entrever la mirada ceñuda de la chica, que la relajó en cuanto le hubo reconocido.

—Dios santo —dijo abriendo la puerta para dejarle pasar—, ¿no has podido encontrar un sitio peor?

Él le tendió la bolsa de papel con la tónica, la botella de Tanqueray y dos vasos de plástico.

—La cosa se está poniendo cada vez más peligrosa —dijo mientras inspeccionaba el sórdido cuartucho, el hueco con el hornillo y la pila de loza y el baño a cuatro metros, con la puerta abierta y el váter a la vista—. Tenemos que hablar de eso, quiero más privacidad para nuestros próximos encuentros.

—Madre mía... Perdona que te lo diga, pero te estás pasando ya con el tema de la seguridad.

Y ese era en parte el problema de Traci: sabía mucho más de lo debido y, encima, se estaba volviendo perezosa y la iba a cagar. Tenía a Celia Negri preparada; la había entrenado, ya lo había hecho varias veces y se había comportado como una profesional. Había llegado su momento.

Pasaron la siguiente media hora charlando y bebiendo. Él se dedicó a decir todo lo que se le pasó por la cabeza, para hacer tiempo y que todo pareciese de lo más normal, a la espera de que la ginebra le hiciese mella. Cuando la chica se levantó para ir al baño, el hombre le echó la primera dosis de Rohypnol en el vaso.

A su vuelta él empezó a decirle que le iba a pagar más por no sé qué historia, y entonces a Traci le pareció pertinente contarle que había conocido a un tío que tenía una finca en Sonoma. Para cuando puso fin a la historia, el Rohypnol ya había empezado a hacer su efecto.

El hombre se levantó para poner otra ronda y ella ni siquiera se molestó en mirar qué hacía allí en la pila. Más Rohypnol. Una buena dosis.

La miró detenidamente, sin preocuparse ya en hacerse el borracho. Empezó a limpiar, a borrar su presencia en el cuarto: metió el vaso de plástico en la bolsa de papel y quitó las huellas de la cucharilla medio doblada con la que había removido.

El Rohypnol la estaba volviendo melancólica, temerosa, ansiosa. Al ver que su agitación iba en aumento, el hombre decidió cortar por lo sano y acabar de una vez. No se molestó en levantarse y sin más mezcló allí mismo delante de ella la siguiente copa, la última, más Valium, Xanax y Rohypnol.

Se la bebió como una niña muerta de cansancio a la que su madre le administra una medicina; ni siquiera le preguntó qué le estaba dando.

Otro cuarto de hora.

Estaba demasiado noqueada como para hacer el esfuerzo de levantarse del sofá costroso cuando le entraron ganas de ir de nuevo al baño. Se meó encima, allí mismo, mirándole con una mueca de perplejidad.

Cuando terminó arqueó las cejas y se arrellanó aún más en el sofá. Se le vinieron abajo los hombros y se le hundió la barbilla contra el pecho. Se echó hacia delante y se quedó suspendida en un ángulo de cuarenta y cinco grados un rato más largo de lo normal. Se cayó entonces del todo, derrumbándose sobre su propio regazo, con la cabeza en un giro imposible sobre las rodillas.

Perfecto. Con la cabeza así retorcida, en ese ángulo pronunciado que limitaba la entrada de aire a la garganta, sería más rápido de lo que había previsto. Cruzó las piernas, consultó su reloj de muñeca y aguardó.

Al poco tiempo la chica roncaba con fuerza y, en apenas un par de minutos, la respiración se convirtió en un gruñido terrible. Se volvió más dificultosa conforme el mejunje de fármacos le llegaba al tallo cerebral y el sistema nervioso central perdía su capacidad de dar órdenes a los músculos. El conato de respiración se transformó en un extraño resoplido racheado.

Y entonces sobrevino el silencio.

Esperó. Inmóvil. El cuerpo tosió una vez. Esperó. Pasaron unos minutos. Le tomó el pulso en la muñeca y en el cuello.

Le llevó cinco minutos eliminar todo rastro de que la chica

hubiese tenido compañía y esparcir los fármacos por aquí y por allá, dejando caer alguno que otro por el suelo mugriento.

Salvo que empezase a oler, como muy pronto la encontrarían al cabo de dos semanas, cuando venciese el alquiler.

Capítulo 13

Rumeur era una tiendecilla cerca de Palm Alley, en la zona de North Beach. Wanda Pace regentaba un estrafalario negocio dedicado a la importación de frascos antiguos de tinta y repertorios de viejas fotografías de personas con rarezas físicas. Sus tres mayores colecciones provenían de las callejuelas y los mercadillos de El Cairo, Hong Kong y Ciudad de México.

Hacía unos años Wanda había comprado un surtido de fotografías de Beijing a un prominente abogado de San Francisco, pero antes de que este se las enviase fue asesinado. Por aquel entonces Fane todavía trabajaba en la UOE y estaba investigando al letrado por otro tema. Ayudó a Wanda a limpiar su nombre de cualquier relación con el crimen y a reclamar las fotos del patrimonio del letrado.

A partir de ese momento, siempre que Fane necesitaba algo de intimidad durante un par de horas, Wanda ponía a su disposición una trastienda; y, de paso, se encargaba de vigilar la calle.

—¡Cuánto tiempo! —le dijo Wanda con una agradable sonrisa mientras le conducía desde la entrada por el callejón hasta las oficinas. Fane se dejó llevar por la estela de su perfume de gardenia y le dio un beso en la mejilla.

—Te lo agradezco. Un taxi la dejará en la puerta en cualquier momento.

Wanda rondaba esa etapa indefinida, pasada ya la mediana edad pero sin llegar todavía a estar entrada en años. Era delgada y pálida, y siempre lucía elegantes vestidos camiseros. Llevaba su pelo teñido de *henna* hacia atrás, en un peinado desenfadado estilo años cuarenta, y se desenvolvía por sus dependencias con la grácil seguridad de una mujer que no esperaba encontrar nada con lo que no supiese lidiar.

Fueron a la habitación que daba a la calle, donde Wanda se sentaba ante un viejo mostrador abarrotado con el desorden típico de un negocio de importación. Al lado, cerca del escaparate, dos canarios gorgoteaban discretamente en una jaula *art decó*. La tenue luz gris del exterior le imprimía un suave contorno a los frascos de tinta alineados en hileras sobre las estrechas repisas de cristal de las paredes.

Al otro lado de la calle se detuvo un taxi, con el capó apuntando colina abajo. La mujer que había dentro pagó al conductor, abrió la puerta y se apeó.

—Uau, madre mía —se sorprendió Wanda—. ¿Es esa?

—Justo a tiempo.

Lore llevaba un vestido de punto azul zafiro que le sentaba como un guante. El pelo a lo *garçon*, color ónice; la boca, carmín. Al ver que la calle era demasiado empinada para sus tacones, se apoyó en la puerta abierta del taxi con una mano y con la otra se quitó los zapatos como si tal cosa; cerró entonces la portezuela y atravesó la calle con el calzado en la mano. Wanda observaba fascinada.

Lore se paró ya en la acera, se puso de nuevo los zapatos y traspasó el umbral.

—Soy Townsend —le dijo Fane adelantándose.

Lore le saludó con un gesto y miró alrededor; vio a Wanda, pero la dependienta estaba ocupada haciéndose la ocupada, cabizbaja.

Fueron a la trastienda más grande de las dos que había y cerraron la puerta. Lore iba muy arreglada, toda acicalada, aunque no parecía darle mayor importancia. Fane imaginó que cuidar de su aspecto era para ella un acto reflejo. Sin embargo, se la veía concentrada en otra cosa; los actos reflejos estaban quedando relegados por el miedo.

—No ha tardado usted en ponerse en contacto conmigo —rompió el hielo ella, con un deje de suspicacia, mientras se acomodaban en un par de viejas sillas de madera entre cajones de embalaje y cajas de mercancías. Se la notaba nerviosa pero no intimidada.

—Me dijeron que era urgente.

Lore asintió y le dio un buen repaso con la mirada, asimilando los detalles.

—¿Qué más sabe? —le preguntó a Fane.

—Que tiene usted una relación con un hombre y desea ponerle fin.

Lore se quedó mirándolo un rato largo; Fane, por su parte, esperó, adivinando que no se iba a andar con rodeos.

—Dejémoslo bien clarito: yo no estoy poniéndole precio a su cabeza. Ni tampoco le contrato para darle una paliza. Solo necesito que alguien le baje los humos y lo saque de mi vida.

—Entiendo. Permítame que le explique mis tarifas y, si luego sigue interesada, me cuenta su historia.

Le expuso brevemente las condiciones, con el pago solo en metálico y una estructura de plazos que harían que le tomase en serio a él y su oferta. Lore accedió sin pensárselo y pasó a contarle la historia.

Era una interesante combinación: metódica y nerviosa a partes iguales. Le hizo una buena descripción de su relación con Krey para dejarle bien claro a su interlocutor por qué quería poner fin a aquella situación lo antes posible.

Cuando hubo terminado, sacó un frasco de aspirinas del bolso y se llevó dos a la boca.

—¿Cómo fijan sus citas? —le preguntó Fane.

—De muchas formas —respondió Lore, que a continuación se tragó las pastillas—. Forma parte del juego: él me llama y fijamos una hora y un sitio. Dejo mi coche en algún lugar, en un garaje, por ejemplo, y un taxi aparece con instrucciones para llevarme a alguna parte. Igual que con usted —le dijo con segundas.

—¿Dónde se ven?

—En casas, pisos. Hoteles a veces, moteles.

—¿Lleva móvil cuando está con él?

—No, no ha parado de darme la paliza con lo del GPS.

—Pero usted siempre deja el coche.

—Siempre. —Lore le miró con desconfianza—. ¿A qué vienen tantas preguntas?

—No puedo ayudarle si no sé quién es ese hombre. No se llama Philip Krey. Necesitamos una foto, huellas, cosas que no pueda sacarse de la manga, como hace con el carné de identidad o el permiso de conducir. Va a tener que verle una vez más, sea como sea, para darme la oportunidad de conseguirlas.

—Mire, le tengo mucho miedo y no sé si voy a tener el valor de volver a verle.

—¿La ha amenazado?

—No.

—¿Ha empezado a ponerse brusco?

—Ese no es el tema.

—Es decir, que a veces ese es precisamente el tema.

—No pienso entrar en eso con usted —dijo apartando la mirada. El pie derecho empezó a mecérsele ligeramente—. No tiene nada que ver.

—Ah, entonces, ¿con qué tiene que ver?

Aunque le molestó la pregunta, en cierto modo era consciente de que estaba dentro de un rango de curiosidad razonable para alguien al que estaba contratando para librarse de Krey.

—Ya le he contado lo de la mente —empezó a explicarle, bastante incómoda—. No es normal; da mucha grima. Y lo que se le ha ido de las manos no son los juegos a los que jugamos los dos, sino a los que juega él.

En medio de aquel almacén polvoriento parecía sacada de un dibujo de líneas limpias; también parecía estar considerando la posibilidad de echarse atrás.

—¿Lo llama usted con frecuencia? —siguió interrogándola Fane.

—Últimamente sí.

—¿Por qué?

—¿Por qué tiene que saber eso?

—Va a tener que ponerse en contacto con él, y tengo que saber cómo se lo va a tomar; si me va a suponer algún problema o no.

Una vez más la mujer reflexionó con los ojos clavados en Fane, sin parpadear.

—Vale, bien, tiene sentido.

Desvió la mirada mientras se mordisqueaba ligeramente la comisura del labio inferior. Aparte de tener un atractivo imponente, su cara era un rompecabezas de matices insólitos. Resignada, acabó poniendo los ojos en blanco y volvió a mirar a su interlocutor.

—Porque… en los últimos tiempos hemos estado interpretando roles. —Lo dijo como si con esa contestación estuviese dando una respuesta definitiva a algo y ahora pudiese pasar a otra cosa.

—¿Interpretando roles? —Se suponía que Townsend no sabía nada sobre la terapia, sus gustos o las extrañas derivaciones de la relación.

Lore lo fulminó con la mirada por tener que molestarse en explicárselo.

—Mire… —exclamó, saltando como por instinto para al cabo retractarse al recordar que le necesitaba—. Tengo fantasías y las escenificamos, eso es todo.

—Vale. Ahora escúcheme usted a mí: quiero que me cuente cómo funciona, sin pasar por alto, y digo «sin», los detalles sórdidos, porque es importante para nuestro cometido.

—¿Cómo funciona? —Aunque estaba que trinaba, seguía atenta.

—Si no lo hacemos bien empezará a sospechar. Necesito que me ayude para no fastidiarla.

Fane achacó la actitud chulesca de la mujer al miedo. Krey se había metido en sus pensamientos más de lo que a ella le gustaría admitir.

—Vale…, perdone. Lo entiendo, claro… Debería haberme dado cuenta.

—No pasa nada. Estamos aquí para hablar, para discutir qué hacer entre los dos.

Lore asintió, mirándose las manos, un tanto avergonzada por haberse puesto a la defensiva.

—Vale. —Suspiró. Sacudió la cabeza, no daba crédito—. Joder.

Se levantó. Estaban rodeados por cajones de embalaje y no había por donde moverse, pero no podía estarse quieta. Dio unos cuantos pasos y luego volvió sobre ellos. El vestido zafiro le caía como una cortina de agua. Siguió paseándose, cruzó los brazos y le miró:

—Es un juego —le explicó—. La cosa ha evolucionado, no siempre ha sido así. Hace unas semanas le describí cuatro fantasías. Fui muy explícita, le di muchos detalles. El trato consistía en que él escogiese una y la planease. Yo sabría de antemano qué fantasía iba a escenificar; y luego la interpretaríamos durante toda una noche, a veces hasta por la mañana.

—Ha dicho que el trato «consistía», en pasado.

—La última vez fue la cuarta fantasía.

—Normalmente, ¿cuándo volvería a verle?

—Con él no hay nada normal. La mayoría de las veces es él quien se pone en contacto conmigo.

—Si lo llama usted hoy a él, ¿cree que le parecería sospechoso?

—No tiene por qué. —Apoyó las caderas contra un cajón.

—Si lo llama y le sugiere que se vean en un sitio público, ¿cómo cree que se lo tomará?

—Se preguntará por qué.

—Entonces tendremos que buscar una razón.

Lore asintió:

—¿Cuándo quiere que lo hagamos?

—Cuanto antes.

Lore clavó los ojos en él, dejó caer las manos y empezó a rascarse la palma de una con los dedos de la otra. Era una imagen de líneas afiladas, el pelo corto como esculpido, la boca perfilada en carmín. Y su ansiedad. Fane empezó a compadecerla.

Vera le había descrito la forma de ser de Lore, y por sus ademanes era consciente del estrés que experimentaba. Sin embargo, parecía más a punto de estallar de lo que había imaginado. ¿Cuánta presión más sería capaz de soportar? No había modo de saberlo, y en cualquier caso tampoco había nada que él pudiese hacer al respecto. De momento ella era todo lo que tenía.

Lore volvió a la silla y se alisó el vestido sobre el regazo con pasadas precisas y regulares.

—Quiero que entienda una cosa —le pidió, esta vez con una serenidad inusitada—. He tenido una aventura con ese hombre, y es cierto que a veces la cosa se desmadraba un poco, pero hasta el último par de veces que nos hemos visto nunca había sido…, no sé…, tan excéntrico. —Movió los hombros y el largo cuello, en un cambio nervioso de postura—. Confiaba en él, en que se ciñese a unos límites. Una queda en algo y luego se deja llevar. Al fin y al cabo, que sea inquietante es parte de la gracia, ¿no?

Fane tenía ante él a una mujer tan confundida por sus propios razonamientos que apenas regía. Razones aparte, la realidad era algo que Lore Cha no podía soportar; la fantasía, en cambio, le resultaba más manejable, más reconfortante incluso. Sospechó que hacía tiempo que ella había dejado de preguntarse el porqué.

—Pero la excentricidad… —prosiguió Lore, y calló. Fane no supo decir si intentaba escoger las palabras adecuadas o si había perdido el hilo—, a veces no se puede volver de lo excéntrico.

Capítulo 14

La voz de Libby surgió por el auricular de Roma:

—Vale, un tipo con chaquetón y boina con visera acaba de salir de los árboles de la calle Hyde, proveniente de Lombard. Se dirige hacia el tramo sur de la calle Greenwich... Atraviesa Hyde hasta Greenwich por las escaleras... Está bajando.

Roma marcó la página del libro que estaba leyendo y lo dejó a un lado. Estaba con Jon Bücher en la furgoneta de operaciones de este, a tres manzanas de la consulta de Vera List. Roma miró la hora: eran las 2.40 de la madrugada.

Libby Mane era la jefa del equipo de vigilancia de tres miembros que Roma solía contratar cuando requería de sus servicios especializados. Todos habían sido agentes de inteligencia de la DEA, de ahí que Libby y sus socios, Reed y Mark, trabajaran juntos con una eficiencia y una intuición que los situaban muy por encima de cualquier otro equipo de vigilancia *freelance*. Roma conoció a Libby a través de Bücher poco tiempo después de mudarse a San Francisco, hacía dos años; ambas se cayeron bien y se entendieron desde el principio. A partir de entonces no habían dejado de trabajar juntas.

—¿Qué está pasando? —preguntó Roma.

—Se ha metido por el caminillo entre setos que bordea las escaleras. Vale... vale, acaba de entrar en el primer jardín.

Esperaron con los ojos puestos en uno de los dos monitores de la furgoneta, dividido en cuadrantes, uno por cada cámara oculta que habían puesto en las dependencias de Vera. Bücher podía aumentar cada cuadrante en la otra pantalla.

Roma miró de reojo el portátil con la imagen por satélite

de la manzana en la que estaba situada la consulta de Vera. Se representó al hombre cruzando los tres jardines, dejando atrás un bloque de pisos, una fuente y unos bancos del parque hasta atravesar el arco formado por los altos setos y llegar a la entrada del edificio. Tendría que utilizar una tarjeta electrónica para entrar al edificio y luego subir en el estrecho ascensor.

Parecía estar llevándole más tiempo de la cuenta.

—Tal vez no sea nada —comentó Bücher—, una falsa alarma.

—A ver.

En ese momento la puerta de la sala de espera se abrió de par en par.

La visera le tapaba la cara mientras cerraba la puerta tras de sí. Luego se quedó allí en medio parado, esperando. No era una pausa, permaneció quieto como en una fotografía durante un minuto, dos, dos y medio...

—Está escuchando —musitó Bücher.

—¿El qué?

—O a lo mejor está haciéndose a la oscuridad.

En ese momento el hombre se llevó la mano a la cabeza, se quitó la boina y dejó caer una larga melena negra.

—Guau —exclamó Roma.

—Toma ya.

La mujer se dio la vuelta, dejó la gorra en la silla de al lado de la puerta, se desabrochó el chaquetón y lo puso encima. Se sacó entonces una linternita de los vaqueros y la encendió. Recorrió la sala de espera con el haz de luz, que detuvo sobre un pequeño escritorio. Fue hasta allí, hurgó en un cuenco y cogió un caramelo, que desenvolvió cuidándose de guardar el papel en el bolsillo antes de metérselo en la boca.

—Tenemos a una golosa —comentó Bücher.

La mujer fue hasta la puerta que daba a la consulta de Vera List y entró.

Roma y Bücher desplazaron su atención hacia los tres cuadrantes que cubrían las vistas de la consulta.

La mujer se dirigió al inmenso ventanal que daba al jardín y descorrió las cortinas.

—Va a tener suerte, el mal tiempo ocultará el LED —dijo Bücher—. Es probable que sea luz azul, y que cuando la propague no se vea desde fuera mientras no la apunte directamente a las ventanas.

Se quedó allí parada, contemplando el jardín; su aparente falta de prisa no cuadraba mucho con su misión.

—¿Qué hace? —dijo Roma.

—Nada. Vaya ladrona más tranquila...

Pasado un rato se dio media vuelta y se puso a vagar por la habitación. Fue hacia la zona donde estaban el sofá y los sillones en los que Vera hablaba con sus pacientes. Se sentó en uno, cruzó las piernas y esperó.

—Pincha la dos —ordenó Roma.

La cara de la mujer acaparó el segundo monitor. Era joven, veintipocos años.

—¿Es... hispana? —se preguntó Roma—, ¿o negra?

—No sabría decirte.

La chica se levantó y se inclinó sobre el sofá para ver bien la fotografía que había colgada encima. Acto seguido rodeó el otro sillón, siguió el pálido haz de luz y fue a sentarse ante el escritorio de Vera.

Se dedicó a coger objetos de la mesa, estudiándolos y devolviéndolos luego a su posición exacta. Abrió los cajones, examinó el contenido, leyó las pocas cosas que encontró, lo colocó todo de nuevo en su sitio y los cerró.

Se giró hacia el ordenador y lo encendió.

—Por fin —dijo Roma.

La chica desenganchó una memoria USB de una cadena que llevaba al cuello, la metió en un puerto del ordenador y empezó a teclear sin parar.

—Vaya —exclamó Bücher—, no es la primera vez que lo hace. Tiene que estar pasando controles de seguridad, claves, todo eso.

—Y parece tan tranquila. No le he visto mirar de reojo ni vacilar ni una sola vez.

La observaron durante unos minutos.

Roma habló por el micrófono de los cascos que llevaba, sin apartar la vista del monitor:

—¿Alguien ve algo ahí fuera?

La voz de Libby:

—Ni un alma por Hyde.

Reed:

—Leavenworth está muerta.

Mark:

—Nada por Filbert.

Roma se acercó al monitor. La descarga debía de haber empezado, porque la chica se reclinó en la silla, se quedó mirando la pantalla unos segundos y luego se levantó para volver a la sala de espera y coger otro caramelo; una vez más se lo metió en la boca y se guardó el envoltorio en el bolsillo antes de regresar a la consulta de Vera.

—Metódica —observó Bücher.

De vuelta al ordenador, tecleó un par de veces y sacó la memoria. Se la enganchó en la cadenilla del cuello y apagó el ordenador.

—Vale, atentos todos —avisó Roma por el micro—, estamos hablando de una mujer, no es un hombre. Yo diría que va a volver por donde ha venido. Necesitamos un número de matrícula.

La chica se paseó una última vez por la habitación y salió.

Roma se centró en el monitor. La chica fue directa a la silla de al lado de la puerta para recoger el chaquetón.

—Se va —informó Roma por el micro.

Se recogió el pelo, se puso la gorra y salió.

—Está saliendo por la puerta. Tened cuidado, puede que no esté sola.

En tres caras distintas de la manzana los tres vigilantes se descalzaron a la vez de sus náuticos. Cuando las aceras estaban mojadas no había zapatos que no rechinasen; nada como un pie descalzo para no hacer ruido. Se guardaron los zapatos en los abrigos y se precipitaron en la oscuridad.

Cuando la chica bajaba por los escalones del primer jardín hasta el callejón sin salida, Reed estaba ya bajo los árboles que se elevaban por encima de la escalera que bajaba desde la calle Leavenworth a Greenwich. En cuanto dobló por Hyde, empezó a seguirla.

Libby bajó corriendo por la cuesta de Hyde adelantándose a los pasos de la chica. Apenas llegó a la calle Lombard atravesó corriendo el cruce expuesto hasta los árboles de la esquina opuesta. Se volvió al punto y fijó su teleobjetivo contra un árbol.

Mark corrió por la calle Filbert en dirección a Lombard para cubrir una posible ruta alternativa.

Reed, mientras, seguía a la chica por Hyde, manteniendo la distancia justa para quedar al amparo del tiempo brumoso, aunque lo suficientemente cerca para oír sus pisadas. Torció a la izquierda por Lombard. Aguardó un poco antes de doblar la esquina tras ella, perdiendo por un momento el contacto visual y sonoro. Oyó entonces cómo arrastraba los pies y se detenía. Algo rozó la chapa de un coche. Se estaba deslizando entre los vehículos aparcados a lo largo del bordillo. Percibió el chasquido de una portezuela como a unos tres coches de distancia. Sin luz interior. La puerta se cerró de golpe.

Reed:

—Se ha metido en un coche aparcado en Lombard, cerca del cruce con Hyde, orientación este. —Volvió hasta la esquina y se escondió detrás del último vehículo.

El coche arrancó, los faros se encendieron, salió del aparcamiento y siguió recto hasta la esquina, donde torció a la izquierda, pendiente abajo hacia la bahía.

Libby captó una instantánea de la matrícula de delante cuando el coche apareció de frente.

Entre tanto, en la furgoneta Roma y Bücher escuchaban la voz de Libby, que les cantaba los números y las letras de la matrícula mientras Roma los introducía directamente en la página web que tenía abierta. Unos segundos más tarde conseguía la información.

—Vale, lo tengo. Gracias, chicos. Mañana os llamo.

Eran las 3.28 cuando Roma dejó un mensaje de voz en la BlackBerry de Fane. Iba ya de camino a su casa en The Mission y no se extendió mucho; le hizo un breve resumen de lo que había sucedido para al cabo proporcionarle la información que él quería: el nombre de la mujer era Celia Negri. Vivía en el número 1360 de la calle Pomroit. Veinticuatro años. Sin antecedentes.

—Tengo que dormir un poco —concluyó—. Bücher te mandará el archivo digital de la cinta de vigilancia. Nos vemos mañana por la mañana, a las diez y media.

Capítulo 15

Marten Fane estaba amodorrado, caía y salía del sueño una y otra vez, aunque en el fondo sentía la reconfortante aceleración del coche al surcar como una flecha la noche.

Él, el niño del asiento de atrás, tenía ocho años. Por la radio sonaba *Help Me Make It Through the Night* en una emisora de *country*, y en el asiento delantero su madre se acurrucaba contra su padre, quien la rodeaba con un brazo mientras conducía. Al otro lado de la ventanilla la luna creciente de Texas trotaba a su vera, arropando con su luz los llanos de mezquites y cactus y surcando los bajos montes Caddo, que corrían a lo lejos en la penumbra.

Su madre cantaba con esa cálida voz suya, apenas audible por encima de la melodía, y cuando su padre le susurró algo al oído, ella rio en silencio y le besó en el cuello. Le gustaba verlos así, sus casi siluetas tan pegadas frente a él. Incluso con siete años sabía que eran una pareja atractiva, y que eran jóvenes y felices. Los tres eran las personas más afortunadas del mundo.

Cuando su madre se volvió para ver cómo estaba, se hizo el dormido y se quedó observando su cara bañada en sombras por entre las pestañas. Ella se incorporó en su asiento para poder acariciarle la pierna con la mano. Así era su madre, y él la adoraba.

En cuanto la mujer se volvió, rodó adormecido la cabeza hacia un lado y vio la luna una vez más, la luna funesta que se alzaba.

Los faros del tráiler que venía en sentido contrario llenaron el coche de luz.

Cuando se despertó tres meses después, todavía lloraba. No había suficiente consuelo en el mundo para acallar sus remordimientos, mayores aún que su pena, por haberse hecho el dormido en el último momento, por no haber alargado la mano para tocarla.

Dios santo.

Fane abrió los ojos a la oscuridad, sin transición alguna entre el sueño y el presente. Se levantó, se puso el batín y atravesó el pasillo abovedado hasta el estudio.

Experimentaba sueños lúcidos, y ese había sido el que le había iniciado en aquella condición, o habilidad, como algunos preferían llamarla. Para él era lo primero. Y, en realidad, el sueño nada tenía de sueño, era un recuerdo de una viveza impresionante.

Durante los siguientes nueve años que sucedieron al accidente fue un extraño para sí mismo, un muchacho desarraigado y vaciado de siete años de recuerdos por el camión de dieciocho ruedas que se empotró aquella noche contra el coche. Había una memoria quebrada de su madre, de lo mucho que la quería, una nostalgia angustiosa que era más intensa que el recuerdo de la mujer en sí. Aquellos resquicios borrosos de voces y caras eran para volverse loco; a menudo se preguntaba si todo lo que sentía no era más que deseo. La conmoción del accidente le había dado a conocer las nociones de querencia, necesidad e insatisfacción y, en lugar de recuerdos, le había dejado con un anhelo indefinido que no podía ni calmar ni eludir. En cierto modo nació en aquel momento, cuando ya llevaba siete años en el mundo. El accidente fue el parto traumático. Era lo único que sabía de su pasado.

Pero, convencido de que había más, la carencia lo perseguía como un fantasma. Toda la existencia y la historia de sus padres habían quedado atrapadas en esos breves momentos de sueño-recuerdo, y él se había pasado gran parte de su infancia tratando de liberar a la mujer que le había acariciado la pierna en los últimos momentos de su vida.

Fane fue hasta el escritorio y se sirvió un vaso de agua de la jarra de cristal que había en una esquina. Se sentó en un sillón y fue dándole lentos tragos en la penumbra.

Los sueños lúcidos empezaron a los dieciséis años, en un

deslumbramiento inesperado. En el transcurso de cientos de noches su infancia fue volviendo a la superficie de su conciencia, y su mente bebió sedienta de los recuerdos perdidos como si le fuera la vida en ello. Las escenas estaban repletas de un contenido sensorial tan potente e hiriente —y bienvenido— que a la mañana siguiente solía estar demasiado impresionado para ir al instituto.

Ya llevaba bastante tiempo sin repetir el sueño, pero sabía bien qué lo había provocado aquella noche: el relato de Vera List de los traumas infantiles que había sufrido Elise Currin en los hogares adoptivos. Aún hoy, después de tantos años, Fane también era capaz de recordarlos claramente, con gratitud y dolor a partes iguales.

La pareja con la que vivía cuando empezaron los sueños se vio superada por los acontecimientos. Ni pudieron ni quisieron comprenderlo. Eran buenas personas, pero lo que le ocurría a aquel adolescente iba más allá de su entendimiento. Para ellos suponía una tortura, y Fane no les culpó cuando solicitaron a los Servicios de Protección al Menor que le buscasen otro hogar.

Marten, sin embargo, no se veía capaz de afrontar otro desarraigo. Además, había encontrado una familia que volvía a él en los sueños vertiginosos de sus recuerdos perdidos. La noche antes del traslado a otro hogar adoptivo se escabulló a altas horas de la madrugada. Tenía dieciséis años y estaba solo en el mundo.

Más allá del muro de la terraza las luces de la ciudad le conferían a la bruma pasajera un resplandor apagado que hacía que la buganvilla dibujase una celosía de siluetas. Fane se quedó contemplando el paisaje mientras recordaba los primeros años después de reclamar su independencia.

Era el fin de su aislamiento, y el principio de una especie de creación de sí mismo que, a pesar de tener todas las papeletas para acabar fatal, salió adelante. Que sobreviviera se debió en parte a la suerte, en parte a su ingenuidad innata y, por qué no, a la generosidad inesperada de los demás. Se preguntaba a menudo qué le había influido más para llegar a ser el hombre que era, si el aislamiento de su infancia de recuerdos perdidos o su adolescencia de independencia, en la que cada giro y decisión que tomaba eran como una tirada de dados.

Desde luego, tampoco era la pregunta adecuada. La vida rara vez, por no decir nunca, se puede parcelar tan claramente. Había dejado de intentar responder a ese tipo de preguntas.

Apuró el último trago de agua y dejó el vaso en el borde del escritorio. Tenía que dormir algo pero no quería volver al sueño; y tampoco estaba de humor para ponerse a leer o a hojear los libros de retratos. Solo entonces se le ocurrió mirar la hora: eran las 3.42. Probablemente Roma y su equipo ya habrían acabado en la consulta de List y tal vez le hubiesen dejado algún mensaje.

Antes de acostarse había puesto en silencio el móvil y lo había dejado en el escritorio. Alargó la mano, lo cogió y lo conectó. Aunque tenía varios mensajes solo escuchó el de Roma.

Como de costumbre, su trabajo había sido eficaz, y le alegró saber que iría a verle a la mañana siguiente. Le gustaba que fuese a su casa. Llenaba su vacío de un modo que costaba definir, y que costaba dejar ir una vez que se marchaba ella.

Tenía que dormir, aunque se dio cuenta de que Roma debía de estar yéndose a la cama en esos instantes. Dios, debía parar de pensar.

Recurrió a una vieja distracción para calmar sus pensamientos; buscó algo en lo que centrarse en la penumbra, una forma, un contorno, una sombra. Se concentró en la filigrana negra de la buganvilla de la terraza y esperó una asociación.

Recordó una casa en el barrio de San Ángel, en Ciudad de México, donde había pasado una temporada de noches de verano en aquellos años itinerantes que siguieron a su recién adquirida independencia. Escogió una de esas noches y empezó a reconstruirla. Concienzuda y metódicamente, detalle a detalle meticuloso, fue reviviendo el recuerdo: el elegante jardín tras los muros altos, el sendero entre plantas tropicales, la fuente, los pájaros cantores en sus jaulas; la arquitectura colonial, cada habitación, con sus colores, sus cuadros, sus muebles; los suelos de piedra fría bajo los pies descalzos, la lánguida media luz de los cuartos, el sonido delicado de las voces; la mujer atribulada que vivía allí, y el primoroso tatuaje negro de enredaderas que le surgía de la base de la columna.

Capítulo 16

—Toma, quiero que tengas esto —dijo dejando un paquetito sobre la cama al lado de la cadera desnuda de Elise. Se había levantado para ir a la silla donde tenía la ropa y volver luego con el paquete.

Elise vio brillar bajo la luz de la lamparita un envoltorio esmeralda con una cinta negra.

—No es nada del otro mundo —le explicó él—, pero ha sido verlo en una tienda de artículos de regalo y pensar en ti.

—¿Y eso?

—Ni idea; me viniste a la cabeza sin más.

Estaban en una cama de una casa victoriana en la parte alta de la avenida Buena Vista, por encima de Haight. Al otro lado de las amplias ventanas una capa cerrada de nubes se movía lentamente en la oscuridad, en ocasiones espesa, a veces más fina, dejando entrever la ciudad más abajo, en atisbos de franjas variables de luz espectral.

No tocó el paquete, se quedó como estaba, sentada con una copa de ginebra en la mano. Ya habían estado allí antes, en los primeros compases del idilio. En los días soleados se veía toda la ciudad como salpicada de purpurina hasta la bahía.

Le dio un trago a la ginebra y se quedó mirando el paquete. Una cinta negra. ¿Por qué se lo habría dado estando todavía desnuda? Estaban a punto de vestirse. ¿No podía haber esperado un par de minutos?

—Venga —le apremió él, con una sonrisa que a ella no le pareció la típica alegre del que espera ver la reacción a un regalo que ha hecho. Era una sonrisa con segundas.

—Mejor lo abro luego. Gracias.

—¿Luego? ¿A qué viene eso? Anda.

—¿Por qué me has comprado un regalo?

Frunció el ceño, perplejo ante la reacción de Elise, ante el rechazo.

—Vamos, pero si es una tontería. No es nada.

Ella le dio un trago a la ginebra para disimular las ganas de tragar saliva. Esa noche habían ido directamente al sexo. Así lo había querido ella. Necesitaba hacerlo antes que nada porque sentía un anhelo indescriptible, que era tanto necesidad como vía de escape. La aventura, como suele pasar con las aventuras, había evolucionado, aunque sin ser la predecible evolución hacia el exceso de familiaridad. No se habían limado las asperezas; de hecho, lo áspero se había acentuado.

—No quiero abrirlo ahora.

—¿Por qué?

—¿Por qué le has puesto una cinta negra?

Miró el paquete como si no se hubiese dado cuenta de que la cinta fuese negra y luego volvió la vista hacia ella.

—Lo envolvió la mujer de la tienda. La eligió ella.

—¿No le pediste que utilizara cinta negra?

Sacudió la cabeza lentamente, confundido:

—No. —La escrutó con la mirada, como si de repente su conducta le hubiese alertado de algo. Elise no quería que se anticipase a ella, así no—. Dijo que era, ¿cómo fue?, «elegante».

Elegante o no, era demasiado tarde para que ella lo apreciase. Ya había asociado el paquete con otra cosa; y había sido algo instantáneo, que no dejaba lugar a otra interpretación. No dejaba lugar a la elegancia.

—Me voy a vestir primero —dijo, dejando la copa.

—Elise... —Sonreía y fruncía el ceño al mismo tiempo, como ligeramente desconcertado por la actitud de la mujer. Le puso la mano sobre el muslo.

Ella se estremeció. Apenas unos minutos antes lo había tenido dentro y lo había recibido con ganas, sin ningún miedo; ahora, en cambio, su mano sobre el muslo parecía más cruda que practicar sexo con él.

—¿Qué es lo que pasa? —quiso saber él.

Si le era franca, no lo sabía, y además su sonrisa seguía pareciéndole poco ingenua. ¿Qué tenía aquella expresión de ternura en su cara para que ella no lograse creérsela? ¿Era su sexto sentido que la avisaba de que algo no iba bien?

El hombre le quitó el vaso de las manos con delicadeza para ponerlo en la mesita de noche; luego alargó la suya para coger la caja esmeralda con la cinta negra y dejársela sobre el regazo desnudo.

La desnudez de ambos se estaba convirtiendo a pasos agigantados en un obstáculo bastante relevante en esa escena del regalo, tal y como la estaba redefiniendo ella en su cabeza. En el contexto de la aventura la desnudez siempre había sido algo natural, intrascendente incluso. Apenas unos minutos antes era de lo más irrelevante.

Sin embargo, el cuerpo de él empezaba a resultarle ofensivo, como si tuviese una doble cara agresiva, amenazante. También su propio desnudo la hacía sentirse incómoda. El significado de la desnudez estaba cambiando rápidamente en su cabeza, el equivalente físico de un estado de ánimo cada vez más oscuro.

—Ábrelo —le dijo. ¿Con un tono exigente?, ¿o alentador?

Metió los dedos por debajo de la caja para calibrar el peso. Tenía algo. Fue tirando poco a poco con los dedos de la cinta negra hasta dejarla caer al suelo. El papel esmeralda se desprendió de la cajita blanca y fue a parar donde la cinta. Abrió la caja, apartó la tela almidonada y sacó de su nido una pequeña paloma verde de cristal, perfecta, hermosa y refulgente.

La sostuvo en la cuenca de las temblorosas manos solo por unos instantes, antes de desmayarse.

Cuando volvió en sí, estaba tumbada bocabajo, con un brazo entumecido por debajo y una pierna en un extraño giro. A medida que se le fueron aclarando las ideas se dio cuenta de que tan solo habían pasado unos instantes. La había recogido del suelo y la había puesto de cualquier manera sobre la cama. Todavía estaba desnuda; y él no se había molestado ni en pasarle una toalla húmeda por la cara, ni en taparla, ni siquiera había tenido a bien darle media vuelta y estirarle las extremidades.

Sacó poco a poco el brazo de debajo, estiró las piernas y se dio la vuelta. Kern estaba en la otra punta del cuarto, dándole la espalda mientras se vestía. Se quedó mirándolo, entre el mareo y la debilidad. Carraspeó.

Kern se volvió y la miró, indiferente, sin dejar de abrocharse la camisa.

—Te has desmayado —dijo remetiéndose el faldón.

Elise reunió fuerzas para incorporarse y mover lentamente los pies hasta el suelo. Le dio un puntapié a algo: la paloma de cristal. También la caja y los envoltorios seguían en el suelo. Aun recuperándose como estaba, la sobrecogieron el desdén y la crueldad implícitos en esos pequeños detalles de falta de consideración. Se levantó y, una vez recuperado el equilibrio, fue al baño y cerró la puerta. Primero se lavó la cara y luego utilizó el bidé, donde dejó correr el agua caliente y se limpió con una toalla.

Al volver al cuarto Kern se estaba atando los zapatos. Elise, por su parte, fue hasta la silla donde tenía la ropa y empezó a vestirse. Kern se recostó en su asiento y la observó en silencio. Hasta que ella no estuvo sentada, poniéndose las medias, no habló:

—¿A qué ha venido todo eso?

La pregunta sonó extrañamente forzada, sin matiz alguno de curiosidad real y menos aún de preocupación. Aquella flema suya era algo nuevo, y la confundía.

—Es por tu culpa —respondió ella, mirándolo a lo largo de la pierna extendida mientras se subía las medias.

Kern no contestó, no iba a darle más vueltas. ¿Cómo era posible? No era propio de él. Nunca había mostrado falta de curiosidad por ella, jamás. ¿A qué venía esa indiferencia nueva?

Dejó que el silencio se extendiese entre los dos mientras terminaba de vestirse. Cuando hubo acabado, se cepilló la espesa cabellera de pie frente al espejo. Él se quedó en la silla, observándola, y sus ojos se encontraron en el reflejo del espejo.

Hasta ese momento se había sentido ligeramente desorientada por el desmayo, con la consciencia adormecida. Pero al ver el reflejo sintió una inesperada sacudida, como si el eco de él fuese su esencia más verdadera. De pronto su imagen le resultó profundamente siniestra y se apoderó de ella una urgencia por darse la vuelta para mirarlo de frente, por temor a que estuviese haciendo algo a sus espaldas que no se reflejase en el espejo. Tuvo que reunir toda su fuerza de voluntad para concentrarse en cepillarse el cabello y disimular el miedo.

Acabó sin saber muy bien cómo y volvió a los pies de la cama sin mirarle. Se sentó y se puso los zapatos.

—¿No tienes curiosidad? —le interpeló, al tiempo que cruzaba las piernas.

—La última vez me dijiste que me apartase de tu cabeza.

Ahora sí que lo miró. Qué respuesta más falsa y sádica. Lo que acababa de pasar iba precisamente de eso, de estar dentro de su cabeza. El pájaro de cristal era un objeto de sus recuerdos más oscuros y profundos, aquel que le había corroído lo más hondo de su corazón igual que un ácido psíquico.

Después de meses y meses de explorarla, de escudriñarla, tras intuir e inmiscuirse en su yo más íntimo —hasta el punto de empezar a sentir un terror subyacente por la idea irracional de que compartía la mente con él—, Kern sabía que el contenido de la caja la afectaría profundamente. Su reacción no había supuesto una sorpresa para él; había sido una confirmación.

Se miraron y la apabullante verdad brotó en su interior a modo de náuseas. Estaba tan dentro de ella que ya no necesitaba explorar más. Podía alcanzar su psique cada vez que quisiera y mover los hilos que conformaban la urdimbre de quién era ella. La actitud despreocupada que había visto no tenía nada de indiferencia. Era satisfacción, una arrogancia escalofriante.

Miércoles

Capítulo 17

Bajó a desayunar al Rose's Café y regresó a su estudio a las ocho y media. A esa hora el archivo de Bücher le esperaba en el ordenador.

Le dio tiempo a ver el vídeo de vigilancia tres veces antes de que sonase el timbre. Miró por los monitores disimulados tras un gabinete chino y vio a Roma esperando junto a las palmeras de la entrada. Pulsó el botón para abrirle.

La colombiana entró en el estudio de Fane con un café para llevar y una bolsa de pasteles de una panadería. Fue a la otomana de enfrente del sofá con la intención de dejar sus cosas en la bandeja de ébano, pero estaba llena de libros de fotografía.

—¿Más libros nuevos? ¿Retratos?

—Sí, unos cuantos.

Lo miró de reojo, como con curiosidad y preocupación, mientras pasaba los libros al sofá y ponía sus cosas en la bandeja. La luz de la mañana bañaba la habitación desde la ventana arqueada que abarcaba casi toda la pared y daba a la terraza y la bahía.

—Te estás obsesionando —comentó, sentándose en el sofá y quitándole la tapa al vaso de café—. Con las fotografías.

—Es probable.

En los últimos dieciocho meses Roma y él habían vivido muchas cosas juntos. Aunque se conocían desde hacía años, en realidad nunca habían trabajado codo con codo hasta que ella se mudó desde Ciudad de México.

En muchos sentidos seguían aprendiendo el uno del otro, dando forma a su «sociedad». Pero ya se sentían cómodos; les parecía que era lo «correcto», y cada día más. Y eso estaba bien, pues su nueva asociación había empezado bajo circunstancias extremas.

Roma apenas llevaba trabajando con él unos meses cuando Dana murió, y el derrumbe de su compañero la puso en una situación imposible. Todavía traumatizada por la horrible masacre de su propia familia en Colombia no hacía ni ocho meses, no se encontraba en posición de ayudarle. En una película pastelosa se habrían reconfortado, duelo con duelo, empatía, entendiendo el dolor del otro. Pero no ocurrió así.

Siendo franco, Fane era incapaz de recordar cómo se las habían apañado para superarlo. Ambos habían sobrellevado sus respectivas pérdidas por su cuenta, aunque había sido al mismo tiempo, uno delante del otro, si no juntos. Eso precisamente era lo que había creado entre ellos una relación que ambos consideraban importante de un modo que aún no llegaban a entender.

Fane encontraría con el tiempo una forma de vivir con Dana y vivir sin ella, a la vez. Se trataba de un juego mental un tanto desquiciante. No tenía reglas, y tampoco él habría sido capaz de explicarle a nadie cómo lo había logrado. Fue solamente una manera de luchar por un equilibrio propio, hasta que con el tiempo consiguió dormir sin fantasmas, y levantarse sin aflicción.

Fuera como fuese, había sucedido con Roma a su lado. Habían aprendido juntos a respetar el duelo del otro, y a mantener la distancia cuando solo la soledad podía replicar a la pérdida. Al igual que habían aprendido que cuando esa soledad se volvía cruel únicamente la voz del otro mitigaba el dolor que sabían compartido.

Sin embargo, en los últimos meses existían síntomas de que algo había cambiado entre ellos; sutilezas apenas, una mención pasajera de uno de ellos que tocaba un aspecto del otro más íntimo de lo que estaban acostumbrados a expresar, o un comentario que daba por sentada una profunda comprensión. Independientemente de lo conscientes o no que fuesen Fane y Roma de tales minucias, ellos eran la prueba viviente y creciente de la evolución de su relación, de la aceptación mutua de que la distancia se estaba acortando entre ambos.

El comentario de Roma sobre la obsesión de Fane con las fotografías era un ejemplo como otro cualquiera. Él se daba cuenta de que ella comprendía una dimensión de su fijación por esas imágenes de la que nunca le había hablado, y aquella observación sutil la hacía más cercana que unos instantes antes.

La miró durante un par de segundos, grabando en su memoria lo que había ocurrido, antes de enfrascarse en el trabajo que tenían entre manos.

Primero le contó a Roma lo que Vera le había dicho sobre Elise Currin y luego el relato de la terapia matinal con Lore Cha. A continuación le informó sobre la conversación que había mantenido con Lore la tarde anterior.

Como siempre Fane la observó con interés mientras ella asimilaba la nueva información. La opinión de Roma contaba mucho para Fane. Era una intrépida lectora de la naturaleza humana, aunque no solo había que prestar atención a sus palabras. Tanto su cara como su cuerpo hablaban por los codos, algo que no se molestaba en disimular cuando estaba con personas de confianza.

Cuando no adoptaba un papel, cosa que hacía con una precisión absoluta, Roma actuaba con una actuitud tan reservada que a cualquier otra mujer le habría valido el calificativo de «fría como el acero». Pero esa expresión poco tenía que ver con una despampanante *rola* —como llamaban cariñosamente los colombianos a las mujeres de Bogotá— de tez aceitunada y ojos negros. Roma nada tenía de fría; despedía llamas. El suyo era un autocontrol cortante, como una advertencia para aquellos que necesitan una para no acercarse demasiado al fuego.

Al trasmitirle el relato de Vera sobre la sesión con Lore Cha, así como su propia conversación con la paciente, Fane procuró repetir palabra por palabra lo dicho por Lore, que había descrito muy bien su pánico creciente.

Cuando hubo terminado, Roma cabeceó, absorbiendo y clasificando, aunque se mostró circunspecta:

—No sé lo que encontraremos sobre este tío —dijo por fin—, pero es el clásico perturbado. Lo que hace es el equivalente intelectual a sobar mujeres en un metro atestado de gente.

—Bonita imagen.

—Aunque opere en lo más alto de la escala social —añadió—, hurgar en la mente de una mujer para meterse entre sus piernas es despreciable.

—De todas formas Vera no cree que sea solo una cuestión de perversiones baratas.

—¿Se comporta igual cuando se ve con Elise?, ¿o solo se las gasta así con Lore Cha?

—Tengo la impresión de que con Elise es tres cuartos de lo mismo. Aunque apostaría algo a que lo hace de una forma muy distinta.

Fane se recostó en la silla, frente a Roma, y acto seguido cruzó los brazos.

—Actúa de intermediaria —comentó cambiando de tema de buenas a primeras—. Celia Negri, quiero decir.

—¿Y qué te dice eso? —preguntó Roma, mientras daba cuenta de su bollo, con los ojos un tanto hinchados por la falta de sueño.

—¿Qué te dice a ti?

—Humm… —Le dio un trago al café para bajar el bocado—. Es muy cuidadoso. Se molesta en entrenar a alguien no profesional para que corra riesgos por él. Debe de pagarle bastante bien, y seguro que con ella utiliza otro alias.

—Y me da que no es el único intermediario que ha utilizado —apuntó Fane.

—¿Porque no quiere que se familiaricen demasiado con el contenido de los archivos?

—Exacto. Cuando saben demasiado pasan a formar parte de los riesgos, en vez de servirles de protección.

Roma apartó el bocado que iba a dar y jugueteó con las migas entre sus largos dedos.

—Eso plantea una cuestión bastante seria.

Fane asintió:

—¿Cuántos intermediarios ha utilizado?, ¿y qué hace con ellos luego?

—No creo que los esté dejando marchar sin más, sabiendo lo que saben.

—Yo tampoco lo creo. Lo que tenemos ante nosotros requiere bastante planificación, tiempo y suficiente dinero. Estoy de acuerdo con Vera en que la cosa es más complicada de lo que parece.

Roma estaba haciendo un montoncito con las migas, junto al platillo, cuando sonó el teléfono de Fane: era Bobby Noble.

—Buenas, Bobby. Te pongo en manos libres, porque Roma está aquí.

—Hola, guapa —la saludó Noble—. Bueno, chicos, os lo resumo: no encuentro cruces entre Richard Cha y Jeffrey Currin. Nada de nada.

—¿Hablas en serio? —Fane miró a Roma.

—No encuentro nada —repitió Noble—. Y eso que he ampliado bastante el radio de búsqueda. No viajan por el mismo sistema solar, eso es todo. No tienen nada pero que nada en común: ni acreedores, ni asociaciones empresariales, ni terceros, ni externos…

Fane estaba verdaderamente sorprendido. A pesar de que Vera creía que no había conexión alguna entre las dos mujeres, Fane había dado por sentado que habría algún punto de intersección entre los maridos.

—Por supuesto, es solo una primera aproximación. Si tienes una fuerte corazonada al respecto, puedo profundizar.

—¿Nada?

—No lo veo, Marten. Te voy a mandar una copia encriptada con todo.

—Pero ¿Cha está metido en el negocio del *software?*

—Sí. Patentes, una sección muy polémica de la ley de patentes. Temas de licencias, de incumplimiento de patentes, de licencias cruzadas. Se está dedicando a reunir una cartera, un rollo bastante críptico. Pero es licenciado en Derecho y Empresariales por Stanford, así que estas movidas entran dentro de lo suyo.

—Vale, ¿y de Currin qué tenemos? —preguntó Fane.

—He buscado volatilidad, cualquier cosa con beneficios desorbitados o algo que esté chupando dinero. Ese es el tipo de cosas que le atraen.

»Solo he encontrado dos de interés inmediato. En la categoría de beneficios desorbitados está la International Trading Company de Currin, con sede aquí mismo. El movimiento global de bienes es una actividad de alto rendimiento. Tiene una docena de empresas filiales repartidas por el mundo: Indonesia, China, la Unión Europea, Latinoamérica. Está en pleno auge. En la categoría de sacacuartos, solo hay una pequeña empresa de base cibernética con sede en Menlo Park que no vale para nada. Si sigue así otro trimestre, cerrará el chiringuito. Pero no pinta mucho en el cuadro general.

»En resumen —concluyó Noble—, no hay banderas rojas.

—Gracias por todo, Bobby —le dijo Fane—. Te llamo pronto. —Colgó el teléfono.

—Vaya sorpresa —dijo Roma secamente—. ¿Crees que Elise le está contando todo a Vera?

—No. Pero tampoco creo que Vera nos lo esté contando todo a nosotros. Como no puede, está calibrando sus secretos. No le queda más remedio.

Roma se terminó el bollo y removió ensimismada las migas, pensativa. Fane la observó mientras ella le daba vueltas a la cabeza, como se deducía de su ceño ligeramente fruncido, un gesto que a él le resultaba igual de atractivo que la grácil pendiente de sus largas piernas.

—Por lo pronto hay dos cosas que me preocupan —comentó Roma—. La primera, Celia Negri. Si solo la ha contratado por dinero, no tiene ninguna vinculación personal con el caso; y si lo está haciendo solo por la pasta, puede que ya mismo le llegue el relevo, así que cuanto antes la abordemos, mejor.

»En segundo lugar, Vera va a tener que soltar algo más de información. Ya sé que está preocupada por el tema de la confidencialidad, pero nosotros tenemos que centrarnos en lo que necesitamos y apretarle las tuercas para que nos ofrezca respuestas.

»Y tres…

Rara vez Roma consideraba las posibilidades por pares. Su mente no podía evitar extrapolar en múltiplos superiores a dos, y se le daba muy bien imaginar entresijos. En el mundo de Fane, donde la complejidad se daba por sentada, esa habilidad suponía una baza inestimable.

—… sigo acordándome de cómo eran las cosas en Bogotá, donde todo el mundo espiaba a todo el mundo, los militares, los paramilitares, las FARC, los *narcos*, el ELN, la policía nacional, que si los cárteles, que si los escuadrones de mercenarios, *políticos, contrabandistas...*[1] Esa gente se pasaba la vida urdiendo operaciones contra alguien, en alguna parte. Cada dos por tres teníamos que enfrentarnos con cosas así, y nos veíamos de repente en medio de asuntos bastante feos. —Miró a los ojos a Fane y tamborileó con una uña sobre la bandeja de madera—. Esa es precisamente la sensación que tengo, Marten, como si hubiésemos chocado con la operación de otro.

—Coincido contigo —corroboró Fane—. Si esto es una filtración de algo que está ocurriendo a ese nivel, entonces... —Sacudió la cabeza y se levantó. Fue hasta la cristalera, con las manos en los bolsillos, y se quedó mirando Angel Island en el horizonte. El sol se estaba abriendo paso entre las nubes y salpicaba de luz las velas blancas de las embarcaciones que surcaban la bahía.

Abrió las puertas y salió. Las buganvillas que trepaban por el muro de la terraza temblaban con un magenta fluorescente bajo los destellos de luz solar.

Oyó las pisadas de Roma, que fue a reunirse con él.

—Vamos a hacer una cosa —le dijo Fane—. Contrata a tu gente dos semanas. Continúa con la vigilancia estática en la consulta de Vera. Bücher no ha encontrado ningún micro, de modo que nuestro hombre lo está sacando todo de las notas. Eso está bien.

—Tal vez tengamos suerte con la vigilancia. Mientras tanto iré a tantear a Celia Negri.

Roma alargó la mano para coger una bráctea magenta de las buganvillas; al hacerlo su brazo rozó el de Fane, pero no se molestó en rectificar el movimiento, se quedó allí girando entre los dedos las delicadas alas de la bráctea, inexistente el espacio entre ellos.

—Aunque parece profesional —comentó Fane—, puede que no lo sea. A lo mejor alguien está utilizando sus conocimientos técnicos para algo personal. En cualquier caso, parece que lleva haciéndolo un tiempo y que no ha pasado nada que

1. Las tres palabras en cursiva, en español en el original. *(N. de la T.)*

le haya hecho dudar de su seguridad. Está instalado, se siente cómodo.

—Eso supone un tanto para nosotros.

Se quedaron allí de pie en la terraza, juntos, con la bahía brillando al sol bajo ellos. Sin embargo los pensamientos que compartían viraron hacia las sombras, y en eso eran bastante parecidos, más de lo que ellos creían.

Capítulo 18

Presidía una larga mesa de cristal en el comedor de su casa en los acantilados que caen sobre China Beach. Sin compañía, daba cuenta de un buey del Pacífico como si no hubiese comido en días, y mientras lo masticaba contemplaba a través de la cristalera la mole naranja internacionalmente reconocida del Golden Gate, suspendido no muy lejos de allí. Un carguero arremolinaba las aguas bajo las vigas del puente en su camino hacia mar abierto.

La casa estaba en la avenida Sea Cliff. Según la escritura el propietario era alguien que vivía en una dirección de Nassau. Apenas había muebles. Se había mudado hacía ocho meses y no había tenido ni tiempo ni ganas de hacer gran cosa.

Masticando todavía un bocado, se levantó y fue hasta el otro extremo de la mesa de cristal limpiándose las manos en una servilleta de lino. Se volvió a sentar y metió la memoria en un portátil Vaio. Entró en la carpeta con los archivos de Vera List, pasó las medidas de seguridad y abrió los documentos de Elise y Lore en dos ventanas distintas.

Poseía el historial completo de ambas mujeres: casi dos años de notas sobre Elise y seis meses de notas de Lore. Tenía tanto los apuntes de las sesiones como las notas procesales de Vera, también llamadas notas de trabajo, donde el terapeuta expresa sus pensamientos y sus observaciones privadas sobre el paciente y el proceso analítico.

No todos los psicoanalistas redactan notas de trabajo, pero entre los que lo hacen cada uno tiene su estilo propio. Hay quienes se limitan a escribir una especie de taquigrafía, meros puntos claves que servirán luego para rellenar las notas del historial.

Vera, por el contrario, pertenecía a una categoría poco habitual, la que mantiene una constancia en sus notas para ayudarse a reflexionar. Los apuntes sobre sus pacientes recordaban semblanzas, relatos que daban cuenta de sus pensamientos sobre los pacientes durante una sesión en concreto y en el contexto de su historia analítica en general. Eran, en resumidas cuentas, crónicas de pensamientos oscuros.

El trabajo del hombre había consistido toda su vida en desentrañar el mundo interior de la gente para poder moldear su pensamiento y así controlarla. El interrogatorio era un tedioso ciclo de observación, evaluación y estímulo estudiado, y su instrumento más delicado era todo tipo de engaño. Cualquier fisura en el sistema defensivo de la psique del objetivo debía ser explotada.

Pero los archivos de Vera eran tan completos, tan detallados, que podía ahorrarse horas y horas de experimentos de ensayo y error e ir directamente a los detonadores, a los elementos más vulnerables de los mundos psíquicos de sus pacientes. Durante los últimos nueve meses había tenido la posibilidad de recabar conocimientos increíbles sobre manipulación psicológica. Y de paso había gozado de un sexo increíble.

En esos instantes se encontraba ya muy cerca de poder llevar a término eso mismo que se vio obligado a orquestar en el caso de Britta Weston, su primera cobaya de los archivos List, su experimento inicial para comprobar si podía repetir y pulir sus éxitos del desierto.

Pero a punto estuvo Britta de escapársele por no ser lo suficientemente sutil con ella. Se había precipitado al sacar cosas de las notas de las sesiones y utilizarlas como un aguijón. La mujer no llegó a enterarse de que él leía su historial, pero, en lugar de doblegarse ante su persuasión, se asustó. Muy rápido, de la noche a la mañana.

No le quedó más remedio que fingir su suicidio. Había tan poca base para ello en los archivos, y fue todo tan precipitado, que temió que la policía no se lo tragase. Pero los dos detectives de Homicidios a los que les tocó el caso no eran los más brillantes de su división. ¿Que estaba en terapia? Bah, entonces debía de estar como una regadera. Lo del suicidio les cuadró. Tuvo suerte.

A pesar de estar muy cerca de su objetivo, seguía siendo una situación delicada. Si se las presionaba demasiado, o demasiado rápido, se producían sorpresas como la de Britta. Si no se hacía lo suficientemente rápido, se perdía la ventaja del estrés acumulado. Así y todo, se aproximaba la hora, estaba surtiendo efecto. E incluso se atrevería a decir que, si jugaba bien sus cartas, Lore Cha estaría lista dentro de una o dos sesiones más.

El teléfono móvil vibró sobre la mesa de cristal. Lo vio rezongar y reptar por la superficie lisa hasta que lo cogió.

—Aquí Jenny Cox —dijo una voz titubeante de mujer—. ¿Hablo con la persona adecuada?

—Adelante.

—He tenido visita, aquí en la casa de Mill Valley.

La mujer se quedó esperando alguna confirmación más, de cualquier tipo.

—Entiendo —la alentó él—. ¿Y...?

—Era una mujer que venía preguntando por Philip Krey.

No pudo evitar sentirse sorprendido. Había tomado toda clase de precauciones desde el primer momento. Al fin y al cabo, teniendo en cuenta quiénes eran las dos mujeres, arriesgaba su propio pellejo al elegirlas como blancos. Esa llamada formaba parte, por tanto, de su sistema de protección, y el hecho de que la hubiese recibido demostraba que dicho sistema funcionaba tal y como estaba previsto, como una especie de cable trampa.

Por otra parte, también significaba que en algún punto había permitido un desliz. Una pequeña tesela de su mosaico de seguridad se había desprendido.

Sabía la repuesta antes de formularle la pregunta.

—¿Quién era?

—No lo dijo, pero era asiática. Una asiática muy atractiva. Yo le echaría unos treinta y pico.

Kroll colgó y se quedó tieso como una vela, con la mirada clavada en la página de notas de la pantalla del ordenador; podían perfectamente haber estado escritas en jeroglíficos, que él no se habría dado ni cuenta. Su mente se había puesto como un resorte a reexaminar una tríada de detalles significativos. ¿Acaso se había pasado en las últimas sesiones con Lore y

Elise? ¿Había repetido los errores que había cometido con Britta Weston? ¿Cómo podía haber hecho algo así?

No quería creerlo pero tenía que mantener los pies en la tierra, atender únicamente a los hechos.

Primero estaba lo de hacía tres noches en The Castro, cuando se despertó y encontró a Lore hurgando en su cartera. Fingió no saber qué estaba haciendo, y ella dijo que tenía que irse, murmurando algo acerca de su marido y no sé qué obligaciones.

Era un embuste tan descarado que le sorprendió que Lore no hubiese tenido una salida mejor. Pero no cabía duda de lo que había pasado. Había notado la irresolución en su voz. Podía ser que la tía estuviese jodida de la cabeza, pero ¿incómoda? Nunca. Así desde luego que no. Era una neurótica, pero no perdía los nervios.

Y luego estaba el asunto de la noche anterior con Elise. Creyó haberlo planeado con la precisión emocional adecuada, y la justa medida de sorpresa, perspicacia y amenaza. Sin embargo la reacción de Elise no había sido la esperada. Había metido la pata hasta el fondo, y encima se había enfadado al ver que no salía según sus planes. Joder, había ido todo fatal.

Y ahora aquello: Lore presentándose en Mill Valley. Una curiosidad peligrosa. Joder, en un negocio como aquel ignorar el comentario extraño, el incidente incongruente, podía costar caro..., ¡pero no dar importancia a tres, nada menos que tres, en apenas unos días! Podía resultar fatídico.

Había dos cosas seguras: esas cuestiones suponían un problema, y se estaba quedando sin tiempo. Solo tenía una oportunidad para demostrar que podía hacerlo. No le iban a dejar tirar dos veces.

No tardó en planear el siguiente paso. Lore había tenido sesión con Vera List el día anterior y Elise la tendría esa misma tarde. Sabía que vomitarían todas sus preocupaciones por los hechos perturbadores de los últimos encuentros con él, y tenía más claro que el agua que no iba a esperar una semana para averiguar qué habían dicho.

Seguía con la mirada fija en la pantalla, no había movido ni un músculo mientras su cabeza meditaba sobre el cúmulo de malos augurios. Cielos, si se paraba a pensar en el cuadro en su conjunto, la cosa pintaba mal. Decidió ponerse en contacto con Celia Negri, para que regresase a la noche siguiente a la consulta de Vera, después de la sesión de Elise de esa tarde. Aunque se suponía que la chica no iba a repetir otra semana, lo haría. Por dinero.

Capítulo 19

Eran casi las once de la mañana cuando Fane llamó al móvil de Vera, quien le devolvió la llamada media hora después:

—Lo siento, estaba con un paciente.

—Quiero enseñarle el vídeo de anoche. ¿Puedo pasarme por allí?

—No estoy en la consulta, estoy justo pasado el puerto deportivo, cerca de las calles Green y Union. Nos podemos ver donde quiera.

—Está a cinco minutos de mi casa.

Fue a recibirla a la puerta. La terapeuta llevaba un vestido sin mangas negro y liso, con cuello barca y un degradado blanco a la altura del pecho. El pelo recogido en la nuca dejaba ver unos discretos pendientes ovalados de ónice rematados con un ribete de plata.

—No es muy largo —le dijo mientras recorrían el pasillo—, unos diecisiete minutos.

Le ofreció una silla junto al escritorio y clicó en el vínculo que le había mandado Bücher. Mientras Vera contemplaba la pantomima que había tenido lugar en su consulta apenas unas horas antes, Fane estudiaba su cara. Concentrada como si tuviese rayos láser en los ojos y con la espalda recta, vio cómo Celia Negri se comía sus caramelos, trasteaba por los cajones de su escritorio y curioseaba sus objetos personales.

Cuando terminó, sacudió la cabeza:

—¿Qué ha ocurrido aquí? —preguntó.

Fane pensó que iba a enfadarse, como suele hacer la gente cuando ve a extraños inmiscuirse en su mundo privado. Vera, por el contrario, prefirió comprender lo que acababa de ver.

—Se llama Celia Negri. ¿Le dice algo el nombre?

—Nada.

Fane le contó lo poco que sabían sobre Celia, y lo que pensaban que hacía. La terapeuta escuchó con atención, manteniendo a raya la turbación. En cambio, cuando le contó que la forma en que aquel hombre estaba llevando el asunto —lo elaborado de las medidas de seguridad con Lore y Elise, los múltiples alias, el hecho de utilizar a Celia Negri como intermediaria para no correr riesgos— olía a profesional, se puso tensa.

—¿A él lo ha contratado alguien?

—No lo sabemos. Puede que actúe por su cuenta, pero en cualquier caso es posible que se trate de una situación más grave de lo que creíamos en un principio.

Le explicó que si aquel hombre era realmente un profesional debían andarse con mucha más cautela y actuar más rápido, dado lo sensible de la información que el sujeto tenía en su poder.

Fane se preguntó si Vera era capaz de ver todas las implicaciones que surgían de esos nuevos supuestos. Le contó asimismo la conversación con Lore del día anterior, y le dijo que pensaba que se podía confiar en ella en caso de necesidad. De todas formas, le gustaría poder hablar con Elise antes de tomar una decisión sobre qué hacer.

—Tengo una sesión con ella dentro de un par de horas —le informó Vera—. Veré qué puedo hacer para ponerla en contacto con usted. Algo parecido a lo que hice con Lore.

—Bien —dijo, y se quedó un momento dubitativo—. Mire, sé que tiene la sensación de no poder contarme todo lo que yo querría saber sobre esas mujeres, pero tenga en cuenta que al retener información tal vez esté usted obviando algo que es crucial para que yo pueda ayudarla.

No había medio alguno de hacérselo más llevadero. Estaba en una situación insostenible; y cuanto más le ocultara a Fane sobre sus pacientes, escudándose en una preocupación legítima por la privacidad de estas, mayores eran las posibilidades de que ella misma se convirtiese en un escollo para la solución de su propio dilema.

Incómoda, Vera vagó con la mirada por las fotografías del

escritorio, fijándose por turnos en una y otra. Reparó en la maqueta del viejo Huron para luego mirarle y asentir pensativa:

—Ya lo sé, lo he pensado, pero no sé qué hacer al respecto.

—No le puedo ayudar si no sé con quién estamos tratando, y ellas son las que tienen las claves de su identidad.

Vera se quedó mirándole en silencio; a pesar de su postura rígida y su expresión firme, se sabía a las puertas de una concesión dolorosa. Fane la compadeció. Pese a las advertencias y las recomendaciones de aquella primera noche en el hotel Stafford, no existía modo alguno de prepararla para el momento inevitable en que tendría que comprometer su ética profesional.

Observó cómo se le suavizaron los ojos y una de las comisuras se le arrugó ligeramente mientras intentaba tomar una decisión.

—Dios santo —dijo.

Apartó la mirada para reflexionar y una vez más sus ojos fueron a parar a los recuerdos de la mesa. Fane la contemplaba e imaginaba la mente de ella intentando escabullirse, postergando la decisión por un momento.

—¿Su padre era piloto? —le preguntó, señalando con la cabeza la maqueta del avión.

—No.

Lo miró y siguió interrogándole:

—¿Vuela usted?

—¿Le cuesta creerlo?

—Bueno…, no, no sé por qué me ha sorprendido.

—Ese modelo es más grande que el viejo Beechcraft que yo pilotaba.

—¿Y eso en qué otra vida fue?

—Cuando tenía dieciséis, diecisiete, dieciocho… diecinueve.

Vera sonrió escéptica:

—Venga…

—Vale. Versión corta: padres que mueren en accidente de coche en Texas cuando tenía siete años. Hogares de acogida, muchos. A mi suerte desde que tenía dieciséis. Consigo trabajo como ayudante de mecánico en un aeródromo cerca de San Angelo. Me enseña a volar un viejo piloto de fumigadores. Me saco el permiso. Me levanto una mañana en El Paso y soy piloto de un turbio negocio de «transporte» transfronterizo, pasando «cosas» a través de la frontera, en ambas direcciones.

»Era joven y arrogante, un gallito. Se me daba bien volar a ras de tierra, esquivar radares, pasar a centímetros de las olas nocturnas del Golfo de México, del Caribe o del Pacífico. Nunca llegué a ver la mercancía que transportaba, me decía a mí mismo que yo no formaba parte del «negocio»; yo solo volaba. A ese punto llegaba mi estupidez.

»Un día se me presentó un hombre con muy mala pinta y me dijo que tenía un viejo Huron C-12F. —Señaló la maqueta con la cabeza—. Necesitaba un piloto. Pagaba de miedo. Así que me pasé buena parte de los tres años siguientes volando de arriba abajo, desde aquí hasta cualquier punto de Suramérica. Todo el día volando, me encantaba. El de la mala pinta me acompañaba en casi todos los vuelos. Transportábamos gente, equipamiento, de aquí para allá. Una vez más, me abstuve de preguntar. Estaba mejor que quería.

—¿Cómo acabó en el lado bueno del sistema legal?

Fane sonrió.

—Me hice amigo de aquel desaliñado, que era demasiado joven para hacer de figura paterna; más bien era una especie de hermano mayor macarra. Aunque ignoraba qué se traía entre manos, sí sabía que no traficaba con drogas. Yo me dedicaba a lo mío, pero también pegaba la oreja. Aquel hombre hacía algo complejo, y resultaba fascinante.

»Pasaron un par de años y un día se presentó en una pista de aterrizaje a las afueras de San Diego, donde estaba yo reparando el motor del Huron. Parecía otra persona. Afeitado, con traje, otros modales, afable incluso.

»Siguiendo sus indicaciones volé hasta Napa. Había reservado habitación en un hotel de lujo. Una mujer se reunió allí con nosotros, y la primera noche nos juntamos para cenar y me la presentó como su esposa. No tenía ni idea de que estuviese casado.

»«Bienvenido a tu nueva vida», me dijo, «se acabó el volar». Aquellos tres días en Napa dieron un vuelco a mi vida. Resultó que era agente de la CIA. Me había pasado dos años pilotando misiones de apoyo para operaciones clandestinas de la CIA por toda Suramérica.

»Mi amigo trabajaba para la central de San Francisco pero le iban a dispensar del trabajo de campo para ser trasladado a Washington. Lo averiguó todo para que yo pudiera presentarme a unos exámenes que equivalían al bachillerato y luego a las pruebas de ingreso de Berkeley. Me pagó el primer año y después me buscó un trabajo legal de piloto para que me pudiese costear por mi cuenta la facultad.

»Durante los dos años siguientes estuvo encima de mí; asumió la responsabilidad y me enseñó autodisciplina. Él y su mujer hicieron todo lo que estuvo en sus manos por ponerme en el buen camino. Se debieron de gastar una fortuna en billetes de avión de una punta a otra del país. Cuando empecé a sentar cabeza, aflojó los lazos, pero nunca se alejó; ninguno de los dos lo hizo.

Vera se quedó un momento mirándole sin decir nada.

—Es una historia realmente increíble. ¿Todavía vuela?

—No, lo dejé después de doctorarme en Berkeley. Descubrí que la vida era más grande y más rica de lo que yo creía. Quería aprender y hacer otras muchas cosas.

—¿Conserva la amistad con ese hombre?

—Claro. Sigue viviendo en Washington.

—¿Qué sentimientos le produce lo que hizo, acogerle bajo su ala de esa manera?

—Yo iba a acabar en la cárcel, o peor todavía, y él decidió salvarme la vida. Siento lo mismo que sentiría cualquiera por quien hubiera hecho eso. Es difícil de expresar.

Vera siguió mirándole como si ahora viese algo distinto, algo en lo que no había reparado con anterioridad.

—¿Le importa si le pregunto… qué circunstancias acabaron llevándolo a ser expulsado de la Unidad de Operaciones Especiales?

Fane sonrió. Después de lo que le había contado la pregunta era comprensible.

—Hace unos cinco años estaba yo investigando un caso de tráfico ilegal de personas cuando descubrí una red de corrupción. Un compañero de la UOE llamado Jack Blanda estaba de infiltrado. Y empecé a sospechar que trabajaba para las dos aceras de la calle. Conocía bastante bien a Jack y me parecía un fantoche, pero tampoco estaba en posición de juzgarle porque yo estaba liado con su mujer. Él lo sabía y yo sabía que lo sabía. Era un follón, y ninguno de los dos lo llevó de forma muy adulta.

»En fin, que presenté un informe confidencial con todas mis pruebas contra Jack, pero no sentó nada bien porque mi aventura con Dana había salido a la luz. Era normal que la gente pensara que yo estaba amañando la partida.

Fane hizo una pausa; no le gustaba hablar sobre el tema, pero por alguna razón sentía que Vera tenía derecho a oírlo. Parecía justificado, incluso aunque no le gustase.

—Ambos casos se fueron complicando —prosiguió— y al final nos dimos cuenta de que había involucrados nombres muy destacados. Y muchos caminos pasaban por Jack Blanda. Una noche, durante una operación de vigilancia, algo salió mal, se desató el infierno y se produjo un tiroteo realmente demencial y confuso en The Tenderloin. Yo disparé, Blanda disparó, otros dos infiltrados dispararon, así como algunos de los malos a los que no llegamos a ver. A Jack le pegaron un tiro en la cara y murió.

—Vaya…

—Hubo una investigación y yo salí limpio del tiroteo. Bueno, todo el mundo salió limpio. Pero Jack estaba muerto. Se descubrió que le estaban untando, que los traficantes le pagaban para que les ayudase a sortear las trampas y la vigilancia que teníamos montada con los federales. Algunos de sus compinches ocupaban puestos muy altos e hicieron correr el rumor de que yo estaba detrás del asesinato de Jack.

»Me pidieron que abandonase el departamento de policía. Me dijeron que era una cuestión de «irregularidad aparente». Cinco meses después me casé con Dana. Catorce meses más tarde ella moría de un aneurisma en el cerebro.

—¿Cuándo fue eso?

—Ahora hace un año. —Hizo una pausa—. Ayer.

Vera asintió, como comprendiendo; volvió la cabeza hacia las tres fotografías.

—Una última pregunta: ¿quiénes son?

—Mi madre, Georgia. Helen, a la que conocí en Berkeley;

ella fue la que me descubrió esa vida más grande y rica. Y Dana.

Fane vio que ella se detenía en cada imagen para al cabo bajar la vista hacia sus manos sobre el regazo.

—Haré lo que pueda para que Elise hable contigo —dijo, en un significativo tuteo—. E intentaré... colaborar todo lo que pueda.

Capítulo 20

La crueldad del recuerdo no había sido lo único que había hecho que Elise se desmayara al abrir el paquete y ver su contenido. También había influido el hecho de que, por increíble que pareciera, él estuviese conectado a algo enterrado en lo más hondo de su ser.

Vera también se quedó impresionada cuando Elise le relató lo acontecido la noche anterior, si bien se cuidó mucho de disimularlo. El amante de Elise había escogido un recuerdo particularmente despiadado para hacerle ver que estaba unido a su inconsciente.

La decisión de mantener a oscuras a Lore y Elise sobre lo que les estaba ocurriendo resultaba cada vez más difícil de justificar a la luz del brutal giro de los acontecimientos. Permitir que la tortura continuase, por muy buenas y justificadas que fuesen sus razones, se le antojaba ahora cuando menos inhumano. Le mortificaba su complicidad silenciosa con el sufrimiento de ellas.

Con todo, igual que en el caso de Lore, Vera sabía que la única forma de que Elise se deshiciera de aquel hombre era que Fane lo detuviese antes de que se enterara de que le habían pillado. Y Fane no lo conseguiría si Elise no continuaba con la aventura.

—¿Qué vas a hacer ahora? —logró preguntarle Vera—. ¿Vas a seguir viéndole?

Elise dejó los pañuelos mojados sobre el regazo y hundió los dedos de ambas manos en su cabellera rojiza, a la altura de las sienes; se echó hacia atrás el pelo y dejó allí las manos mientras consideraba la pregunta de Vera.

—¿Qué es lo que está pasando? —preguntó mirando con dureza a la terapeuta, que se puso tensa.

—¿Que qué...?

Elise dejó caer las manos:

—¿Qué clase de monstruo es ese hombre para saber esas cosas? ¿Me estaré volviendo loca? De todas las cosas del mundo... ¡va y dice que pensó en mí cuando lo vio! ¿Qué es eso? ¿Cómo ha podido pasar?

—¿Estás segura de que nunca le has mencionado ese recuerdo de la infancia?

—Vamos, por favor...

Vera cogió impulso:

—Entonces, ¿cómo lo explicas?

—No lo explico, no puedo, y eso me asusta; más de lo que te imaginas, me aterra.

Vera vio lo que tan a menudo había visto en Elise: una compleja fusión de mujer deshecha y valiente. Y Vera siempre se quedaba sorprendida, a veces por lo deshecha que estaba, a veces por lo valiente que era.

—A lo mejor... a lo mejor se me está yendo la cabeza —dijo Elise—. No lo sé, ya no sé nada.

—¿Qué quieres decir con eso? —la interrogó Vera.

—Está pasando algo. Él se comporta de forma distinta. Y ya no me siento... segura.

—Si la relación está cambiando, ¿por qué crees que es? ¿Y por qué crees que sucede de la forma en que lo está haciendo?

Elise estaba sentada con las rodillas juntas y los antebrazos encima de estas, sin parar de manosear los pañuelos.

—Le pedí que reculase un poco, que me diera algo de espacio, de distancia. Y ahora va y hace eso, lo de ayer por la noche. Es justo lo contrario de lo que le había pedido.

—¿Crees que él es consciente?

—Sí, claro que sí. —Parecía afligida y desconcertada—. Antes esa intuición suya me resultaba enriquecedora. Se mostraba tan comprensivo con lo que veía en mí... Pero ahora ya no sé qué está pasando.

Clavó la vista en el techo, echó la cabeza hacia atrás y la movió a ambos lados, como para estirar los músculos tensos del cuello. Al parar cerró los ojos y dejó caer los hombros con hastío.

—Entender no lo entiendo —añadió—, pero estoy empezando a preguntarme qué no vi durante la primera etapa de nuestra relación.

—¿A qué te refieres?

—Tampoco lo conozco desde hace tanto, apenas cinco meses. Creo que la capacidad que tiene para meterse en mi cabeza ha acelerado de algún modo la relación. Hemos llegado muy hondo en muy poco tiempo.

Calló e igual que hiciera Lore miró más allá de Vera, a las palmeras tras las ventanas.

—¿Y?

—Creo que me ha estado manipulando desde el primer momento, y yo no me he dado ni cuenta.

Elise acababa de darle a Vera el pie que necesitaba para llevar la conversación en una dirección que apenas unos minutos antes habría parecido fuera de lugar. Ahora tenía una lógica.

—En realidad no le conoces mucho. ¿Cómo es que nunca has querido saber más?

—Quedamos en dejar a un lado la vida privada de cada uno durante nuestros encuentros. Se trataba de nosotros; no de los demás.

—Pero Elise, si pienso en las conversaciones que hemos tenido sobre esta aventura, para mí resulta evidente que ha sido más que nada sobre ti, no sobre un «nosotros». —Vera se dijo a sí misma que debía andarse con ojo—. Acordasteis compartir vuestros «yoes» con el otro, pero, si te soy sincera, me da la sensación de que aquí la única que ha compartido algo has sido tú.

Elise miraba a Vera sin pestañear, mientras en la cabeza rememoraba a toda prisa los meses pasados.

—¿Qué sabes sobre él en realidad? —insistió Vera—. Ambos acordasteis respetar la intimidad de la vida del otro más allá de vuestra relación. Pero si te paras a pensar en la evolución del idilio, resulta que en realidad le has metido en tu vida a unos niveles sorprendentes. —Elise apartó la mirada y no dijo nada. Vera siguió—: Si te pidiese que pusieses por escrito los datos que sabes sobre él dudo mucho que lograses rellenar ni siquiera una hoja. —Otra pausa, esta vez para enfatizar—. Por ejemplo —el corazón de Vera trabajaba a toda máquina conforme se acercaba a la pregunta—, nunca has mencionado su nombre. Yo supuse que querías mantenerle en el anonimato, pero ahora me pregunto si realmente lo sabes.

—Ray Kern.

—¿Y podrías jurar que ese es su nombre real?

Elise volvió los ojos hacia Vera como un resorte.

—Nunca se me ha ocurrido ponerlo en duda. —Sacudió la cabeza lentamente—. No... nunca me he molestado en preguntármelo... —Frunció el ceño—. Pero, Dios mío, ¿qué es lo que he hecho?

—Espera un momento —la calmó Vera—. Antes de que te pongas así tienes que recordar el contexto de tu situación. Hasta hace poco él te ha enriquecido, ha sido un apoyo; te ha venido bien. Si todo ha sido un engaño por su parte, o una estratagema para ganarse tu confianza, entonces no te puedes culpar por creerle. No habría sido muy lógico sospechar de un hombre que parecía querer solo tu bien.

»Pero ahora todo ha cambiado —continuó Vera—, y tienes que enfrentarte al hecho de que hay algo que no marcha bien.

La terapeuta notaba cómo iba cambiando la actitud de Elise al verse confrontada con la trayectoria de su relación. Vera, por su parte, se enfrentaba a una serie de problemas de naturaleza muy distinta. La primera vez que habló con Fane ambas mujeres se sentían incómodas respecto a los ligeros cambios que habían experimentado sus idilios. Pero literalmente de la noche a la mañana aquel hombre había subido la tensión psíquica con ambas. La cosa se estaba poniendo fea, horrible. De pronto la situación entrañaba muchos más peligros que cuando habló con Fane por primera vez. No costaba mucho imaginar a una de sus pacientes asesinada. Era aterrador.

—Lo mío con Ray —dijo Elise con una mirada serena clavada en Vera, asumiendo una nueva realidad sombría—, si no es lo que yo creía que era..., ¿qué es entonces?

Elise llevaba meses viviendo una especie de romance mágico con Ray Kern, y de buenas a primeras todo se había torcido y la magia había dejado paso a la ansiedad y la aprensión.

—¿Qué tienes pensado hacer? —repitió Vera.

Elise no respondió al instante. Durante aquella hora Vera había visto su actitud pasar de dolida y desconcertada a desconcertada pero decidida.

—Tengo que averiguar quién es. Quiero saber por qué me está haciendo esto. Y quiero saber cómo lo hace.

Las dos primeras partes de la respuesta de Elise eran justo lo que la terapeuta quería escuchar; las últimas palabras, en cambio, planteaban una serie de problemas, por todas las razones que Vera ya había discutido con Marten Fane.

—¿Y cómo vas a hacerlo?

—No tengo ni idea, pero no puedo desaparecer sin más... como si nunca hubiese ocurrido.

—¿Y si ha estado jugando contigo, Elise? ¿Y si tenía algún tipo de plan? Chantaje, extorsión.

—Me quedaría helada.

—No puedes permitirte quedarte helada. Tienes que andarte con mucho cuidado cuando trates con ese hombre.

Elise asintió.

—Este cambio repentino en su conducta te ha pillado por sorpresa. La reacción de él ante lo que hagas ahora también puede suponerte una sorpresa. Y puede ser desagradable.

Vera no lograba expresar sus miedos más profundos.

—Soy consciente —intervino Elise—, pero tengo que saber lo que está ocurriendo. ¿Cómo me voy a quedar sin hacer nada?

Vera tan solo podía imaginar la consternación de su paciente.

—Te voy a hacer una sugerencia —le respondió Vera—. Sé de una mujer que estuvo en una situación más o menos parecida a la tuya. Encontró a alguien que la ayudó. Voy a hablar con ella.

Vera se sintió aliviada al ver que Elise adoptaba una actitud agresiva respecto a Ray Kern. Eso le facilitaría el trabajo a Fane. Aunque también le sorprendía; Elise era fuerte, pero la suya era una fortaleza interior que no se traducía en una personalidad particularmente confiada. Vera nunca la había visto con una determinación tan a flor de piel.

La respuesta de Lore también la había pillado por sorpresa. Pese a aparentar ser una mujer rotunda, descarada e independiente, las experiencias cada vez más inquietantes que había vivido con Philip Krey la habían conmocionado. En lugar de responder a la amenaza creciente de Krey con una actitud beligerante, buscaba desesperadamente escapar de él.

A Vera le daba que pensar ver a aquellas dos mujeres heridas invertir sus personalidades ante la manipulación de ese hombre. Decía mucho del poder de la personalidad y del influjo de Kern/Krey sobre ellas; y era aterrador. ¿Qué clase de hombre podía producir un efecto así en dos mujeres tan distintas? ¿Y qué buscaba con ello?

Capítulo 21

A las dos y media el teléfono de Fane vibró. Vera había acabado su sesión con Elise y estaba muy afectada. ¿Podía reunirse con ella en su casa, a solo un par de manzanas de su consulta en Russian Hill?

El edificio databa de la década de 1930 y tenía un pórtico de estilo colonial por entrada y un vestíbulo con artesanía de forja. El piso de Vera, en cambio, casi en la última planta, era todo modernidad: suelos de madera de ébano, muebles cromados con tapicería en chocolate y gris marengo. Había librerías de cristal, esculturas abstractas de líneas elegantes sobre pedestales de piedra y vistas a Alcatraz. El día se había cubierto, y el ánimo sombrío de Vera combinaba bien con el tiempo. Estaban de pie en la cocina de pizarra y acero inoxidable, un espacio inmaculado, como si nunca se hubiese usado.

A su llegada Fane encontró a Vera calentando agua para el té, pero apartó la tetera en cuanto este rechazó una taza. Demasiado preocupada y alterada para pensar más allá de aquel acto sencillo, apoyó las caderas contra la encimera y empezó a hablar de la sesión que había mantenido con Elise Currin solo una hora antes.

Conforme escuchaba, Fane comprendió que aquella última cita había cambiado la naturaleza del juego para Vera. Su voz denotaba urgencia, así como ansiedad, y Fane sintió que la situación había cruzado un umbral. A la psicoanalista le faltaba lo justo para sucumbir al pánico.

—Ese hombre está haciendo algo realmente aterrador —decía—. No sé, a lo mejor me he pasado de la raya al querer dejarlas al margen de todo.

Si pretendía darle pie para que debatiesen sobre el tema, nada más lejos de las intenciones de Fane, que prefería no hablarlo para añadir así más presión. Vera estaba imaginando posibilidades, y todas eran funestas.

—No olvides retocar las notas de la sesión de Elise —le recordó.

—Pero… tardará todavía una semana en volver.

—Puede que cambie de opinión. ¿Y si quiere saber cómo han reaccionado a lo que hizo la última vez que las vio? Las notas deben seguir… sin novedad.

—Pero tiene que saber que ellas están mal por lo que ha hecho. ¿Y si… y si eso es justo lo que quiere, alterarlas, asustarlas si me apuras?

—Sí, muy bien pero ahora mismo no le vamos a dar lo que quiere —terció Fane—. Mejor no precipitar los acontecimientos, hay que pararle un poco los pies.

—¿Y si su incapacidad para alterarlas le altera a él?

—Mira, es mejor que no le demos más vueltas de la cuenta. Todavía no sabemos suficiente sobre lo que está pasando.

—Pero está pasando…, y tan rápido, ahora de repente.

—Por eso hay que controlarlo en la medida de lo posible. Tienes que hacernos ganar tiempo con el cebo que le cueles en los archivos; para intentar descifrar quién es y bajar el ritmo.

Vera asintió y apartó la mirada.

—¿Sabe ya Elise que la va a llamar alguien? —le preguntó Fane.

—Sí, está muy enfadada. Seguramente te resultará más fácil hablar con ella que con Lore. En el caso de que… si vas a ceñirte al mismo guion, claro. Que yo no sé…

Fane asintió:

—Sí, lo mismo. —Sacó el teléfono de un bolsillo—. ¿Te importa que llame desde la habitación de al lado? Tengo que darle el nombre que me has dicho a una persona.

Vera asintió, distraída ya en sus pensamientos, y Fane pasó al salón, presidido por una chimenea enmarcada en mármol blanco en medio de la pared de enfrente.

Llamó a Noble para decirle que tenía otro alias que darle y luego contactó con Roma y le contó dónde estaba.

—Elise estuvo anoche con nuestro amigo, y la cosa se salió de madre, igual que con Lore la última vez que lo vio. Se está embalando. Asegúrate de que Bücher y tu gente estén en sus puestos todas las noches. Te llamo en cuanto acabe aquí.

De camino a la cocina Fane sorprendió a Vera con las manos en la cara. Por un instante creyó que lloraba, pero al alzar ella la vista, sin saber que la estaba observando, sacudió lentamente la cabeza, con incredulidad.

Fane apartó la mirada mientras avanzaba, a sabiendas de que ella le vería con el rabillo del ojo. Al entrar en la cocina Vera estaba rellenando la tetera con agua.

—A lo mejor no es mala idea tomarse un té —comentó Fane, a lo que ella asintió y volvió a encender el fuego.

Se acomodaron en el estudio, cada uno con una taza de té que ninguno de los dos quería. No había ni una luz encendida en todo el piso y, conforme el día se fue poniendo cada vez más gris, la luz desvaída tamizó el color de la habitación y los sumió en una neblina ceniza.

Aunque lo hizo con tacto, Fane fue directamente al tema del asesinato de su marido. Se disculpó por preguntarle al respecto, pero quería saber más por tratarse de un hecho inusual.

Vera no pareció sorprendida de que él supiese que había muerto. Ni tampoco le sorprendió la pregunta. Asintió y se quedó un momento callada.

—La verdad es que no llegaba a comprenderlo —empezó a decir— cuando me dijeron que Stephen estaba muerto. El detective que vino a comunicármelo era demasiado joven. Se me quedó eso grabado, que era demasiado joven para traer una noticia así. Después me pasé un tiempo siendo el centro del universo. Lo único que importaba era mi duelo. El luto fue… indescriptible.

—¿Cuándo fue eso?

—Esta semana hace nueve meses.

—¿Arrestaron a alguien?

—No creo ni que estuvieran cerca. —Titubeó—. Pero, para serte franca, lo de «pillar» a la persona que mató a Stephen nunca ha sido una prioridad para mí.

—¿Qué quieres decir?

—Si miro las cosas desde fuera, con perspectiva, el

«arresto», la «justicia» o la «venganza», independientemente de lo que se piense sobre ellas, se le ponga el nombre que se le ponga, para mí no suponen un requisito indispensable para seguir con mi vida. Por lo que a mí respecta le cayó un rayo. Así de fortuito me resulta, de sin sentido.

—Entonces, ¿no has seguido de cerca la investigación policial?

—Ni de cerca ni de lejos. El lastre psíquico y moral de la muerte de Stephen pertenece al hombre que apretó el gatillo. Yo no cargo con eso. Mi duelo no se ve afectado por lo que le pase o le deje de pasar al asesino de Stephen. Ambas cosas no están relacionadas. Y sé que mi pena no es única; solamente es especial para mí. E intento guardármela para mis adentros.

Se detuvo, pero mantuvo los ojos clavados en Fane como si se estuviese desafiando a sí misma a no apartar la vista.

—Pero te diré una cosa —prosiguió—: por muy dura que resultase para mí la muerte de Stephen, mi confrontación moral más real con la muerte irracional fue unos meses después. Y no tiene nada que ver con Stephen. —Se llevó la taza a los labios pero no bebió—. Qué frío.

Fane captó el doble sentido de las últimas palabras de Vera. La actitud templada de la doctora respecto a la muerte de su marido le resultaba asoladora. Sabía lo que estaba haciendo Vera y por qué. Dana había muerto apenas unos meses antes que Stephen List, y Fane todavía prefería fingir que lo había afrontado con valentía, que había interpuesto cierta distancia, antes que reconocer ante los demás —o incluso ante sí mismo, en realidad— lo fresco que estaba para él, lo cerca que seguía de la superficie. Y lo profunda que era todavía la herida.

Por eso no le sorprendió que Vera desviase tan abruptamente la conversación hacia otra cosa, pues, a pesar de su conato de transición lógica, a cualquier otra persona le habría resultado desconcertante.

—Britta Weston llevaba conmigo cuatro años en terapia —continuó Vera—. Una noche se va ver una película sola, como solía hacer cuando eran extranjeras, pues su marido no llevaba bien lo de los subtítulos. Después conduce hasta un rincón apartado de Presidio, se toma una dosis desproporcionada de Demerol y se pone a beber vodka. Deja una nota de suicidio atroz en la que me culpa por arruinarle la vida y empujarla a la muerte.

Fane se quedó asombrado pero no intervino.

—La investigación policial confirmó que se trataba de un suicidio. Pero lo incomprensible del caso es que en las sesiones, durante todos esos años, nunca hubo nada que pudiera haber llevado a alguien a preverlo. No había contexto analítico, ni antecedentes suicidas. Fue de lo más inesperado. No cuadraba con nada.

»En cuanto a la acusación contra mí, hablé largo y tendido con el marido de Britta en varias ocasiones. En resumidas cuentas, él no le daba ningún crédito, entendía la nota de suicidio tan poco como yo. Los dos no salíamos de nuestro asombro. Fue una desgracia terrible… y muy perturbadora.

Vera dejó la taza de té en la esquina de un pequeño escritorio. Miró hacia la bahía: Alcatraz había desaparecido, llovía.

—Puedes creerme si te digo que me sentí muy culpable. ¿Qué había pasado por alto? ¿Cómo había podido malinterpretarla de aquella manera?

Se levantó para acercarse a la ventana, un movimiento que a Fane le trajo a la memoria la vez que había ido hasta la ventana en el hotel Stafford, hacía solo cuatro noches. Tenía la misma postura, miraba al exterior con la misma ofuscación.

Fane esperó un momento para formular su siguiente pregunta:

—Me gustaría volver a Elise un segundo. Me da la sensación de que cuando hablas de ella hay algo en tu voz, o quizá sean las palabras que utilizas, que me lleva a preguntarme si mantienes la misma distancia médica con ella que con el resto de pacientes.

Vera no reaccionó; se quedó inmóvil y no apartó los ojos de la lúgubre luz vespertina. Fane era incapaz de interpretar su cara y aquel silencio prolongado resultaba inesperado.

En ese momento la terapeuta se dio media vuelta y regresó a su sitio. Le miró:

—Supongo que no me sorprende que te hayas dado cuenta; tu perspicacia es poco habitual. Lo cierto es que no he puesto mucho de mi parte para distanciarme de Elise. Y, como ya sabes, eso supone quebrantar una de las reglas cardinales del psicoanálisis.

»Por lo que te he contado te harás una idea de lo horrible que ha sido su vida. Pero ha sido peor, mucho peor. Compréndeme, como psiquiatra y psicoanalista veo a gente como ella de continuo. Todos los días. No es un ejemplar único. Aunque para mí sí que lo es. Hablando en plata, es la única paciente con la que no he podido ser objetiva. No sé por qué. Y créeme, he intentado evitarlo; hace tiempo que debería haberla remitido a otro terapeuta. Pero no lo he hecho, me resisto a dejarla marchar.

»Quiero serte sincera: sé que con Elise estoy siendo muy poco profesional. De hecho he estado en su casa bastantes veces, siempre que me ha necesitado. —Se detuvo para reflexionar—. Es tan luchadora, y tan valiente…, y frágil. No me siento capaz de ser objetiva con ella. No puedo, y no quiero. Dios santo, es que me parte el alma.

Fane no supo qué responder ante aquella confidencia. Le sorprendió el tono confesional, y tuvo la sensación de que Vera había llegado con él a una familiaridad bastante insólita, poco habitual en ella. No le dejó mucho tiempo para responder.

—No consigo imaginar las intenciones de ese hombre —reflexionó Vera—. Pero aunque logres detenerlo antes de que le haga daño a alguien, no me va a resultar fácil vivir conmigo misma después de engañar a Elise y Lore de esta manera, después de hacerlas pasar por todo este infierno a sabiendas.

Vera List ya estaba pagando el precio, y no se gustaba mucho por lo que estaba dispuesta a hacer. En realidad Fane había sabido desde el principio que la terapeuta subestimaría el coste de su decisión. La gente desesperada por librarse de sus dilemas solía dar prioridad a la esperanza sobre la realidad. Era una de las cosas tristes y maravillosas de la naturaleza humana.

Capítulo 22

Roma estaba metida en su coche delante del aparcamiento de la calle Carl. Cuando el viejo Volvo de Celia Negri apareció y se dirigió hacia el este, rumbo a Stanyan, la colombiana empezó a seguirla. Unos minutos después Celia doblaba por una calle y se detenía delante de una tiendecilla que hacía esquina.

Roma esperó: demasiados transeúntes; aunque tampoco quería abordar a Celia en el coche ni en la casa, pues podía haber micros en ambos.

Cuando salió de la tienda se estaba haciendo de noche y Roma siguió el Volvo por el laberinto de calles retorcidas que rodeaban Kite Hill. Apostó por que Celia no podría aparcar justo delante de su piso y tendría que andar un breve trecho.

Las viviendas de la zona estaban bastante pegadas entre sí, en una amalgama de casas victorianas de tres plantas y otras de aires modernos de revoque liso. Cuando Celia se detuvo a casi una manzana de su piso para aparcar en una calle, Roma pasó por delante de su coche y estacionó junto a una boca de incendio frente al piso de Celia, algo más arriba de donde había aparcado la chica.

Roma se apeó, rodeó el coche y abrió la puerta del pasajero, simulando coger algo del asiento. Justo en el momento en que Celia se acercó, bajo un palio de ficus a solo unos pasos del coche de Roma, esta última se giró en redondo.

—¡Celia! —exclamó, como sorprendida de verla.

La joven levantó la vista, esbozó una sonrisa mientras reflexionaba y al punto la borró, en cuanto se dio cuenta de que no conocía a aquella mujer.

Los ojos de Roma guiaron la atención de Celia hasta una

cartera abierta con una identificación que sujetaba discretamente junto al costado. El escudo dorado y las mayúsculas FBI eran fáciles de reconocer pese a lo pobre de la luz.

—Me llamo Linda —dijo Roma.

Celia alzó la mirada, con la mandíbula encajada en una expresión de «mierda, no». Parecía dispuesta a salir por piernas.

—Espera un segundo —le advirtió Roma—. Venga, relájate, anda.

La joven estaba asimilando la situación.

Era atractiva, mezcla de sangre hispana y afroamericana, supuso Roma. Tenía una espesa cabellera encrespada que domaba peinándola hacia atrás y recogiéndola en la nuca. Llevaba unos pendientes de aro plateados.

—Actúa como si fuésemos amigas —le indicó Roma—, no hace falta que llamemos la atención.

—¿Qué pasa?

—Me gustaría hacerte un par de preguntas, de modo que si haces el favor de meterte en el coche, te lo agradecería.

Celia miró de reojo la puerta abierta y el asiento trasero vacío. La mujer estaba sola, la amenaza era menor.

—¿Preguntas sobre qué?

—Por favor —insistió Roma.

Celia titubeó, pero Roma volvió a sonreír:

—Tenemos una cinta de vigilancia en la que apareces entrando en la consulta de la doctora Vera List ayer por la noche.

La joven tragó saliva y se cambió de mano la bolsa de la compra; miró cuesta abajo.

—Joder —exclamó. Acto seguido se subió al coche.

Serpentearon desde Pomroit hasta la avenida Clarendon y el bulevar Laguna Honda. El tráfico estaba horrible y Celia iba callada mientras avanzaban a paso de tortuga por las inmediaciones de Forest Hill y Miraloma Park. Para cuando bajaron por la larga pendiente de la calle Taraval la bruma se estaba desplegando desde el Pacífico e iba a su encuentro. Las engulló al anochecer, bajo el nebuloso neón azul del motel Sunset.

Roma aparcó en la calle, dejaron las compras en el coche y entraron en el motel. El recepcionista del turno de noche levantó la vista por un segundo del televisor mientras Roma pasaba por delante, se encaminaba a la parte de fuera y bajaba por unas escaleras hasta los austeros módulos que había detrás de la recepción.

Habitación veintiséis. Roma llamó a la puerta; le abrieron y entraron las dos.

—Hola —saludó Fane acercándose a Celia—. Mi nombre es Townsend. —Tenía abierta la cartera con la identificación a la vista. Había dejado la americana en el respaldo de una silla.

Los ojos de Celia sobrevolaron la identificación pero se detuvieron en Fane, que le señaló una mesilla de noche:

—Hay café.

Celia rechazó la bebida y luego vio el portátil que había sobre la cama. Fane fue hasta él y pulsó una tecla que inició la cinta de vigilancia en la que se la veía entrando en la consulta de Vera List. Cinco minutos más tarde Fane le dio a otra tecla y la imagen de Celia quedó congelada.

La chica no había dado un paso desde que entrara en la habitación. Fane le acercó una silla para que se sentase y luego apartó el portátil para acomodarse a los pies de la cama, frente a ella.

Celia le miró.

—Eso no me importa mucho —le dijo Fane señalando con la cabeza el portátil.

—Ah, no, claro. —No era ninguna estúpida.

—No mucho. —Fane le dio un trago al café—. ¿Por qué no me cuentas qué está pasando?

Celia miró de reojo a Roma, que se estaba sirviendo un café a la vez que le devolvía la mirada. La joven echó otro vistazo al portátil y sacudió la cabeza por el marrón en el que se había metido.

—Bueno, debe de ser algo gordo… si el FBI tiene cámaras de vigilancia allí. —Clavó los ojos en el dobladillo de la colcha, abatida—. Es solo la segunda vez que entro —señaló el portátil—, aunque supongo que eso ya lo saben.

Fane no dijo nada, como si su conclusión fuese de lo más obvia.

—Hace cinco o seis semanas me llamó un tío a la oficina. Trabajo en el Departamento de Informática del UCSF, el hospital universitario. Total, que me dice: «Tienes mi maletín del portátil». Resulta que esa mañana cuando me paré en una panadería que estaba abarrotada confundimos los maletines, o eso creo.

»Como no podía quedar con él hasta que saliese de trabajar, me dijo que me invitaba a cenar para disculparse por haberla liado con las carteras. Muy bien. Quedamos en el San Juan Grill de Noe Valley.

»Se llamaba Robert Klein. Cuarenta y pocos, diría yo. Bien parecido, un tío agradable. La cena resultó ser bastante divertida. Me contó que estaba en el negocio inmobiliario, una especie de corredor de propiedades de lujo. Solo con cita previa, exclusividad.

—¿Hurgaste en su ordenador en algún momento del día? —le preguntó Roma.

—Sí, la verdad. Por curiosidad, ya se sabe. Tenía contraseña. En cualquier caso, nos vimos unas cuantas veces. Nada serio. Estaba divorciado, dos veces. Sin hijos. No buscaba nada, igual que yo. La cosa funcionó.

—¿Tienes su móvil? —le preguntó Fane.

—Pues no. Me contó que estaba en la última etapa de su segundo divorcio y que había sido bastante feo. Por eso no daba su móvil a nadie. —Se encogió de hombros—. En fin.

—O sea, ¿que siempre ha sido él el que te ha llamado?

Celia asintió con la cabeza.

—¿Alguna vez fuiste a su casa?

—No, ni siquiera sé dónde vive; por lo mismo, supongo que se escondía de los abogados de la mujer.

—O sea, que el tipo ese simplemente aparece cuando aparece —comentó Roma—. ¿Y a ti te convenía?

—Claro. Mire, era inteligente, divertido y, como he dicho, ninguno de los dos buscaba una relación. Era fácil, y no iba a ninguna parte. Y siempre pagaba él.

—¿No tuviste ninguna sensación «rara» con él?

Celia alzó la cabeza para encarar a Roma:

—¿Acaso debería? —Pausa—. ¿Qué está ocurriendo aquí?

—Parece que el perfil borroso de la vida de ese hombre no le preocupa mucho.

—A ver, esta ciudad está llena de hombres con perfiles borrosos. Si me preocupara por eso, lo mejor es que me metiese a monja.

Roma asintió. Celia miró a Roma primero y luego a Fane.

—Así que… si son del FBI, entonces no están trabajando para su ex mujer. —Pausa—. Entonces está metido en alguna movida bien gorda.

—En realidad lo que nos interesa es lo que estabas haciendo en esa consulta —le dijo Fane.

—¿No tienen nada más aparte de café?

—Agua.

—Tiene que haber alguna máquina de refrescos o algo cerca.

—Me gustaría saber qué negocio te propuso.

Celia reflexionó al respecto, mirando al vacío, pensando en cómo proceder. Dejó entonces caer los hombros y volvió a cabecear ante la situación en la que estaba.

—Robert se enteró de que su mujer estaba yendo a una psicoanalista —dijo con resignación—. Quería saber lo que le estaba contando a la loquera y entonces contrató a un investigador privado para que se colara en la consulta de la doctora y copiara los archivos sobre la mujer. Pero como el colega no pudo burlar la seguridad del ordenador, Robert me preguntó si yo sería capaz de entrar y hacerlo.

—¿Por qué no lo hacía él mismo? —le preguntó Roma.

—Tampoco él sabía violar la seguridad.

—¿Y tú sí?

—A eso me dedico en el USCF, a la seguridad de los archivos médicos. Lo de saber *hackearlos* forma parte del lote… ingeniería inversa.

—¿Y accediste a hacerlo así sin más? —siguió interrogándola Roma.

—No. Al principio me quedé un poco pillada, le dije que si estaba loco, que se olvidase del tema. Pero insistió; me juró que me diría dónde estaba todo exactamente, y yo solo tendría que entrar, grabarlos y largarme. Aunque seguía un tanto escamada. Entonces me dijo que me recompensaría cada vez que le grabase los archivos.

—¿Y eso hizo que cambiaras de opinión?

—Pues claro que sí. Era casi el sueldo de una semana.

—¿De verdad? —se sorprendió Roma.

—Sí, yo tuve la misma reacción —asintió Celia—. Le dije que me lo pensaría, pero ya me tenía en el bote. No podía permitirme rechazar esa cantidad de dinero.

—¿Con qué frecuencia te pidió que lo hicieras?

—Una vez a la semana.

—Así que hasta la semana que viene no tienes que volver —comentó Fane—. ¿Hablas con él después?

—No, le dejo la memoria USB en un *buzón muerto*, igualito que en las pelis de espías. Cada vez en un sitio distinto.

Fane asintió pensativo y se quedó mirando a Celia. Acto seguido se levantó y dijo:

—Tengo que hacer una llamada.

Una vez fuera, Fane recorrió la galería exterior, sumida en la bruma de las tenues luces del porche. Fuera quien fuese, el tal Klein era una buena pieza. No iban a sacarle mucho más a Celia. Había conocido a Robert Klein pero, por desgracia, este no existía. Se detuvo a los pies de la escalera, junto a una máquina de refrescos, llamó a Bobby Noble y le pidió que rastrease el nombre de Robert Klein.

—Vaya, el colega no para de trabajar —comentó Noble—. Fijo que es un nombre con R y K.

—Eso parece. Cuanto antes mejor, Bobby.

—Vale. La verdad es que de momento no he tenido suerte con el resto. Hay un tal Frank Krey, de la Interpol, en Buenos Aires, pero sigue por allí. Y luego está Bryan Klein, del FBI, en Detroit, pero también está allí.

—Has dicho que tiene que ser un nombre con R y K, pero los dos que me has dicho empiezan por F y por B. A lo mejor las iniciales son R y K… en ese orden.

—Vale, voy a hacer otra búsqueda, me pongo manos a la obra.

Fane compró una Pepsi de la máquina y regresó a la habitación. Celia estaba dando vueltas de un lado para otro, con una cara que había pasado de la gravedad a la ansiedad. Él le tendió el refresco.

—Celia nos va a ayudar —le informó Roma.

—Miren —Celia le dio un buen trago al refresco—, ¡no puedo hacerlo!

—No es tan difícil —le dijo Fane.

—No puedo creerme que me esté pidiendo eso —dijo con la voz tensa por la ansiedad—. Es de locos. La gente normal no va por ahí... haciendo este tipo de cosas.

—No tienes que hacer nada distinto de lo que has hecho hasta ahora. Hasta te puedes quedar con el dinero.

La chica dejó el refresco en la mesita de noche y enterró la cara entre las manos, pensativa. Fane sabía que estaba repasando sus opciones y que chocaba una y otra vez con la cinta de vigilancia. Sabía que estaba jodida.

Celia miró hacia arriba:

—¿Durante cuánto tiempo tengo que estar haciéndolo?

—No sé. —Esa no era la respuesta que la chica esperaba oír—. Mira, estás metida en un buen jaleo. Lo bueno es que por lo menos te vamos a dar la oportunidad de salir de él.

Capítulo 23

Elise Currin vivía en el lujo de una de las maravillas arquitectónicas de Pacific Heights, un híbrido neoclásico de tres plantas en la cresta de una colina. Era solo una de las tres casas que Jeffrey Currin poseía en la ciudad.

Al igual que con Lore, Fane se presentó como Townsend y dijo haber sido contactado por un amigo de parte de una tercera persona a la que no conocía.

Elise no quiso quedar en su casa; le pidió a Fane que la recogiese en la puerta y que diese vueltas con el coche; no le importaba adónde.

Mientras Fane surcaba las calles hasta llegar al bulevar Geary y luego torcer hacia el mar, Elise delimitó perfectamente el contexto de su situación. Más accesible que Lore, le dio más información sobre sus apuros en menos tiempo y tuvo una idea más clara sobre lo que Fane podía hacer por ella. Teniendo en cuenta que Vera mantenía una conexión emocional más íntima con Elise que con Lore, seguramente, se dijo Fane, habría sabido llevar mejor a Elise para que aceptase la sugerencia de contactar con él.

Por lo demás, Elise era una experta en leer entre líneas. La vida le había regalado un texto de lo más cínico y había sobrevivido aprendiendo a interpretar las fórmulas imprecisas de las connotaciones y las indirectas.

Fane fue configurándose una idea de Elise a partir del mosaico de vistazos iluminados por los coches en sentido contrario y las luces urbanas. Olía vagamente a colonia, o más bien a toallita perfumada, y hablaba en voz baja, con una cadencia modulada, precisa y armoniosa.

Vera había clavado su descripción de la belleza de Elise: el rojo de su pelo era como el de una pelirroja fotografiada en película Kodachrome de los años cincuenta y le enmarcaba la cara en ondas caídas. La boca era una exquisitez, le gustaba la forma en que dispensaba las palabras. Aunque lo más espectacular era su piel. De un tono más pálido que el blanco, casi traslúcida, Fane no creía que existiese hombre que al mirarla a la cara no fantasease con la bella visión que debía de ser el resto de ella.

Sin embargo, aquella burda observación era rápidamente capeada por su personalidad. En resumidas cuentas, se trataba de una buena persona, y hablar con ella habría sido un auténtico placer si las circunstancias no fuesen tan apremiantes y peculiares.

Fane ya sentía de antemano cierta debilidad por Elise. La infancia convulsa de aquella mujer no se diferenciaba mucho de la suya propia, y sabía por experiencia que esos años inyectaban un ADN psíquico que moldeaba todo lo que una persona acababa pensando con el tiempo de sí misma. Intentar entender la forma en que una experiencia infantil puede llegar a afectar una vida era como intentar cartografiar las ondulaciones vaporosas de un espejismo.

Para cuando se acercaron a las inmediaciones del parque de Sutro Heights, Elise ya le había explicado por qué le necesitaba. Pusieron rumbo al sur, hacia Ocean Beach. En la oscuridad, a menos de cincuenta metros de la ventanilla de Elise, se extendía el agujero negro galáctico que era el Pacífico.

—Mi principal obstáculo para ayudarla es que no sabe prácticamente nada sobre ese hombre. Es bastante probable que su nombre ni siquiera sea Ray Kern, lo cual me deja sin punto de partida alguno.

—Sí. Es… increíble, ¿no? —Miró hacia el frente, a la autovía que se perdía en la noche brumosa más allá de las dunas—. Es vergonzoso.

—Puede ser, pero tiene que recordar que usted es una víctima, no una conspiradora contra sí misma.

—¿Sabe lo que me resulta sorprendente de todo esto? Conforme le estaba relatando esta rela… aventura…, justo ahora es cuando me ha sonado… esperpéntica. Pero mientras ocurría, día tras día, semana a semana, no me parecía eso en absoluto. Solo era un tanto insólita de vez en cuando.

Sus comentarios coincidían con lo que Vera había afirmado de Elise, que era atípica por su empeño en enfrentarse a «la combinación humana» que había sido toda su vida. Vera había dicho que tenía un coraje tremendo. Fane decidió aprovecharse de esa circunstancia.

—Le seré franco. Me da la sensación de que ese hombre le está tendiendo algún tipo de trampa.

—Sí —dijo Elise, que no le miraba a la cara.

—¿Qué cree que puede querer? —Notó cómo se ponía tensa con la pregunta.

—¿Aparte de sexo, quiere decir?

—No, yo no quiero decir nada. ¿Usted cree que todo es por el sexo, o no?

No respondió de inmediato. Una pareja que iba de la mano y paseaba un labrador apareció de la nada al borde de las dunas, desde la playa. Se pararon y bizquearon ante los faros cuando Fane pasó al lado de ellos con el coche.

—Siempre me han usado para el sexo —confesó. Era un comentario triste porque había sido expresado sin tristeza—. No me sorprende lo que los hombres son capaces de hacer por ello, o lo que son capaces de hacerle a otra persona por ello. Aunque no es lo único que los hombres son capaces de llevar al extremo.

»Es curioso porque al principio ni siquiera se me pasó por la cabeza que fuese una cuestión sexual. Nos conocimos por casualidad…

—¿Cómo fue?

—Los dos estábamos recogiendo la ropa del tinte. Hubo una confusión con su colada y mientras esperábamos a que se solucionase nos pusimos a charlar. Se tomó muy bien el enredo. Descubrimos que teníamos gustos y aversiones parecidas sobre muchas cosas. Comimos juntos. Unos días más tarde quedamos para tomar una copa. Cenamos otra noche. Y suma y sigue.

»Él sabía que yo estaba casada; y yo sabía que lo sabía, pero ambos evitábamos el tema. Al cabo de un tiempo la cosa pasó de no ser una cuestión de sexo a girar alrededor de él por completo.

—¿Fue entonces cuando empezó a ponerse paranoico con el tema de la seguridad?

—Sí, cuando le dije quién era mi marido. Por poco se acaba todo.

—¿Y por qué no fue así?

—Ya por entonces estábamos bastante enganchados. Él estableció todas esas normas de seguridad. Por esa misma época empecé a ser consciente de todas las percepciones insólitas que Ray tenía sobre mí; como si pudiese leerme la mente. Era una locura. En cuestión de unos meses pasó de la locura a la intensidad y de ahí a la tensión pura y dura. Y al final, a la crueldad, como ya le he contado.

Repasar las etapas de su idilio se le hizo cuesta arriba; hacía pausas largas, y no quiso entrar en los aspectos psíquicos de las «percepciones» de Kern. A Fane le pareció mejor así.

—Mire —dijo Elise por fin, después de aclararse la garganta—, llevo cinco meses de enganche emocional con Ray Kern. Cuatro meses de cuelgue profundo. Nunca pensé que tuviese segundas intenciones hasta el último par de veces que le he visto. —Calló, y cuando volvió a hablar su voz era tensa—: Este giro… enfermizo de los acontecimientos es… desgarrador. Y no tengo ningún pálpito al respecto, simple y llanamente estoy desorientada. Y es aterrador, y quiero que termine.

A la altura del bulevar Sloat, Fane hizo un cambio de sentido y emprendió el camino de regreso. La visibilidad no superaba ya el par de metros.

—¿Cree que la obsesión que tiene Kern por esquivar a los detectives privados de su marido está justificada?

—Pues le diré una cosa. —Vaciló, como pensando una vez más lo que iba a decir—. La paranoia de Ray, si se le puede llamar así, me hizo cuestionarme si tendría razón. Sin decírselo contraté a un detective privado, que puso a su equipo a trabajar en el caso durante un mes. Nada: ni micros, ni teléfonos pinchados, ni GPS en los coches, ni nadie que me siguiese. Nada.

Fane, esperanzado, preguntó:

—¿Y se toparon con alguna de las medidas de seguridad de Kern?

Elise sacudió la cabeza:

—Les dije que estaba teniendo una aventura y que se mantuviesen al margen. Lo único que quería era saber si mi marido me tenía vigilada.

—¿Le sorprendió que no encontrasen nada?

—Hasta lo de Ray nunca le había sido infiel a Jeffrey. Es un tanto humillante reconocerlo, pero lo cierto es que a Jeffrey le importa más bien poco mi fidelidad, de una forma u otra. Él es sexualmente hiperactivo. Nunca se ha molestado en ocultar sus infidelidades. Ni se lo plantea.

—Y a Kern no le dijo nada.

—Me dije que no se lo contaría, pero acabé haciéndolo.

—¿Y cómo reaccionó?

—Pues eso es interesante porque pensé que se iba a sentir aliviado pero… le alteró. Por alguna razón aquello le turbó.

Al final de la calle Balboa, Fane entró por uno de los aparcamientos que hay frente al paseo marítimo. Una vez más vio con el rabillo del ojo cómo Elise le observaba a él, pero sin decir nada.

Aparcó de cara al mar. De vez en cuando, a través de la neblina que creaba el agua, se veían las luces de la Cliff House, lanzando destellos a lo lejos, desde las alturas. Frente a ellos, en el rompeolas, las ondas rodaban por la playa en cintas fluorescentes, una visión espectral entre la noche y la bruma.

Fane apagó el motor. Lo tenía todo pensado para enfatizar el momento, para que Elise recordase claramente aquella parte de la conversación. Se volvió hacia ella. A sus espaldas una farola del paseo marítimo iluminaba la humedad en la brisa nocturna y arrojaba una apagada luz de luna sobre el automóvil.

—No quiero tener nada que ver con una agencia de investigaciones privadas. No quiero de ningún modo que me conozca ningún detective ni ninguna agencia. Tiene que entenderlo.

Elise estaba vuelta hacia él, con la espalda contra la puerta.

—El anonimato lo es todo. Sin él no puedo hacer lo que hago. Si voy a ayudarla usted no debe hablarle de mí a nadie, jamás. Si acepto el caso, este trabajo existirá en una órbita propia. No permitirá que interfiera con otra.

Se miraron en silencio. A pesar de estar concentrado en dejarle bien claro un punto de crucial importancia, tenía presente su increíble belleza. Se dio cuenta entonces de lo mucho que el aspecto exterior de la mujer le hacía sombra a la realidad más profunda de lo que era ella.

—Eso lo entiende, ¿no? —insistió Fane.

—Sí, lo entiendo.

No se sentía intimidada, Fane lo notaba. Vivir con Jeffrey Currin, si no otra cosa, le había instruido sobre el poder y su funcionamiento. Lo había visto de cerca; para ella aquello no era más que información sobre las normas.

—Le explicaré cómo creo que deberíamos abordarlo y por qué. Si no está usted de acuerdo tendrá que buscarse a otra persona.

—Antes de que empiece —terció Elise—, ¿qué le parece lo que le he contado sobre Ray Kern?

—Como he dicho antes, creo que tiene un plan trazado para usted. Y su comportamiento está cambiando, la intensidad ha aumentado... —Titubeó un instante—. No pinta bien.

Elise asintió. Miraba a Fane con unos ojos en los que se entreveían pensamientos a la deriva, y que de pronto se vieron surcados por la tristeza. Le sorprendió que la melancolía pudiese imponerse a la ansiedad en esos momentos. Lo que tenía con Kern debía de ser muy angustioso.

—¿Qué quiere que haga? —preguntó Elise.

Capítulo 24

Después de llevar a Elise de vuelta a casa, Fane fue hacia la calle Fillmore y aparcó a la altura de Wilmot Alley. Recorrió a pie la media manzana que le separaba del Florio, donde tuvo la suerte de coger mesa tras una espera de solo diez minutos en la barra. Se sentó al lado de la pared, su sitio favorito, y pidió un solomillo de ternera con patatas fritas y una jarra de Zinfandel.

Hora y media después emprendía el regreso a casa en su Mercedes. En cuanto apagó el motor notó la vibración del móvil. Era Noble.

—Marten, tengo algo para ti. No sé si es bueno o malo, pero es interesante con ganas. Hice búsquedas con la combinación R-K y no tardé en encontrar cinco concordancias: Randall Kirsh, Richard Keyes, Ruben Koper, Ryan Kroll, Ralph Koch.

»Me he puesto a indagar todos esos nombres y resulta que uno está muerto, dos viven en Europa, otro en Dubái y uno aquí mismo en San Francisco, Ryan Kroll. Su último trabajo lo ha hecho para V. S.

—Mierda —exclamó Fane.

—Sí, eso mismo.

Vector Strategies era una de las mayores compañías privadas de inteligencia del mundo, un gigante del espionaje de diez mil millones de dólares de facturación al año, con sede en San Francisco.

En los años que siguieron al fin de la Guerra Fría, la CIA y otras agencias de inteligencia estadounidenses recortaron drásticamente la cantidad de personal. Los servicios clandestinos se deshicieron de centenares de espías, de todos los niveles.

Dejados a su suerte, esos hombres y mujeres de excepcional formación se disolvieron en el sector público, donde con el tiempo encontraron salida a sus habilidades especiales a ambos lados del sistema jurídico en prácticamente todos los países del mundo.

Entonces llegó el 11 de septiembre de 2001. De repente el ámbito de la inteligencia sufrió una gran crisis de financiación, de personal y de preparación ante las nuevas amenazas. Recurrieron a los mismos hombres y mujeres a los que habían dejado ir años atrás. De la noche a la mañana montones de compañías privadas de inteligencia nacieron de la nada, de manos de antiguos agentes y gestores de la inteligencia gubernamental.

El resultado fue un auge de las contratas de espionaje; el Gobierno empleaba ahora a espías privados para hacer lo que ya no podía resolver por su cuenta. Los agentes que trabajaban por libre ganaban cinco veces más que cuando hacían lo mismo como funcionarios del Estado.

La era del espionaje privado —lo que, en un guiño a Eisenhower, algunos llaman el complejo industrial-inteligente— había nacido, y con mucho peso. Más del setenta por ciento del presupuesto para inteligencia de Estados Unidos se destinaba a estas contratas privadas. El interés público pasaba a estar reñido con el balance final.

Mucha gente del campo de la inteligencia nacional consideró un error garrafal transferir tantos secretos y poder de las manos del Congreso, el representante del pueblo, a las de comités ejecutivos y directores generales de empresas privadas. Pero esa había sido la tendencia en los últimos doce años. Y una vez que las multinacionales saborearon los miles de millones de dólares de contratas estatales —y las infinitas maneras en que tener acceso a los secretos de los gobiernos mundiales les reportaba otros tantos miles de millones— harían todo lo que estuviese en su mano para eternizar la tendencia. Se trataba de un cambio de poder increíble y cuestionable, y el ciudadano medio ni siquiera era consciente de que había pasado.

—Yo les he hecho algunos trabajitos —le dijo Noble—. No puedo ir allí. Tienen fichados mis ordenadores y no puedo colarme en sus sistemas sin dejar huella.

—Lo sé. Un trabajo estupendo como siempre, Bobby. Sin ti estaríamos todavía muy lejos. Muchas gracias.

Fane colgó y marcó otro número.

—Shen, soy Marten. Tengo que hablar contigo.

Tenía los libros de fotografía a su lado en el sofá y el vaso vacío de whisky en la otomana. Había escogido unos cuantos libros de dos tipos de retratos: de gente que no sabía que la estaban fotografiando (las instantáneas del metro de Walker Evans) y de gente que sabía perfectamente que estaba siendo retratada (Diane Arbus, Avedon). Luego pasó un rato con una colección de imágenes de Claude Serna, un fotógrafo español que les pedía a sus modelos que pensasen en ideas concretas (felicidad, horror, muerte, perdón, violencia) mientras los retrataba.

Media hora estuvo con los libros antes de parar para contemplar la lluvia. Por fin tenía la cabeza lo suficientemente despejada para rememorar la secuencia de hechos de las últimas cuarenta y ocho horas, desde que entrara en el hotel Stafford para encontrarse con Vera List. La terapeuta había desatado toda una tempestad.

Ryan Kroll se había colado de puntillas en el mundo de almas torturadas de Vera como el que entra en aguas oscuras pero familiares. Tramara lo que tramase, se trataba de un asunto feo, y se desenvolvía en él con una precisión que daba miedo. Algo le decía a Fane que no contaba con mucho tiempo para averiguar qué era lo que Kroll planeaba antes de que fuese demasiado tarde. La idea le provocó un nudo en el estómago.

Pensó en Vera List estudiando los tres retratos del escritorio. Ojalá tuviese una fotografía de ella estudiando atentamente las imágenes de las tres mujeres. ¿Le diría esa instantánea más sobre ella que lo que las otras le habían dicho a Vera sobre aquellas mujeres?

A fin de cuentas, una fotografía poco aporta aparte de un

triunfo momentáneo sobre el enigma del individuo. Si bien en ocasiones basta para disparar la imaginación o preservar el peso de la memoria, al final nunca es suficiente. En las sombras de una fotografía se ocultan más secretos de los que revela su luz capturada.

Capítulo 25

Kroll nunca lo había hecho antes. Pero no importaba, porque la consecuencia de su desliz, en el caso de que lo fuera, le ponía a las puertas del fracaso. De modo que, ¿qué suponían unos cuantos pasos atrás si acababan siendo su salvación?

A las dos y media de la madrugada, Lambeth Court resultaba más inmundo incluso que en una tarde de bochorno. No se oía nada aparte del goteo de la noche húmeda, que se materializaba en un lubricante repugnante y pegajoso sobre los adoquines que hacía rechinar sus zapatos a cada paso. En aquel instante mojado se permitió un último rapapolvo: ¿cómo podía dudar de sí mismo? Había utilizado el puñetero estetoscopio y todo.

Sin embargo... ya lo había visto con anterioridad, en Kabul, en Peshawar. Cuando todos pensaban que él, o ella, ya había muerto y se ponían a fumar y a charlar ignorando el cadáver, ¡aquella cosa iba y tosía! Y tenían que volver a la faena.

Lo había visto; más de una vez.

La noche en el callejón era densa, asfixiante. Se sacó una linterna de LED pequeña y la ocultó en la palma, dejando apenas una rendija entre los dedos para que la luz le guiase hasta el portal. Entró luego en el pasillo y subió las escaleras, que olían al aire viciado de las decepciones que habían atormentado aquellos peldaños durante décadas.

Las probabilidades de cruzarse con alguien eran escasas pero, aun así, aquel era el tipo de sitio donde la gente rehúye la mirada de los que se encuentra por el pasillo, cuando no vuelve directamente la cara hacia la pared.

Una vez que dio con la puerta se puso unos guantes quirúrgicos de látex e introdujo el duplicado de la llave. Solo sintió un pellizco de aprensión antes de entrar en la sala y cerrar tras de sí.

Oscuridad. De nuevo la linterna, la rendija de luz. Y allí estaba la chica, volcada hacia delante sobre su propio regazo, con la frente en las rodillas y la larga melena morena caída sobre las piernas desnudas, como un chal que las protegiese del frío.

Vale. Ahora venía la pregunta: si sabía que estaba muerta, ¿por qué leches le había dado por pensar que tal vez no fuese así? Lo pensó y lo repensó hasta que acabó yendo a verlo con sus propios ojos. Joder, el pensamiento mágico de Lore Cha se le estaba metiendo en la cabeza como nemátodos colándosele por la boca y comiéndole por dentro.

Se suponía que era al revés. Él se metía en la cabeza de ELLA, y él ponía pensamientos en la cabeza de ELLA, y lo haría una y otra vez hasta que estallase por dentro. Pero ELLA, no él. ¿A santo de qué venía ese rollo macabeo del pensamiento mágico que le había hecho ir a ver a aquel monigote muerto?

Se sentó a la mesa y contempló a Traci Lee.

Se sumió en sus pensamientos, que le hicieron recordar su primera vez en Peshawar…

Unos pasos se detuvieron en el pasillo. Prestó atención; las pisadas recomenzaron y se alejaron, en el silencio infinito.

… estaba interrogando a un agente de los Inter-Services, la dirección de inteligencia paquistaní, que había vivido mucho tiempo en Nueva York y hablaba un inglés excelente. Kroll se enteró de que allí tuvo que ir a un psicoanalista por algún tema bastante peliagudo. Contactó con sus homólogos en Nueva York para que entrasen en la consulta del terapeuta, copiasen sus archivos y se los mandasen a Peshawar.

El paquistaní era un agente doble, o triple, o loco de atar, era imposible saberlo. El tipo estaba tan ido de la cabeza que al cabo de un tiempo decidieron sacarlo del hoyo y pegarle un tiro. Kroll intervino para convencerles de que se lo dejasen a él. Les prometió que la suerte de aquel hombre acabaría convergiendo en el mismo punto; solamente la alargaría un poco. A ellos les importó una mierda.

Kroll pasó los siguientes meses trabajando con el paquistaní. Conocía sus obsesiones por las notas del terapeuta; conocía sus miedos, sus pavores. Al hombre le perseguía la movida esa chunga que había hecho, una historia de incesto en su familia. Miserias de la infancia, culpas, fantasías, desesperación; todo, la típica calamidad humana de secretos enfermizos que la gente suele fingir que es la vida de los demás, no la propia.

Kroll se valió de todo aquel embrollo horroroso para elaborar un mejunje que fue improvisando a partir de las notas del psicoanalista. Tras un par de meses obligándole a comerse sus propias pesadillas, el paquistaní tenía la mente tan envenenada y retorcida que al final Kroll tuvo la sensación de que podía fiarse de él y hacerle actuar según sus deseos en determinadas circunstancias.

Una calurosa tarde de verano sacó al paquistaní de la celda y lo llevó a un patio rodeado por muros de adobe. Se sentaron en unas sillas de madera a la sombra de unas moreras, el paquistaní descalzo sobre la tierra caliente. Estaba tan destrozado, tan postrado, que ni siquiera salir al aire libre por primera vez en meses le sirvió de revulsivo.

Kroll le dio un cigarrillo y fuego y se encendió otro para él. Fumaron. Cuando el paquistaní hubo terminado, Kroll se llevó la mano al bolsillo de la chaqueta y le tendió al hombre su Beretta. Podía haberla apuntado hacia Kroll y matarle, pero en vez de eso, giró el cañón de la pistola y se disparó en el ojo.

Kroll estaba sentado en silencio. La linterna estaba girada hacia el techo, de modo que el cuerpo de Traci Lee solo estaba iluminado por un fulgor tenue y frío.

No sabía cuánto tiempo se quedó en aquel horno que era el patio de Peshawar contemplando al paquistaní muerto sobre la tierra junto a la silla vacía. Estaba hipnotizado. Sabía que había descubierto algo asombroso: que la mente de una persona, sus pensamientos, podían ser utilizados por los demás para destruirle. De repente vislumbró el increíble potencial letal de la oscuridad interna de todo ser humano.

Kroll pudo hacer aquello durante un par de años más, con un prisionero… y luego con otro, y otro. Fue perfeccionando cada vez más su forma de utilizar las sombras del sujeto en concreto para convencerle de que se suicidara. Aquello, no obstante, había sido en un mundo *in extremis:* los centros de detención clandestinos de Afganistán, Pakistán y sitios así..., tierras de pesadilla.

¿Podría hacerse en el mundo «normal»? Todos somos humanos y nada humano nos es realmente ajeno, ¿no es así? Siendo sinceros con nosotros mismos... la oscuridad está ahí, en todos nosotros. Lo único que hay que hacer es levantar la costra y dejarla supurar.

Kroll escrutó el cuerpo desplomado de Traci Lee, desmoronada sobre sí misma en el infortunio de una muerte indigna.

Se sabía a punto de conseguir algo revolucionario. Antes se pensaba que solo los hombres podían hacer de terroristas suicidas, y que solo los hombres podían ser asesinos fríos como el acero. Ahora sabemos que eso es una patraña. Se pensaba en la psiquiatría y en el psicoanálisis únicamente como instrumentos de cura, pero algún día la gente se daría cuenta de que eso era otra patraña más. Cuando demostrase por fin que era capaz de darle la vuelta a una mente, de utilizar la oscuridad de esta para que se devorara a sí misma, entonces estaría realmente preparado para blandir los verdaderos poderes de la psique.

Miró los tobillos hinchados de Traci Lee, los hombros abultados y estirados por el gas.

Les demostraría de lo que era capaz. Les dejaría de piedra, a los que dudaban... y a los que creían. Lore sería la más fácil, pero Elise iría detrás. Eso si no lo había fastidiado ya todo en las últimas citas... Pronto averiguaría en qué punto estaba.

La larga cabellera negra de Traci Lee caía sobre sus pálidas piernas como sombras derramándose desde la cabeza.

Jueves

Capítulo 26

Se sentaron a la mesa preferida de Fane en Café Rose's, cerca de la cristalera que daba a la calle, a la derecha del cancel de la entrada. Estaban en un reservado que les proporcionaba tanta privacidad como era razonable esperar de un café concurrido.

Fuera llovía a un ritmo constante y el acogedor local estaba tranquilo, había pocos clientes. El tiempo de perros de aquella mañana mantenía alejadas a las masas habituales.

—Ahora mismo no nos hace ningún bien preocuparnos por lo que está tramando Kroll —observó Fane, dejando a un lado su última taza de café—. No hay tiempo para eso.

—Quizá lo mejor sea llevar el caso al FBI —terció Roma—. ¿Vector Strategies? De ellos no vamos a sacar nada en limpio. Tenemos que endosárselo a alguien.

—A ver qué nos cuenta Shen. Si Kroll se lo está montando solo, entonces no es un asunto de Vector, sino una historia de Kroll. Y si es así no pienso dejarlo estar. —Miró a Roma, que tenía los ojos cansados—. Quiero devolverle la jugada a nuestro hombre. En cuanto hablemos con Shen le diré a Vera que ha de contarles a esas dos mujeres lo que está pasando. Tenemos que reunirlas para averiguar la manera de hacer salir a Kroll.

—Vera no lo permitirá.

—Tendrá que hacerlo si quiere salir del entuerto.

Roma frunció el ceño con escepticismo, y Fane reparó en dos gotitas de lluvia perladas en un mechón de pelo azabache de su sien derecha. Era típico de ella que le pasasen desapercibidos esos diminutos accidentes de belleza a los que era propensa.

—Tú crees que sí lo hará.

—Si lo creo es porque la situación la está comiendo por dentro —esgrimió Fane.

Roma sacudió la cabeza y se subió el tirante del sujetador a través de la camisa de punto.

—Todo esto es una locura. A ver, me da la sensación de que Kroll ha tratado a Elise mucho peor que a Lore y, sin embargo, es Lore la que parece tenerle más miedo.

—Supongo que la explicación de eso reside en las fantasías de Lore —comentó Fane—. Kroll se ha colado de puntillas justo en su centro. Incluso aunque no esté en peligro, puede hacerle creer que es así. Tal vez él se excite así.

—¿Crees que Lore no corre peligro?

—Yo no he dicho eso; pero es más emocional que Elise, tiende más a dejar que su imaginación le nuble el juicio. Y además están los archivos de Vera. Kroll tiene en su poder un montón de información confidencial. Con darle a una sola tecla de su ordenador puede hacer que todo el mundo la conozca. Puede arruinar muchas vidas.

La BlackBerry de Fane vibró. Era Moretti.

Como Shen no quería hablar por teléfono quedaron en verse en casa de Fane, a medio camino entre la de Moretti en Presidio Heights y el Rose's Café.

No se sabía quién estaba más ansioso: si Fane y Roma por oír lo que Moretti tenía que contarles o Moretti por contárselo. La noche anterior había llamado a su contacto en Vector Strategies nada más colgar con Fane y se había reunido con él unas horas más tarde en el Lucky Penny del bulevar Geary.

—Mi hombre, llamémosle Parker, conocía a Kroll —empezó Moretti mientras dejaba la gabardina sobre una vasija de barro de más de un metro de alta—. No le tiene mucha simpatía que digamos, ni él ni nadie, al parecer. Pero era bueno. Aunque ya no está con V. S. se fue hace seis meses.

—¿Seis meses?

—Lo dejó; bueno, más bien desapareció. Un buen día no volvió y punto. Pero lo importante del tema es el historial de Kroll. ¿Qué tienen en común los siguientes elementos: una fábrica de ladrillos a las afueras de Kabul, la cárcel de Al Jafr en Jordania, Rabat en Marruecos, Peshawar y Kohat en Pakistán, Rumanía, un Gulfstream V?

—Será una broma, ¿no? —dijo Roma—. ¿Centros clandestinos de detención?

—Vaya, muy bien —sonrió Moretti, sorprendido—. Kroll era especialista en psicología de la CIA, instructor de nivel C de SERE…

—Espera —le interrumpió Fane—. Explícate.

—Supervivencia, Evasión, Resistencia y Escape. Se trata de un programa militar que instruye en técnicas de supervivencia secretas a las fuerzas de élite de operaciones especiales. El programa tiene un alto componente psicológico: les enseñan a soportar las torturas en caso de ser capturados.

»Después del 11-S, ciertos psicólogos contratados por la CIA para interrogatorios fuera del país aplicaron la ingeniería inversa a las técnicas del SERE en sus centros clandestinos de detección, donde emplearon «técnicas de interrogación evolucionadas» a sospechosos de terrorismo. La Agencia los arrestaba amparándose en la «extradición extraordinaria». A las nuevas técnicas que Kroll aplicaba se las llamó «el Programa».

»Kroll estuvo en todos los centros que he mencionado, además de en Guantánamo, para instruir a los jefes de los interrogatorios. Hasta ahí la historia oficial.

»En el año 2008 abandonó la Agencia en circunstancias no del todo claras; al parecer por algo relacionado con su forma de llevar algunos de los interrogatorios. Parker no quiso decirme más.

»Luego, como han hecho otros cientos de agentes de inteligencia, Kroll se presentó en V. S. Son los mayores patronos de personal de espionaje estatal del planeta; todo el mundo acaba presentándose allí tarde o temprano. Y Kroll tenía recomendaciones para parar un tren, aparte de llevar en la maleta unas extrañas técnicas de interrogación experimentales con las que se rumoreaba que había trabajado. Vector no se lo pensó dos veces y lo puso a trabajar. —Moretti sacudió la cabeza—. Y después, por la razón que fuese, lo adjudicaron a la cuenta Currin. Tiene una de las acreditaciones más altas a las que se puede optar. Cuando esos tipos se van de la Agencia y son contratados por alguna empresa de inteligencia, se llevan sus acreditaciones con ellos. Tenía acceso a todos los archivos de inteligencia de Vector.

—¿Cuánto tiempo estuvo en la cuenta Currin?

—No mucho, unos cuatro meses o así. Luego se largó.

—¿Pasó algo?

—Parker jura que no sabe nada. Al parecer V. S. inició una cacería masiva contra Kroll..., sabía cosas demasiado delicadas para largarse así como así. Por lo visto la batida se ha relajado porque lo creen ya en la otra punta del mundo, pero sigue habiendo un aviso de vigilancia permanente sobre él.

—¿Por qué lo asignaron a la cuenta Currin?

Moretti sonrió:

—Esto te va a gustar. No es que lo contratase Currin. Estaba detrás de Currin.

—¿Espiaba a Currin por orden de Vector? —Roma no podía creerlo—. ¿Cubrían a su propio cliente?

—Kroll estaba muy dentro de Vector —siguió explicando Moretti—. Era tan «franja negra» como se puede llegar a ser en este negocio.

—Normal entonces que trataran de encontrarlo cuando se largó —intervino Fane—. Supongo que será imposible conseguir una foto de él.

Moretti sacudió de nuevo la cabeza:

—Por lo que sé es muy atractivo, guapo como un actor, y al parecer, igual de consciente de ello que un actor.

—¿Tienes algún tipo de dato biográfico? —quiso saber Roma.

—Por encima. Doctorado en Psicología por la Johns Hopkins. Sirvió en la División de Inteligencia del ejército estadounidense en Europa del Este. Trabajó para la Agencia de Inteligencia de la Defensa, para la CIA. Sirvió en el comando de Operaciones Especiales, en el Directorado de Inteligencia. Instructor de SERE en Fort Bragg. Servicio en Oriente Medio.

—¿Eso es todo?

—Cuando Vector pone a alguien en «negro» para espiar a uno de sus propios clientes, lo elevan a un cuerpo de élite —explicó Moretti—. Vector borra su expediente de «franja azul», los archivos personales de alto secreto y lo sustituye por un expediente de «franja negra». Todo lo que hay en el antiguo se reemplaza por una simple hoja blindada en la que pone lo que os he contado. A partir de entonces ese es el único expediente oficial que hay de él.

Roma y Fane intercambiaron una mirada.

—Mira, Marten, esto es todo lo que te puedo contar. Y yo, hum,... puesto que yo te remití este asunto me siento con derecho a decirte lo siguiente: si esto fuera una operación de Vector, te diría que fueses al FBI y que te lo quitases de encima cuanto antes. Pero parece que aquí Kroll está siguiendo un programa propio. —Moretti titubeó de nuevo, antes de proseguir—: Visto lo visto, mi consejo es que vayas al FBI y te lo quites de encima lo antes posible.

—Es complicado —le respondió Fane.

Moretti le miró y por la expresión de su cara Fane supo que su amigo le quería dar un sermón; y también que no lo haría. Pero lo importante era que se preocupaba lo suficiente como para querer hacerlo. Eso es lo que tenía Moretti, por eso era tan bueno en la UOE. Rara vez infravaloraba a nadie, rara vez simplificaba más de la cuenta. Respetaba la complejidad y nunca daba por hecho que los hombres y mujeres que trabajaban para él necesitaran que se les explicase dicha complejidad.

Moretti se metió las manos en los bolsillos del pantalón.

—Bueno, ya sabéis los dos cómo funciona esto. Vector va a empezar a mirar mi vida con lupa para averiguar de qué conozco a Kroll y por qué quiero saber más. Al final investigarán a todo aquel o aquella con el que haya trabajado en Operaciones Especiales. Kroll es importante para ellos, Marten. No vas a tener mucho tiempo.

Fane asintió:

—Gracias, Shen. Siento mucho haberte puesto en el punto de mira.

Moretti se encogió de hombros y se quedó un momento inmóvil para al cabo coger la gabardina de la vasija y volverse hacia Roma.

—Trabajé con él hace mucho —le dijo como si Fane no estuviese en la habitación—. No parece un cabezota, ni un temerario. Incluso cuando actúa como si lo fuera le acabas dando bastante cancha. Piensas: sí, bueno, le veo cierta lógica; entiendo por qué lo ha hecho. Es cuestión de opiniones. Y es verdad, pero eso no quita que sea testarudo y temerario. —Le dedicó una amplia sonrisa y acto seguido, con una mirada dedicada a ambos, dijo—: Andaos con ojo. Podéis salir escaldados.

Salió del despacho de Fane y escucharon sus pisadas alejarse por el pasillo de piedra hasta la entrada. Todavía se estaban mirando cuando oyeron cerrarse la pesada puerta de cristal y forja.

—Adelante —le instó Fane—. ¿Qué pasa?

—Vector es una multinacional de inteligencia que trabaja para algunas de las mayores corporaciones (aparte de para las mejores agencias de espionaje del mundo). Da miedo lo buenos que son. —Fane asintió, sabía lo que venía—. ¿Y no han podido encontrar a uno de sus propios agentes? ¿Se supone que tenemos que tragárnoslo?

—Los dos lo hemos visto antes —terció Fane—. Por muy grande o muy bueno que seas, la traición puede cebarse contigo. La naturaleza humana es el talón de Aquiles de este negocio.

—Es todo demasiado oportuno. Nos topamos con esta historia y cuando nos lleva hasta Vector resulta que, vaya, qué sorpresa, ellos también andan detrás de Kroll. Y se han quedado a cuadros al enterarse de que ha estado aquí, justo delante de sus narices, todo este tiempo.

Fane se pasó los dedos por el pelo.

—Venga, Roma. Conocer los entresijos internos siempre da mucha ventaja. Por eso los escándalos de espías pueden durar años y años.

—¿Tú apostarías por que eso es lo que está pasando en este caso y no otra cosa?

—¿Qué alternativa tenemos? Las posibilidades son infinitas, y no hay nada que nos señale hacia otra dirección. Por muy incómodos que nos sintamos tenemos que seguir. Tenemos que coger a nuestro hombre, y el tiempo vuela.

Capítulo 27

Eran las 13.22 cuando Fane llamó a Vera a la consulta para informarle de que había identificado al hombre con todos aquellos alias. Le dijo que tenía que hablar con ella y le pidió que cancelase las citas del resto del día.

Aquella petición tan directa la pilló desprevenida:

—¿Qué ocurre?

—Tú encárgate de lo de las citas y nos vemos allí dentro de veinte minutos.

Cuando Fane llegó a la consulta, por mucho que Vera intentó guardar las formas con una pose estudiada, reconoció signos evidentes de ansiedad contenida en su manierismo exagerado: la postura apropiada era tensa, la mirada escrutadora rebosaba preocupación, mientras que el modo cauteloso en que se desenvolvía traicionaba cierta aprensión.

La terapeuta fue a sentarse en el sofá que había frente a la cristalera que daba al jardín en sombras; Fane, en cambio, se acomodó en uno de los sillones.

La puso al día: le contó el encuentro que habían tenido con Celia Negri, quien les había proporcionado el tercer alias (Robert Klein tampoco le sonaba de nada); la larga conversación que había mantenido con Elise y luego la llamada de su investigador, quien le comunicó el nombre real de Krey/Kern/Klein: Ryan Kroll. Por último le contó la información que había cosechado esa misma mañana sobre Kroll.

Aturdida, abrió la boca para tomar aire, una respiración honda y prolongada.

—Es increíble —consiguió decir. Luego, con recelo, añadió—: ¿Por qué has hecho que cancele todas mis sesiones?

—La cosa no va bien —respondió. No iba a perder más tiempo—. Seguimos sin saber qué está haciendo Kroll y menos aún por qué. No sabemos dónde están tus historiales. Él, mientras, está intensificando su actividad, pero tampoco sabemos la razón. Ahora que conocemos su expediente tenemos que asumir que Elise y Lore se encuentran en peligro. —Vera esperó, inexpresiva—. Si nuestro siguiente paso no es inteligente, Kroll podría sospechar algo, y desaparecer sin más. Con los archivos. —Vera cerró los ojos—. Si cogiera ahora mismo el teléfono y llamara al FBI no me faltarían razones —la advirtió Fane.

Los ojos de ella permanecieron cerrados cuando habló:

—¿Qué quieres?

—Contarles a Elise y Lore lo que está pasando. No las puedes tener en la inopia más tiempo. Sabiendo lo que sabemos, sería una irresponsabilidad.

Vera abrió los ojos:

—Ya lo sé.

—Me gustaría intentar una cosa más: citemos aquí a Elise y Lore y contémosle todo a las dos juntas. Después, entre los cuatro, podemos pensar y crear una entrada en los historiales que haga que Kroll salga de su escondrijo cuando los lea. Necesitamos saber dónde vive, y cruzar los dedos por que tenga los archivos guardados allí.

Por primera vez Fane vio asomar las lágrimas en los ojos de Vera. Con anterioridad había visto en ellos miedo, ansiedad, pánico incluso, pero no aquello…

—Me dijiste —dijo en un hilo de voz, tragando saliva—… me dijiste que… —Pero no pudo acabar. Tal vez temió que al hablar del precio que él le había dicho que tendría que pagar tentaría a la suerte y haría que fuese mayor—. Voy a llamarlas… ahora mismo.

La mala suerte quiso que ambas mujeres llegasen al mismo tiempo; es más, que entrasen por la puerta de la sala de espera una detrás de otra, Lore en cabeza.

Al ver a Fane en medio de la habitación pararon en seco, aunque habían avanzado lo bastante como para que la puerta se cerrase a sus espaldas.

Lore le lanzó una mirada fulminante, mientras que a Elise se le fue el color de la cara.

—Vera está dentro —les dijo Fane—. Ambas son pacientes suyas. Elise, Lore —anunció con un gesto de presentación entre ambas—. Las dos me conocen por el nombre de Townsend.

Las mujeres intercambiaron un vistazo nervioso, intentando descifrar lo que estaba pasando.

—Sé que es muy confuso —reconoció Fane—. Pero si son tan amables de pasar y tener paciencia, les explicaré lo que ocurre en pocos minutos. ¿De acuerdo?

—Mierda —maldijo Lore entre dientes.

Fane abrió la puerta de la consulta e hizo pasar a las dos mujeres. Vera, que estaba junto a las ventanas, se volvió en cuanto entraron.

—Siento deciros que las tres tenemos un problema —dijo con la voz compungida—. Hay mucho que explicar… Por favor, quedaos con nosotros un rato…

Fane les pidió que se sentaran, y por un momento las mujeres miraron con desconfianza a su alrededor y avanzaron con paso cauteloso, como gatas entre los muebles, antes de encontrar un sitio donde acomodarse.

Elise se sentó en un extremo del sofá, mientras que Lore cambió de repente de parecer, sacudió la cabeza enfurruñada y se puso a dar vueltas en torno a uno de los sillones. Ambas obedecían con recelo, como si hubiesen renunciado a su libre albedrío ante el gran interrogante de qué era lo que iba a pasar.

Elise llevaba mejor que Lore la tensión, aunque tenía los ojos clavados en Fane; se estaba preparando para lo que se le avecinaba.

—Bien, verán —dijo, optando él también por quedarse de pie—, esto les va a resultar un tanto extraño hasta que se expongan algunas cuestiones básicas.

Lore volvió a mirar de reojo a Elise, que tenía toda la atención puesta en Fane.

—Los nombres que he utilizado para presentarles es todo lo que saben la una de la otra. Es importante que lo recuerden mientras dure este asunto.

»Conocí a Vera hace tres días. Me contactó por recomendación de un amigo de confianza. Tres días antes de nuestro encuentro, o sea hace seis, llegó a la agónica conclusión de que ustedes dos estaban teniendo una aventura con el mismo hombre.

No se produjo ningún drama, más allá de la expresión involuntaria de asombro en sus caras. Lore rodeó lentamente el sillón y tomó asiento. Elise cerró los ojos y echó la cabeza hacia delante.

Fane se sintió fatal por ambas.

—A Vera le llevó varias semanas darse cuenta de lo que estaba ocurriendo. Cada una de ustedes le conoce por un nombre distinto. Ha estado entrando a escondidas en esta consulta y leyendo sus historiales. Sabe todo lo que le han contado a Vera, todo lo que han hablado con ella, y ha utilizado esa información para moldear su relación con cada una de ustedes.

Elise alzó la cabeza como un resorte y Lore ahogó una exclamación.

No hizo falta elaborar mucho. Les resultó doloroso pero evidente ver cómo Kroll les había hecho aquello. Cada mujer estaba experimentando su propia humillación particular. Aunque su silencio ocultaba las explosiones de sus cabezas, la consternación era palpable.

Fane prosiguió:

—Vera se vio superada. Le costó tres días decidir qué hacer. Lo primero que me recalcó cuando nos vimos fue que, pasara lo que pasase, su principal preocupación era proteger la confidencialidad de sus sesiones con ella; proteger su privacidad.

Para sorpresa de Fane Elise fue la primera en hablar. Si bien miró a Vera, su pregunta, personal y dolida, iba dirigida a Fane, en un tono de voz que delataba un dolor profundo:

—¿Por qué… no acudió a nosotras? ¿Cómo ha sido capaz de… no acudir a nosotras, de no contárnoslo?

Fane miró por un instante a Vera, que mantenía la vista clavada en Elise, sin intentar eludir su mirada ni bajar la cabeza. Se estaba enfrentando a aquella pesadilla con toda la dignidad de la que podía hacer acopio.

—Vera estaba, y está, en una situación imposible —les explicó Fane—. Ese hombre tenía acceso a los historiales clínicos de todos, y digo todos, sus pacientes. Ustedes no eran las únicas en las que tenía que pensar. Tampoco podía ir con la historia a todos porque no sabía quién podía tener relación con él. La única razón por la que descubrió la situación en sus casos fue porque empezó a detectar... similitudes. Patrones, una conducta... común.

—Ay... esto es... —gimió Lore.

A Elise se la veía perpleja, y profundamente avergonzada.

—Como podrán imaginar —continuó Fane—, puede que esté abusando —utilizó la palabra a propósito— de otras mujeres en modos distintos que no guardan semejanzas reconocibles; o en modos, de hecho, que no son similares. Vera no tenía forma de saberlo. Debía tratar a todos los pacientes con la misma consideración.

Fane volvió a mirar de reojo a Vera, que estaba tragando saliva pero concentraba su atención en sus dos pacientes desconcertadas.

—Bien —prosiguió una vez más Fane—. Se llama Ryan Kroll y todo este asunto se complica en gran medida debido a sus antecedentes.

Les contó la historia de Kroll, evitando nombres concretos y haciendo referencia solamente a la «inteligencia internacional». Les explicó lo de los centros de detención, las técnicas psicológicas y las torturas. Debían conocer el contexto en el que Kroll las estaba manipulando.

Ambas mujeres parecían abrumadas. Fane no se detuvo hasta que no expuso todo lo relevante. Había mucho que asimilar. Cuando por fin terminó, solo hubo silencio.

Vera dio un paso adelante, todavía con los brazos cruzados, tiesa como un palo, para decir:

—Responderemos a vuestras preguntas lo mejor que podamos. Lo siento, sé que es tremendo.

Durante la siguiente hora y media Elise y Lore dieron rienda suelta a un aluvión de preguntas. Una vez que se repuso de la conmoción, Lore se mostró por momentos furiosa y asustada, animada y lastimera, combativa y aterrada.

Sin embargo, a Fane le preocupaba más Elise, cuya relación con Kroll había sufrido los cambios más notables y crueles. Y descubrir en ese momento que incluso la amabilidad y la generosidad que Kroll le había demostrado al principio de su romance habían sido hipócritas y cínicas debió de herirle en lo más hondo.

La tormenta de preguntas fue amainando por fin y ambas mujeres volvieron a sumirse en el silencio.

—Recuerden que todo lo que le han dicho en confidencia a Vera está en manos de Ryan Kroll —les advirtió Fane—. No sabemos qué es lo que pretende hacer con los historiales, pero mientras estén en su poder las tiene a ambas cogidas por el cuello.

Lore masculló una imprecación.

—Lo que tenemos que hacer es recuperarlos. Una vez que los tengamos podremos decidir qué hacer con Kroll —sentenció Fane.

—Esto es demasiado. —Lore apenas lograba creer lo que le estaba pasando. Elise, por su parte, seguía muda.

—Antes de nada les voy a contar lo que tengo en mente —les dijo Fane—, y luego si quieren lo discutimos.

Capítulo 28

El hombre con quien Parker tenía que hablar estaba volviendo de Londres en un avión privado de Vector cuando recibió su llamada a primera hora de la mañana. Había utilizado la contraseña para «urgente», que garantizaría que ambos hombres se encontrasen tan pronto como fuera posible una vez que el Gulfstream aterrizara en San Francisco.

A las cinco y cuarto sonó el teléfono de Parker. El hombre le dijo que le esperase en la parte alta de las escaleras Vulcan al cabo de una hora.

En una ciudad de colinas las escaleras eran inevitables e indispensables. Había cientos de ellas en San Francisco, todas y cada una con personalidad propia: majestuosas y humildes, inmaculadas y mugrientas, públicas y cerradas.

Las Vulcan estaban en Corona Heights, en las lomas que se elevan por encima de The Castro y Ashbury Heights. El punto más elevado partía de la calle Levant, desde donde caía en tramos de muchos peldaños a través de una vegetación desmandada que tomaba las escaleras y formaba un dosel a lo largo del descenso. Las casas y chalés que flanqueaban la escalera quedaban en su mayoría ocultas por el espeso follaje de las laderas usurpadas por la hiedra, si bien algunos de los propietarios tenían parterres llenos de flores junto a los escalones.

Parker esperaba en el margen de las sombras, en lo alto de las escaleras. Oyó que un coche se detenía a unos seis metros calle arriba, se abría y se cerraba una puerta y desaparecía. Pisadas. El hombre apareció en las escaleras y le hizo una señal a Parker al tiempo que se sacaba un paquete de tabaco del bolsillo y encendía un cigarro. Lanzó una bocanada de humo al crepúsculo y bajó un par de escalones.

—Un vuelo larguísimo —dijo en un tono de barítono moderado—. ¿Qué tenemos?

No se movió y Parker fue directo al grano.

—Ayer bien entrada la noche recibí una llamada para quedar de Shen Moretti, que antes trabajaba en la Unidad de Operaciones Especiales de la Local.

—Sí, le recuerdo.

—Quedamos y resultó que empezó a hacerme un montón de preguntas sobre Ryan Kroll.

La mano con el cigarro se detuvo a medio camino de los labios.

—Alguien le había pedido a Shen que hiciera ciertas indagaciones sobre Kroll. Es gente que ha estado detrás de él... y le han encontrado.

—¡¿Que le han encontrado?!

—Bueno... casi. Saben con toda certeza que está aquí, en la ciudad...

—Joder, mierda.

—Y tienen a gente que de algún modo se relaciona con Kroll, aunque a él aún no. Por lo que parece no sabe que están detrás de él. Ha sido una carrera delicada, y están sudando la gota gorda para llegar a la meta. Descubrieron que había trabajado para Vector y esperaban que les diésemos un respiro.

—¿Estamos hablando de otra empresa de inteligencia? —El hombre empezó a bajar las escaleras lentamente.

—Moretti dice que no. —Las escaleras Vulcan eran lo suficientemente anchas para que ambos caminasen codo con codo—. Y me aseguró que tampoco eran agentes de la ley. Dijo que simplemente le estaba haciendo un favor a un amigo, y yo le creo. La impresión que me dio es que forman un pequeño operativo de élite. Moretti parecía tenerles bastante respeto.

—¿Por qué les interesa Kroll?

—No tengo ni idea, pero se han movido a una velocidad de vértigo.

—¿A qué te refieres?

—A que llevan con esto menos de una semana.

El hombre se detuvo y se quedó mirando a Parker.

—Eso es mentira.

—No, eso es lo que me ha dicho Moretti. Van volando. Por eso me he enterado yo. Hablaron con Moretti para que él nos contactase a nosotros. Quieren acabar cuanto antes.

—¿Están coaccionados o es que son los más rápidos del Oeste?

—Lo primero, diría yo.

El hombre dio una calada al cigarro sin dejar de mirar a Parker.

—¿En qué narices andará metido Kroll? Ha hecho algo, se ha metido en algo. En algún punto la ha fastidiado y ha desencadenado esta cacería. Por eso han llegado tan lejos en tan poco tiempo. ¿Moretti estaba al tanto de que Kroll se había largado de Vector?

—No, le hice un resumen.

El tema de la desaparición de Kroll —y la incapacidad de Vector para encontrarle— había sido relegado al olvido en los círculos internos de la División de Inteligencia de la empresa. Ya nadie hablaba de él, al menos no abiertamente. Era anatema. Kroll se había convertido en el fantasma que perseguía a su contrainteligencia, en su cruz. Lo único que hacía soportable la situación era que, a pesar de haberlas buscado, no habían encontrado pruebas de que Kroll hubiese vendido o utilizado de cualquier otra forma sus conocimientos internos sobre Vector.

Por otra parte, había quien afirmaba que así era como trabajaba un buen espía. Vector no iba a hundirse con todo el equipo por lo que Kroll se había llevado con él. En lugar de eso, siempre que alguna operación saliese mal, nunca podrían estar del todo seguros de la razón: si era por mala suerte, incompetencia, una oposición superior..., o por las informaciones que Kroll poseía y había vendido en secreto al rival de Vector que hubiese pujado más alto.

El hombre le dio una calada al cigarro antes de emprender de nuevo el descenso por los escalones sombreados. Por aquí y por allá se encendían luces en las casas de la falda de la colina, haciendo que con su resplandor las sombras se acentuasen por el contraste y la vegetación grisácea se volviese siluetas negras.

—Con prisas —comentó el hombre—. Se ve que tienen un problema de tiempo.

—Está claro.

—¿Sabes cómo consiguió esa gente el encargo por Kroll? ¿O si es seguro un encargo? A lo mejor es otra cosa.

—Moretti se mostró escurridizo al respecto, pero no me dio la impresión de que fuese una cosa personal de ellos.

—¿En qué quedaste con él?

—Le di información básica, todo lo que creí que acabaría averiguando en cuestión de días. De esa forma le ahorro tiempo y así me será más fácil pedirle luego un favor a cambio, en caso de necesidad.

—Bien. Vale. —El hombre volvió a callar mientras avanzaban por otro trecho de escalones.

A Parker le tenía un tanto desorientado la reacción del hombre ante las sorprendentes noticias que le había llevado. Había esperado un arrebato de furia pero, en cambio, más allá de la sorpresa evidente, el hombre se mostró más pensativo que colérico. Y no era porque no tuviese razones para estarlo. No era solo que otro operativo de inteligencia prácticamente le hubiese echado el guante a Kroll, es que encima todo estaba ocurriendo allí mismo, en San Francisco, no en Bangkok o en Bahréin como se había especulado. Era más humillante si cabía.

Sin embargo el hombre parecía estar asimilando la impactante revelación de Parker como si se tratara de un pequeño movimiento en una partida mayor, algo que habría de tener en cuenta en sus cálculos más que algo que le hiciese movilizar todos sus recursos para contrarrestar una amenaza importante. Sin duda, aquello no era lo que Parker esperaba.

Prosiguieron en silencio, a paso lento. En cierto momento el hombre tiró la colilla al suelo, la pisó y la aplastó con la lentitud del que está absorto. Acto seguido reemprendió la marcha, con las manos en los bolsillos. Uno o dos minutos después el hombre se detuvo y se volvió hacia Parker. Al hablar, bajó algo más la voz.

—Si Shen Moretti no sabía nada de lo nuestro con Kroll eso significa que tras vuestra conversación se habrá dado cuenta de que sus amigos están justo en medio de un asunto de importancia mayor para Vector... y de que al hablar contigo estaba levantando la liebre. Él tenía que saber que harías justo lo que has hecho: informar a alguien de Vector sobre lo que has descubierto. Esperará que saltemos sobre esto y hagamos todo lo que esté en nuestras manos para atrapar a Kroll.

Sí, eso, exactamente eso era lo que Parker había esperado. De hecho, creía estar llevándole la noticia al hombre que pondría en marcha un enorme dispositivo operacional... pero por lo visto no era eso lo que iba a pasar.

—Da la sensación de que esa gente lo tiene bien encauzado. El tiempo apremia. Y si creen que saben lo que vamos a hacer, van a estar a la defensiva y van a actuar rápidamente. No creo que debamos tener ninguna expectativa realista de podérselo arrebatar de las manos a esa gente; al menos no sin llamar la atención más de la cuenta, cosa que no queremos. Lo cierto es que la hemos cagado con el tema Kroll desde el principio. Vamos a tener que aprovechar ahora todo lo que podamos.

El hombre hizo una pausa, con su silueta acechante en la tétrica luz. A pesar de su calma aparente, su vacilación delataba una mente funcionando a todo máquina. Tenía razón en lo de Vector y Kroll: aunque todavía no había supuesto una catástrofe, bien podía serlo aún. No contaban con muchas opciones.

—Quiero que vuelvas a contactar con Shen Moretti —le ordenó el hombre, con ese tono suyo de barítono aún más bajo. Parker se inclinó para escucharle mejor.

Al cabo de tres minutos habían acabado.

Estaban ya casi al pie de las escaleras cuando Parker vio los faros traseros del coche del hombre, que le estaba esperando en la calle Ord.

Parker se quedó donde estaba mientras el hombre bajaba la última docena de escalones hasta la calle. Oyó abrirse y cerrarse la puerta. Las luces de freno parpadearon y el coche se fue.

Esperó un momento. Sacudió la cabeza entonces, se giró en redondo y empezó a remontar las escaleras, con aquel largo tramo de peldaños desplegándose ante él en las sombras crecientes.

Capítulo 29

Lore se había quitado los zapatos y había cruzado las piernas, con el pie descalzo balanceándose impaciente. Estaba taladrando a Fane con sus ojos negros.

Elise estaba sentada en un extremo del sofá, echada hacia delante con los codos apoyados sobre las rodillas y las manos unidas, con el dorso de una apoyado contra un lado de la cara. Llevaba un buen rato callada.

—Vale —dijo Lore con brío—, o sea, que básicamente lo que tenemos que hacer es propiciar una oportunidad para que su equipo de vigilancia lo ponga en el radar y puedan seguirle.

—Eso es. Hasta que no consigamos cogerle físicamente, no podremos hacer nada al respecto, no podremos averiguar dónde vive ni dónde tiene guardados los archivos…

—Que usted opina que están en su casa —le interrumpió Lore—. Vale. Entonces, ¿por qué no le llamo y le digo que quedemos en algún sitio?

—Ambas me contaron que rara vez tenían ustedes la iniciativa con las citas, que solía tomarla él. ¿Cómo cree que reaccionaría a una llamada suya, así de repente?

—Supongo que dependería de lo que le dijera.

—¿Qué le diría?

—Lo que usted me indique.

—Hay una razón por la que Kroll siempre propone los encuentros. Todo su adiestramiento, toda su vida, se sustenta en el hecho de saber que la única acción en la que puede confiar es en la que él inicia. Cuando la iniciativa surge de otra persona es incapaz de confiar en las intenciones del otro. ¿Le estarán tendiendo una trampa? ¿Por qué querrá ella que haga eso ahora? ¿Por qué ahí? ¿Por qué ahora? La obsesión que tiene por la seguridad se debe a querer controlar la situación. Si la controla, está a salvo. Si es otra persona la que lo hace, no puede estar seguro.

—Qué cabrón —exclamó Lore—, lo tenía todo coreografiado. ¡Y cielos, qué bien se le da…! —Se levantó de pronto y se bajó el dobladillo del vestido, que se le había subido hasta los muslos—. ¿Sabe lo que le digo? Que lo último que quiero es volver a ver a ese cabrón de mierda, aunque estoy deseando atraparle. —Cogió su bolso—. Tengo que ir al baño —dijo, y se dirigió a los aseos de la sala de espera.

Vera estaba sentada en una de las sillas delante de su mesa, agotada por las emociones de las dos últimas horas.

Elise observaba a Fane. Seguía sin descansar la espalda, con los antebrazos sobre las rodillas. Se miró las manos entrelazadas.

—Me gustaría preguntarle una cosa —dijo en voz baja—. Anoche me dijo que creía que Ray… Ryan, me estaba tendiendo una especie de trampa.

Fane asintió, lo recordaba.

—Solo… me preguntaba si ahora tendría una mayor idea de cuáles son sus intenciones.

—Puede que tal vez me haya equivocado en eso —reconoció Fane.

Elise frunció el ceño, desconcertada.

Fane era consciente de que Vera estaba escuchándoles.

—Desde anoche he sabido muchas más cosas sobre él. Bastantes.

Hizo una pausa; en realidad no tenía ningún derecho a decir esas cosas. Elise percibió sus dudas:

—Ya no importa que duela o deje de doler… o por qué. Lo que yo me pregunto es… si ha conseguido lo que quería.

A Fane le conmovió aquella curiosidad triste, el dolor de aferrarse a los últimos resquicios de recuerdos, cuando la crueldad de Kroll todavía no lo había convertido todo en desesperanza.

—Lo siento, pero no sabría qué decirle.

—Pero…

—Pero… Creo que en el fondo quería algo más…

Elise esperó, con la cabeza ligeramente ladeada.

—No lo entiendo.

Fane era incapaz de olvidar la historia de Elise, y los ecos que evocaba de su propia infancia desoladora. Esa clase de soledad cuando se es un crío, esa forma de aislamiento, corrompe el espíritu. Desgarra el corazón creer, en lo más hondo de ti, que en realidad no le importas... a nadie.

—Mi idea... Iba desencaminado en mis elucubraciones sobre lo que estaba pasando. Creo que malinterpreté lo que estaba viendo.

Elise lo contempló en silencio. Fane estaba convencido de que olía su embuste a la legua, y se preguntó qué pensaría de él por ello. En ese momento Lore regresó a la habitación.

—Bien, ¿por dónde íbamos? —preguntó Lore—. ¿Tenemos ya un plan o no? —Se había atusado el pelo, volvía con energías renovadas y con la determinación entre ceja y ceja de atrapar a Ryan Kroll.

Fane miró a Vera, que se había mantenido al margen mientras él hablaba con Elise. Tenía la sensación de que estaba anticipándose a lo que él iba a decir, intentando figurarse cómo afrontarlo.

—Tenemos que hablar sobre eso —dijo Fane.

Vera se levantó, se acercó y se sentó en el sofá, al lado de Elise. Lore había vuelto a su sillón y a cruzar las piernas.

—Queremos crear entradas falsas en las notas diarias de las sesiones que Vera redacta sobre ustedes. La idea es que contengan algún tipo de cebo que atraiga a Kroll hasta nosotros. Literalmente. Tenemos que establecer su posición. Pongamos lo que pongamos en esos archivos hay que atraerle, no repelerle. Si lee algo que suene a mentira, o que le haga sospechar, lo perderemos todo.

Las tres tenían la mirada clavada en él.

—Elise, Lore, sus últimos encuentros con Kroll fueron... estresantes. Tienen que recordar que lo que hizo fue por una razón. Tal vez quisiese provocarles una reacción determinada; tal vez quisiera hacerles daño. A saber lo que se propone. Aunque si alguien sospecha o tiene alguna idea de lo que pretende, esas son ustedes. —Hizo una pausa para darles tiempo a asimilarlo—. Por mucho que hayan hablado con Vera sobre este asunto, no es posible que se lo hayan contado todo sobre esas dos últimas citas. Y ahora que saben más sobre Kroll que antes, quizá tengan una nueva perspectiva sobre su relación con él.

Elise dejó caer la cabeza; si era de la vergüenza, el disgusto o la confusión, no sabría ni podría decirlo. Lore empezó a mecer el pie.

—Tienen que mezclar lo que saben con lo que sospechan, incluso lo que intuyen sobre él. Deben crear un cóctel de verdad y mentira que sea néctar para él, y que le haga querer volver a verlas... y pronto.

—Un momento... —intervino Vera, fulminando a Fane con la mirada y adelantándose en el sofá, como desafiante, pero Elise la interrumpió.

—No, Vera; tiene razón —dijo sin apartar los ojos de Fane mientras hablaba—. Al primer indicio de que algo no va bien se evaporará. Y si eso ocurre ninguna nos libraremos de él en la vida. Hay que hacerlo.

Cuando Fane buscó la reacción de Lore le sorprendió verla llorar en silencio. Seguía balanceando el pie y le miraba con una expresión angustiada que le cogió desprevenido. Fane no podía decir si lo suyo era furia o miedo, pero no cabía duda de que estaba profundamente afectada. Su actitud descarada y arrogante se había borrado y él comprendió entonces lo frágil y quebradiza que era su máscara.

Aunque no pudo hablar, Lore asintió con todas sus fuerzas.

Capítulo 30

Cuando Celia Negri dejó el hospital, un lúgubre atardecer prematuro cubría lentamente la ciudad. Las luces se estaban encendiendo por todas partes conforme pasaba por la calle Parnassus desde Carl y ponía rumbo a Ashbury Heights.

En cuanto llegó a la altura de la calle Cole empezó a buscar sitio para aparcar. Las luces de freno de un Volkswagen estacionado en la acera de enfrente de la confitería Boulange de Cole se encendieron.

—¡Sí! —exclamó, y salió disparada del cruce para reclamar el sitio mientras el otro coche salía.

Cerró el Volvo y cruzó Parnassus para ir al Alpha Market de la esquina. Cogió tres naranjas y dos cebollas de los cestos que había en la acera y fue a pagar dentro.

En la ferretería de al lado compró pegamento para arreglar una placa de metal que se le había caído de la puerta del horno. Una vez de vuelta en la calle dejó vagar sus pensamientos hacia lo que su mente llevaba rumiando todo el día: hacia Robert Klein, la consulta de la doctora Vera List, los dos agentes del FBI, hacia lo que quiera que fuese que estuviese metido Klein.

Atravesó de nuevo la calle contemplando la posibilidad de ir a la panadería para comprar algo para el desayuno del día siguiente, opción que descartó nada más llegar al coche. Lo abrió por la puerta del pasajero y metió la cabeza para dejar la bolsa en el asiento de delante.

—Me habría jugado algo a que ibas a ir a la panadería —le dijo a sus espaldas.

Celia pegó un respingo y se giró, dándose en la cabeza con la puerta del coche.

—¡Maldita sea! —mascullό, con un nudo instantáneo en el estómago—. Lo has hecho aposta.

—¿Te he asustado? —le preguntó Klein.

—Mira que eres capullo a veces.

Klein frunció el ceño con escepticismo:

—Anda, cierra. Vamos a dar una vueltecita.

La calle Parnassus subía ligeramente hasta Upper Haight, una zona más aburguesada que el barrio vecino de moda, un poco más abajo en esa misma colina. Por lo general allí las viejas casas de tres plantas estaban cuidadas y limpias. Los coches se alineaban en las calles arboladas en aparcamientos siempre difíciles de conseguir.

Klein siguió con su silencio durante otra media manzana, consiguiendo así tensar el nudo de la barriga de Celia, que no podía creer lo que estaba viviendo. ¿Cómo se las había apañado?

—Ha surgido algo —empezó él— y necesito que vayas otra vez a la consulta de la terapeuta.

—¿Eh? —Se le disparó el corazón: ¿cómo había sonado?, ¿natural, nerviosa?

—Sí.

—¿Cuándo?

—Esta noche.

—¿Esta noche? —Mierda, no—. ¿Y eso... cómo es que...? —Se quedó callada.

—¿Qué ocurre?

—¿Qué ocurre de qué?

—Es que..., ¿qué?, ¿no puedes esta noche?

—Sí, claro que puedo —exclamó, con cierta dosis intencionada de sarcasmo. Le resultaba más fácil disimular el miedo tras una pose.

—Te veo un poco susceptible —comentó él.

Joder, ¿estaba sobreactuando?

—Es que me has asustado. Por eso estoy susceptible.

Klein le hizo doblar a la derecha por la primera bocacalle, Belvedere, una vía arbolada menos concurrida, con casas inmaculadas revestidas de madera y escaleras de entrada. También allí los coches se apretujaban hasta en el último centímetro.

—Parece que te pasa algo más —insistió Klein.

—¿Ah, sí?

—No sé… ¿te preocupa algo?

—¿De qué?

—¿El cambio en la dinámica?

—No.

—¿No? Pues te veo inquieta.

—No lo estoy. Lo haría con los ojos cerrados si quisiera.

—Qué confianza.

—Si estuviese cagada de miedo, ¿querrías que lo hiciera?

—No… pero tampoco está de más ir con cierta cautela, un poco de respeto.

—No tengo intención de que me cojan. ¿Te parece suficiente cautela? Y desde luego, el dinero lo quiero. ¿Te parece bastante respeto?

En algún jardín trasero un perro los olió o los percibió con su sexto sentido y empezó a ladrar. En medio de la bruma del anochecer el resplandor azulado de los televisores parpadeaba por los salones del vecindario. En la calle no había un alma.

Pasaron por delante de dos casas sin decir nada.

—Te veo… tensa.

Le dio un vuelco el corazón; el aire se le escapó de golpe del diafragma.

—Pensé que era a ti a quien le inquietaba mi exceso de confianza.

—Suelta pero tensa.

Joder. ¿Sabría algo el colega? Decidió contraatacar.

—¿Qué pasa? Eres tú el que parece un poco confuso. ¿No será que estás pensándotelo mejor?

Klein no respondió. De hecho, Celia notó que sopesaba sus palabras una a una. El muy cabrón se estaba oliendo algo, y le estaba metiendo en el cuerpo un miedo de muerte.

Siempre había sido bastante chula, pero precisamente por eso era tan buena en la cama; también por eso supo que aceptaría. Por eso, y por el dinero. Le gustaba mucho el dinero.

Aun así algo le pasaba. A lo mejor eran solo nervios y no quería reconocerlo. No era la primera vez que lo veía. Hay algo de descongestión, de síncopa antes de que algo nuevo encaje. Todo el mundo lo nota.

—Bueno, de lo que estoy seguro es de que tiene que ser esta noche.

—Creía que habías dicho que era una cosa puntual.

—Y lo dije.

Un olor a comida llegó con la brisa húmeda desde una de las casas. Algo sabroso, bastante especiado, aunque no logró distinguir el qué.

—No lo entiendo. ¿Lo es o no lo es?

—Puede ser, no lo sé.

Estaba teniendo sentimientos encontrados. Quería presionarla un poco más y ver si había algo detrás de lo que se olía; intentar asegurarse. Pero si resultaba que no era nada, no quería agobiarla justo antes de que hiciese el trabajo.

Celia se detuvo y se volvió hacia él. Estaban en medio de un haz de luz proveniente de un porche. Podía ver la mirada en la cara de ella.

—¿Qué es lo que está pasando? —preguntó la chica—. Si quieres decirme algo, suéltalo ya. Estoy harta de indirectas. No sé qué es lo que buscas ni adónde quieres ir a parar.

Eso no se lo esperaba. Pero le gustó, le dio buen pálpito.

—Estás asustada y me estás asustando a mí.

Celia se quedó mirándole dos segundos más de la cuenta. Incluso en aquella luz desvaída Klein notó que ella no sabía qué cara poner.

—Vale, sí —dijo Celia, rindiéndose por fin—. Sí..., esto me pone un poco nerviosa. No... no sé muy bien por qué. No es distinto de otras noches, ya lo sé, pero es que... no sé, me has asustado, y encima todo así, a última hora... Será distinto..., a lo mejor hay otra gente en el edificio... costumbres diferentes... Es que... joder, que me has pillado de una forma que no me lo esperaba, y luego «eso», lo que me ha afectado, joder, me ha pillado por sorpresa y no quería que te dieses cuenta, y supongo que no me ha salido muy bien lo de disimularlo.

Calló por fin. Lo había capeado bien, o al menos había sido un buen intento, pero era demasiado tarde. Por una fracción de segundo la estratagema había patinado, un error fatal.

—Está bien —la calmó—. Lo entiendo. Vamos.

Se apartó de la luz y volvió hacia la calle Parnassus. Puso la mente en operación doble: fingió hablar con ella como si intentara calmar sus nervios a flor de piel y le hizo creer que se había tragado su teatrillo. Lo que le decía salía directamente de la parte de conducta memorizada de su cabeza. No requería pensamiento ni cálculo razonado algunos, consistía en recitar lo aprendido, a nivel superficial.

La otra pista de su mente, en cambio, utilizaba el lenguaje memorizado como un volante y se puso en acción a una velocidad que rápidamente sobrepasó de lejos el ruido blanco de su propia voz para concentrarse con la fijación de un láser en el engaño de Celia.

¿Por qué mentía? ¿Cuáles eran las opciones más obvias, las más lógicas?

Uno: quizá fuese cierto que se había asustado y que se estaba echando atrás. Había visto casos parecidos en profesionales, así que era bastante posible que le pasase a ella. Pero si lo que decía era verdad, tenía que estar mintiendo sobre otra cosa.

Dos: quizá estuviese haciéndose ideas por su cuenta sobre lo que podía hacer con los archivos. Tal vez había decidido copiarlos. ¿Estaría urdiendo un plan de chantaje? ¿Habría pensado que podía vender la información de los archivos? Siempre estaba sedienta de dinero. A lo mejor tenía más sed de lo que él pensaba.

Tres: quizá la habían pillado la última vez y le habían metido miedo. Pero eso último no le cabía en la cabeza. En primer lugar, cuando quedó con ella una hora después estaba mucho más tranquila que en esos momentos. Fuera lo que fuese lo que le provocaba aquel nerviosismo, había ocurrido tras su último encuentro.

Más allá de esas posibilidades obvias e inmediatas, no se le ocurrían más explicaciones lógicas. Con todo, había algo que se le escapaba y las alarmas se habían disparado.

—Vamos a hacer una cosa —le dijo ya cerca del coche de Celia—. Déjame que lo compruebe una vez más, que me asegure de que lo que necesito está ahí. No hay razón para hacerlo si no está. Ya te aviso.

La chica lo miró, como volviendo a comprobar su cara a la luz de la panadería. A continuación dio media vuelta y rodeó el coche. Abrió el seguro y lo miró una última vez por encima del techo.

—Ya te aviso —repitió Klein.

Abrió la puerta y se metió dentro. Klein la vio bloquear las puertas. Acto seguido arrancó, salió del aparcamiento y se fue.

Capítulo 31

Mientras Vera trabajaba con Elise y Lore para crear las entradas falsas de las sesiones, Fane bajó la cuesta de la calle Hyde a través del anochecer incipiente. Cuando llegó a la altura de Alden Alley dobló la esquina y fue hasta el final del callejón, donde Jon Bücher tenía aparcada la furgoneta junto a una tienda de artesanía y antigüedades.

Llamó a la puerta con los nudillos y le abrió Roma. Subió y se sentó.

—Creo que vamos bien —le informó la colombiana, mientras tapaba el café para llevar—. El equipo de Libby está ya en la zona, dando vueltas por las inmediaciones... quitado de en medio.

—¿Les has hecho una panorámica general?

—Sí.

—¿Nada de Celia?

—No ha llamado y yo tampoco la voy a llamar. Ese es el plan. Quedamos en que cuanto menos nos comunicásemos, mejor, por una cuestión de seguridad. Además, creo que si le da por llamarme cada vez que tiene un nudo en el estómago, lo único que conseguiríamos es tenerla todo el día de los nervios.

Fane se volvió hacia Bücher:

—¿Erik está en su puesto?

Bücher asintió y dijo:

—Le llamaré en cuanto nos aseguremos de que empieza la marcha. Está a diez minutos de aquí.

Erik Kao era profesor asociado de gestión de datos de la facultad de Informática de Berkeley. Bücher siempre recurría a él para esa clase de trabajos. Cuando encontrasen los ordenadores de Kroll, Kao decidiría en el acto la mejor forma de obtener los archivos de Kroll, si copiarlos o llevárselos físicamente. De no ser factible llevarse el *hardware* Kao tendría que copiar todo lo que estuviese en poder de Kroll y después borrar hasta el último dato de la caché. No había que dejar rastro alguno ni de Vera ni de sus pacientes.

—¿Habéis marcado los coches de Lore y Elise?

—Estamos en ello —le respondió Bücher, señalando los monitores. Los seis coches del operativo (Fane, Roma, Libby, Mark, Reed y Bücher) estaban marcados con dispositivos de rastreo para que cada vehículo apareciese en pantalla con un punto de color distinto. Los coches tenían instalados monitores para que todo el mundo supiese dónde estaban los demás en todo momento.

Fane había decidido marcar también los coches de Elise y Lore sin decirles nada. Reed estaba en esos instantes buscando los vehículos y colocándoles los localizadores. Libby y su cuadrilla eran expertos en ese tipo de vigilancia, que les permitía «cubrir» al objetivo aunque estuviesen a una distancia de una manzana o más.

En cuanto Kroll se dejase ver para encontrarse con la mujer que eligiera, le marcarían también el coche... si lo encontraban.

Fane y Roma salieron de la furgoneta y se quedaron bajo el toldo de la tienda de antigüedades, por donde se colaba una fina llovizna.

—¿Cómo va en la consulta?

—Mucha tensión. Están cooperando, pero en realidad todavía no han tenido tiempo de asimilar lo que les está pasando.

—¿Sabes lo que van a decir?

—No, y ellas tampoco hasta que no estén delante de Kroll. Es normal, pero les he explicado lo que necesitamos, cómo manejar la situación para evitar espantarle. Se lo he machacado bastante. No tienen muchas esperanzas sobre las circunstancias en las que están.

Roma le miró:

—¿Podrán hacerlo?

Fane se encogió de hombros bajo la lluvia. Roma siempre iba al meollo del asunto.

—Solo tenemos una tirada —reconoció él.

Ambos sabían que el factor sorpresa era la relación emocional de Elise y Lore con Kroll: quizá lo controlasen, quizá no.

—¿Cómo lo lleva Vera?

Fane cabeceó:

—Aturdida, están todas aturdidas. No saber lo que Kroll pretende con toda esta historia las tiene desconcertadas. Supongo que están las dos repensando cada palabra que le han dicho a ese hombre. Tienen que sentirse perdidas.

—¿Y ninguna ha sabido nada de Kroll desde la última vez que lo vieron?

—No. Pero por lo visto es normal que pase una semana o así entre citas, sin saber nada de él. —Miró la hora—. Mejor voy volviendo ya.

Eran las nueve menos cuarto cuando Vera terminó por fin de meter las notas falsas en los historiales de Elise y Lore. Había resultado un proceso bastante extraño, las dos mujeres turnándose para pegarse a Vera y al ordenador en una punta de la sala, y hablando de sus entradas en voz baja para que ni Fane ni la otra mujer pudiesen oír lo que decían. Si las consecuencias que se derivaban de aquellas conversaciones susurradas no hubiesen sido tan aterradoras, el proceso habría podido parecer ridículo. Pero, dado lo que se estaban jugando, nadie le vio la gracia.

La que no hablaba con Vera se quedaba callada a un lado. Daban vueltas de aquí para allá, se sentaban absortas en sus pensamientos o miraban por la ventana hacia la oscuridad creciente.

Cuando Lore volvió al sofá tras charlar con Vera por última vez y Elise la sustituyó, la primera le hizo un gesto a Fane para que se reuniese con ella junto al ventanal. Por un momento se quedaron contemplando la noche húmeda, hasta que Lore se volvió hacia él y le preguntó:

—¿Qué va a pasar una vez que… consiga todo lo que quiere de él?

No era una cuestión sobre la que Fane quisiese dialogar con ella.

—No creo que lo sepa hasta que llegue el momento.

—No soy estúpida. Ya lo tiene pensado. En un trabajo como el suyo, sea el que sea, esas cosas se piensan de antemano. ¿Qué va a hacer con él?

—Mire, existen tantas variables sobre lo que puede pasar que es imposible saber con precisión qué va a ocurrir.

—Bueno, pues sin precisión —dijo ella con acritud—. Póngame algún ejemplo, deme algo. —Lore había recuperado la voz, y no quería que la tratasen con indulgencia—. No puede entregarlo a la policía, ¿no es así? Él sabe... ¡joder! A saber lo que sabe... y lo que podría soltar por la boca a cualquiera. Y eso iría en contra de su intención, de mantenerlo todo en secreto y hacerlo desaparecer.

—No puedo hablar de eso con usted.

—¿Ah, no? —Le tembló la voz y volvió la vista hacia Vera y Elise—. No está en posición alguna de exigir nada, ¿eso es lo que me está diciendo? ¿Es eso? —Le clavó la mirada; aunque la pregunta era retórica eso no le impidió fulminarlo con los ojos—. Usted no puede imaginarse ni remotamente lo que es estar en esta... «situación». ¿Sabe de qué me dan ganas, más que de cualquier otra cosa? Aparte de querer salir de esta alucinación, me refiero. Me dan ganas de saber... saber a ciencia cierta qué es lo que le va a pasar a él. —Se acercó más a Fane y bajó la voz para enfatizar la frase—. En estas últimas dos horas de humillación —ladeó la cabeza hacia Vera— saber con certeza lo que va a ser de él se ha convertido en una inquietud acuciante, en una obsesión.

Estaba tan pegada a él mientras le hablaba que Fane pudo sentir el aliento de sus dos últimas palabras en la cara.

—Ya está —anunció Vera desde el ordenador, a la espalda de Lore, que ni tan siquiera pestañeó; estaba reteniendo a Fane con los ojos, como telegrafiándole algo que él no captaba—. Hemos acabado.

Se levantó del escritorio mientras Elise se apartaba del ordenador y evitaba intercambiar miradas con el resto. Vera estaba agotada, tenía mala cara, como si hubiera pasado por un mal trago tremendo. Miró a Fane e hizo un amago de añadir algo pero desistió. Este volvió a mirar la hora.

—Bien, cuanto antes nos vayamos mejor.

—¿Cuál es el siguiente paso? —preguntó Elise—. Ahora mismo, me refiero.

—Cada cual se va a su casa —dijo Fane mirando a ambas mujeres—. Si Kroll intenta ponerse en contacto con ustedes antes de que yo las llame, no hablen con él. Llámenme inmediatamente. Si no lo intenta, en cuanto sepamos que ha cogido los archivos uno de los dos las llamará y fijaremos otro encuentro para decidir el siguiente paso.

—¿No podemos hablarlo ahora? —preguntó Lore.

—No, porque no sabemos con cuál de las dos contactará primero. Puede que llame a una solo para hablar y que luego llame a la otra para quedar. No tenemos manera de saber cómo va reaccionar ante lo que va a leer. —Miró a Vera—. Pero tú crees que habéis metido material para que quiera contactarlas, ¿verdad?

—Sí —corroboró Vera—, yo creo que sí. —Su tono era de preocupación.

—Vale, bien. Ahora a esperar.

Capítulo 32

Eran las 21.45 cuando Kroll aparcó en una bocacalle frente al piso de Celia y apagó el motor. Llevaba desde esa tarde barajando explicaciones a la conducta voluble de la chica. Al final había decidido que estaba urdiendo su propio chanchullo.

No le sorprendía. Celia era mucho más avispada que Traci Lee, y tenía más recursos. Reconocería el potencial de los archivos la primera vez que entró en la consulta de Vera. Era un fallo de su sistema: si alguien era lo bastante listo como para burlar la seguridad de un ordenador, también lo sería para reconocer el valor de lo que estaba robando.

Probablemente Celia habría recurrido a alguien igual de caradura que ella, alguien en quien confiaba y a quien habría reclutado para ayudarla. No costaba nada hacer más copias en otras memorias. Una hora en Internet le habría bastado para identificar a las mujeres. Celia era lista, pero poco sofisticada: se planteaba el chantaje.

Estaba fastidiado, ya no podía confiar en ella y no tenía a nadie más entrenado. Y tampoco tenía a Elise y a Lore donde quería. Aun leyendo las notas de las sesiones de después del último encuentro, le quedaría trabajo por delante. Pero Celia se había convertido en una amenaza. Joder.

Al reflexionar sobre la situación con Celia y sobre lo preocupante de las últimas citas con Elise y Lore, observó una tendencia hacia la inestabilidad que le dio que pensar. Pero lo primero era eliminar el eslabón débil y calmar las aguas. Ya vería luego cómo seguir accediendo a los archivos de List.

Se bajó del coche, atravesó el callejón y cruzó la calle Pomroit. Celia vivía en el último piso de una casa de dos plantas de la calle en pendiente. Subió por las estrechas escaleras exteriores que llevaban al apartamento y llamó a la puerta.

El tiempo empezó a correr.

—¿Quién es? —La voz de Celia sonó preocupada, cautelosa.

—Soy yo, Robert.

—¿Klein?

—Sí. Tengo instrucciones para ti.

Silencio. ¿Estaría llamando a alguien? La puerta se abrió apenas una rendija y Celia atisbó por ella.

—Buenas. Tengo una cosita para ti. —Kroll trataba de sonar desenfadado, tranquilo.

—Cielo santo, ¿por qué has venido hasta aquí?

—Para hacerte una propuesta. Bastante lucrativa.

Celia vaciló:

—¿Y por qué no me has llamado y punto?

—¿Qué pasa? ¿Quieres que baje y que te llame desde la calle?

Celia puso los ojos en blanco y abrió la puerta.

Estaban en el salón minúsculo, desde el que una puerta daba a la cocina y otra al dormitorio. Los muebles eran *retro*, pero de tiendas de segunda mano. En general tenía buen gusto, pero le faltaba presupuesto. Celia llevaba unos vaqueros viejos y un ceñido jersey de cuello vuelto negro. Retrocedió unos pasos en la estrecha habitación con los brazos cruzados. Recelosa.

—Una propuesta.

—Mi mujer ha contratado a un detective privado para indagar en mis finanzas. Está en Las Vegas, donde transferí parte de mis bienes. He contratado a mi propio investigador allí para averiguar qué está pasando. Tiene que darme una memoria con datos y no quiero que me lo mande por mensajero; es muy arriesgado. Yo no puedo ir esta noche, por eso quiero que vueles hasta allí y me lo traigas de vuelta mañana por la mañana.

Celia frunció el ceño:

—¿Esta noche? ¿Y qué pasa con lo de List?

—Haremos eso primero y luego te llevo al aeropuerto.

Taladró a Klein con la mirada:

—Has dicho que era lucrativa.

Siempre se podía contar con ella para que todo se redujese a una cuestión de dinero.

—Yo lo pago todo: vuelo, habitación de hotel, dietas. Y te doy tres de los grandes, limpios.

Celia no dijo nada, solo lo miraba. Pero Klein supo que su mente estaba maquinando, calculando cuánto iba a sacar, meditando sobre los pros y los contras de la oferta a la luz de su otro plan. No podía poner ninguna pega.

—Los tres mil me los das por adelantado. Más la cantidad habitual por descargar los archivos.

Se metió la mano en el bolsillo del abrigo, se sacó un sobre y se lo tendió.

Celia lo abrió, le miró, contó los billetes.

—¿Tiene que ser esta noche?

—Mi hombre está esperando en Las Vegas.

—Pero es que mañana tengo que trabajar.

—Mira, por una pasta así ya puedes llamar diciendo que estás enferma. Mañana es viernes. Llamas a tu jefe y le dejas un mensaje diciendo que estás con vómitos y fiebre. Que para el lunes estarás bien.

La chica tenía el dinero en la mano, y él daba por sentado que no lo iba a dejar escapar.

No dio muestras de estar especialmente alterado, tenso o pensativo. Lo único que quería era que lo hiciera. Celia se quedó con el sobre en la mano en lo que pareció un rato absurdamente largo mientras calculaba las consecuencias en caso de hacer lo que él le pedía.

Sabía que Linda ya estaba preparada para hacer el seguimiento de su «allanamiento» de la consulta de List. Podía decirle lo que pasaba una vez dentro.

¿Y qué pensarían Linda y Townsend de su escapadita a Las Vegas? No sabía por qué andaban detrás de Klein, pero Celia habría apostado la mitad de lo que tenía en la mano a que no sabían lo del trabajo en la Ciudad del Pecado. Adelante, le habrían dicho, y mantennos informados.

No le veía ningún inconveniente. Al fin y al cabo, ¿no habían sido ellos los que la habían presionado para que fuese su informante? ¿No le habían dicho que podía quedarse con lo que le diese Klein por su trabajo? Desde luego que lo habían dicho, claro que sí.

—Vale. Lo haré.

Sin perder tiempo, Celia llamó al buzón de voz de su jefa del hospital y dejó un mensaje de que estaba enferma. Después empezó a echar en una maletita de ruedas un par de cosas para pasar la noche en Las Vegas. Mientras hacía el equipaje, Kroll le contó cómo ponerse en contacto con su abogado allí y le dio el número de su móvil; le dijo asimismo el nombre del hotel donde había reservado y que tenía su billete electrónico abajo en el coche.

Por un momento, al verla meter la ropa interior, pensó en acostarse con ella —la chica habría accedido por miedo a fastidiarle y arriesgarse a perder los tres mil—, pero lo dejó estar. El tiempo corría.

Roma estaba leyendo un ejemplar del *Wired* de hacía un año que había encontrado debajo de la pantalla del ordenador de la furgoneta de Bücher cuando este le dijo:

—Eh, mira eso.

Alzó la vista hacia los monitores y vio a Celia Negri entrar en la consulta de Vera. Roma miró la hora.

—¿Qué pasa aquí? ¿Por qué leches no me ha llamado?

Bücher alargó la mano para tocar el sintonizador del sonido, en un tic nervioso típico de él.

Roma tenía la mirada clavada en Celia, que atravesó rápidamente la sala de espera hasta el despacho de Vera. No perdió el tiempo: encendió el ordenador e introdujo la memoria que llevaba colgando del cuello. Sus dedos volaban sobre el teclado y, en cuanto empezó la descarga, apartó la vista de la pantalla para mirar a su alrededor.

—No sé dónde están las cámaras —dijo innecesariamente—. Escúchenme, no he podido llamarles porque ha estado conmigo todo el rato desde que me dijo que quería que lo hiciese esta noche. Cuando termine aquí me va a llevar al aeropuerto porque tengo que ir a Las Vegas a hacerle un encargo.

A continuación les contó por encima la sorpresa que se había llevado cuando fue a verla aquella tarde, que se había presentado en su casa hacía una hora o así, que le había hecho un encargo, y que volvería al día siguiente de Las Vegas.

—Si no quieren que lo haga, es mejor que me llamen, pero ya tengo el dinero conmigo... y supongo que se olerá algo si ahora me echo atrás.

Roma no daba crédito.

—¿Le ha traído él en coche? ¿Está diciendo eso?

Bücher llevó de nuevo la mano al sintonizador del sonido.

—Eso parece.

La mente de Roma se vio de repente inundada de posibilidades.

Celia se había quedado allí quieta como quien escucha los sonidos nocturnos de un edificio vacío. No sabía adónde mirar para ponerse frente a las cámaras.

—¿Vas a llamarla? —le preguntó Bücher.

—No s...

Celia pulsó un par de teclas.

—¿Y a Libby? —inquirió Bücher.

Roma estaba centrada en Celia, su mente barajaba a toda prisa las posibilidades.

—Vale, esto casi ha terminado —dijo Celia—. No lleva tanto tiempo marcar un número de teléfono, así que supongo que no quieren que cambie nada de lo que les he contado.

El ordenador emitió un pitido y Celia sacó la memoria del puerto USB.

Roma no podía apartar los ojos de la joven.

—No, no voy a llamarla —le dijo por fin a Bücher—. Saldrá dentro de cinco minutos y no nos daría tiempo a alterar los planes con esta niebla. Además, seguirle hasta la ciudad nos expondría demasiado. Si nuestro objetivo fuese otra persona, a lo mejor. Si tuviésemos su coche marcado, no lo dudaría. Pero no podemos seguirle, no a alguien como él. Ya teníamos un plan mejor; nos ceñiremos a él.

Celia procedió a apagar el ordenador.

—Ya tiene lo que queríamos —concluyó Roma—. Por ahora no nos podemos quejar.

Siguieron por el monitor a Celia mientras apagaba las luces, atravesaba la sala de espera y cerraba la puerta.

—Dios, puede estar a una manzana de aquí. ¡Joder! —exclamó Roma, que acto seguido cogió el móvil y llamó a Fane.

Capítulo 33

Kroll había aparcado a solo dos manzanas del cruce de la calle Larkin con Lombard, con el capó apuntando pendiente abajo. Esperaba al otro lado de la carretera, en un callejón. Cuando Celia entró en el coche —más que verla, la oyó, así de densa era la niebla—, miró la hora.

Aguardó otros cinco minutos. Celia conocía el procedimiento. Cruzó entonces la calle, abrió la puerta del coche y subió. La luz interior no se encendió, un viejo truco que le había enseñado él y al que ella se había acostumbrado.

—Pan comido —dijo Celia quitándose la cadena con la memoria del cuello. Mientras tenía los brazos suspendidos en el aire, Kroll levantó los suyos también y en cuestión de segundos los bajó de golpe, en cada puño un extremo de una soga trenzada.

Tiró de ella y se echó hacia atrás para tener mayor par de torsión, levantándola así del asiento. Sin embargo la espesa cabellera de la chica se quedó enredada con la cuerda y le impidió hacer un estrangulamiento limpio y eficiente. No fue una muerte rápida. Se agitó como un pez aguja, golpeando el salpicadero tan fuerte con los pies que hizo crujir controles y palancas. Kroll le dio a la soga un par de vueltas de castigo con todas sus fuerzas.

Cuando se quedó floja, soltó la cuerda y le metió la mano por debajo de la blusa para acariciar un pecho caliente y abundante antes de subir hasta la carótida y comprobar el pulso. Nada.

Se metió la memoria en el bolsillo del abrigo, le quitó el teléfono y las llaves del bolso y recuperó los casi cuatro mil dólares que le había dado poco antes. A continuación la empujó hasta el suelo del coche.

El siguiente cuarto de hora era crucial, con el cuerpo de Celia claramente visible para cualquiera que se acercase a las ventanillas del vehículo. Pero meterla en el maletero tampoco era una opción. Necesitaba tenerla a mano; además, apenas iba a recorrer unas cuantas manzanas.

Arrancó el coche y al poco atravesó la calle Chestnut por donde Larkin se dejaba caer en una pendiente pronunciada. A solo cuatro manzanas, aunque a bastante más altura, estaba la plaza Ghirardelli y el cambio de sentido del tranvía. Justo enfrente Larkin describía una curva cerrada hacia la izquierda por el borde de la ladera. A la derecha tenía su objetivo: el tejado vencido del depósito de agua abandonado de Russian Hill, construido en la falda de la colina.

Paró a un lado de la calle y cogió unas gafas de visión nocturna de una bolsa de viaje negra. Se las puso e inspeccionó rápidamente el cambio de sentido que separaba una hilera de pareados del viejo depósito, rodeado por un espeso seto y una valla de metal. Un camino peatonal flanqueado por una barandilla recorría el perímetro.

Dejó caer el coche cuesta abajo y dobló la esquina. A mitad de la manzana en pendiente, volvió hacia la calle Francisco. Cuando estuvo cerca del cambio de sentido, alargó la mano para subir el pestillo de la puerta del copiloto, aunque no la abrió. Siguió lentamente por el callejón sin salida, aparcó muy pegado a los setos y apagó las luces.

Con movimientos rápidos rodeó el coche y bajó a pulso el cuerpo de Celia al suelo. La arrastró hasta los arbustos que había junto a la entrada del camino para al cabo regresar al coche, dar marcha atrás y aparcar a media manzana de allí, en la calle Polk.

Con las gafas de visión nocturna en la mano volvió al cambio de sentido. Se puso las lentes por segunda vez y dejó atrás el camino para meterse por la maleza. El único cuerpo con vida que captaron las gafas fue un gato que caminaba hacia él de puntillas por la senda, pegado a la valla, hacia la mitad del depósito.

Tenía ya al alcance de la mano el cuerpo de Celia, todavía

negro por el calor visto a través de las lentes. La llevó hasta los arbustos, la desvistió y arrastró con gran dificultad su cuerpo desnudo por debajo de la valla de alambre y a través de la maraña de arbustos hasta el borde del depósito. Con las gafas pudo distinguir fácilmente el socavón del techado ruinoso.

Desde el lado norte del depósito alcanzaba a verse el puerto. Por el sur, cuesta arriba respecto a su posición, dominaban la colina dos torres de pisos. La panorámica de la bahía de San Francisco lo convertía en un solar caro. Desde los bloques también se veía la extensión entera del depósito. Durante un par de minutos —si las condiciones meteorológicas no hubiesen sido las ideales— habría estado totalmente expuesto a la vista mientras arrastraba el cuerpo de Celia por el techado del depósito.

Pero la noche y el tiempo estuvieron de su parte mientras la empujaba al raso e iniciaba el camino hasta el socavón del techado. Fue más fácil de lo esperado, aunque de vez en cuando el trasero de Celia se enganchaba en los clavos y las aristas del tejado panelado.

La estructura que rodeaba el agujero irregular era muy delgada. Cuidándose de no caer por la apertura, cogió una de las manos de Celia y tiró de ella a la vez que rodeaba el hueco. Desde el otro lado la empujó hacia el agujero hasta que su propio peso la hizo caer por el borde. Se precipitó hacia el interior del depósito.

Un milisegundo… y ahí estaba: el sonido seco del cuerpo golpeando el suelo sin agua del depósito.

En cinco minutos bajó del tejado y llegó hasta los arbustos junto al cambio de sentido con la respiración entrecortada. Si no se cuenta con mucho tiempo, el depósito es mejor que la bahía o que el Pacífico, ya que, además, ambos tienen la fea costumbre de escupir los cadáveres arrojados a sus aguas antes de darles tiempo a descomponerse. Por no hablar de lo que tardarían en hallar el cuerpo en el polvoriento silencio de ese lugar abandonado, aunque para entonces, con suerte y tiempo, las ratas y la humedad habrían dado buena cuenta de ella.

Recogió las ropas de la chica y regresó al coche. Unos minutos más tarde lo tiró todo a un contenedor.

Veinte minutos después había vuelto a la calle Pomroit y

subía las escaleras del piso de Celia enfundándose unos guantes de látex. Cuando llegó al descansillo desenroscó la bombilla del porche. Una vez en el interior fue directo al dormitorio y sacó dos maletas de debajo de la cama. Cogió toda la ropa del armario y la metió dentro, así como todo lo de la cómoda. Los zapatos y las botas los echó en la segunda maleta.

En el baño vació el contenido del botiquín en una funda de almohada, donde metió también el champú de la bañera y las compresas que había debajo del lavabo. Quería que pareciese que se había ido de viaje y que pensaba estar fuera un tiempo.

Acarreó las dos maletas hasta la calle y se dirigió cuesta abajo hacia el coche de Celia, a media manzana de distancia. Metió las maletas y la funda de almohada en el maletero y puso las llaves en el contacto. Dejó el seguro sin echar.

Mientras volvía a su coche sacó el móvil para hacer una llamada:

—Pablito, aquí Bob May. Tengo una limpieza para ti.

Le dio la dirección y el número de la matrícula.

—Está abierto, con las llaves en el contacto. Quítalo de la circulación.

Veinticuatro horas más tarde el coche se perdería en México. Pasarían cinco o seis días antes de que alguien se decidiese a comprobar dónde estaba Celia. Descubrirían que faltaban su ropa y sus cosas de aseo. En una ciudad donde las jóvenes que huían de casa y las causas perdidas eran el pan de cada día, haría falta una familia enérgica para convencer a la policía de que realmente estaba desaparecida y no se había esfumado por su cuenta.

Si su familia no era de esas, y no tenía a nadie a quien le preocupase que de repente no apareciera, Celia Negri habría dejado simplemente de existir.

Capítulo 34

Cuando Roma lo llamó para contarle que Celia ya había cogido los archivos falsos, Fane estaba con Vera a la mesa de la cocina de esta apurando los restos de comida tailandesa que habían comprado cerca del Fisherman's Wharf. La noticia de Roma les sorprendió, se dieron cuenta de que habían salido de la consulta solo un par de horas antes de que apareciese allí Celia.

Fane dio por hecho que Vera le había pedido que se pasase por su casa tanto para contarle algo como para preguntarle cosas sobre aquellas últimas horas en su consulta. Sin embargo, Vera llevaba ausente toda la comida y ahora parecía haber perdido el poco apetito que tenía. Apoyó el tenedor y le dio un sorbo a su té verde con los ojos absortos en el plato.

—Creo que esto es un error —dijo por fin alzando la mirada hacia él.

—¿Esto?

—Todo esto.

—¿Por qué?

—Cada vez que me paro a pensar en todas las posibilidades de lo que podría pasar, en las ramificaciones potenciales que pueden resultar de cada una de ellas… —Apartó la mirada y sus ojos fueron a dar al salón medio en penumbra—. No veo cómo podrían sobrevivir a todas esas sombrías posibilidades las buenas expectativas que tenía cuando acudí a ti hace cuatro días.

—¿No ves ninguna buena probabilidad?

—No lo bastante.

—¿Lo bastante para qué?

—Para justificar los riesgos, que parecen multiplicarse por minutos.

—No sé si Elise y Lore estarían de acuerdo contigo.

No era ni el papel ni el deseo de Fane darle ánimos. Se encontraban todos en una posición indeseable.

—¿Qué habéis puesto en las notas que habéis falsificado? —le preguntó Fane.

Vera hizo un gesto afirmativo, se levantó y recogió sus platos como en la inopia, como si necesitara algo que hacer con las manos mientras pensaba. Fane recogió las cajas de cartón de la comida y ella le señaló la basura mientras enjuagaba los platos y los metía en el lavavajillas.

—Quería hablarte de eso —reconoció Vera, que se estaba secando las manos en un paño mientras regresaba a la mesa—. ¿Recuerdas lo que te conté sobre otra paciente mía, Britta Weston, la que se suicidó cuando yo no tenía razón alguna para creer que pudiese hacer algo así?

Fane asintió.

—Pues bien, si eso lo hubieran hecho Elise o Lore no me habría extrañado —prosiguió—. Ambas lo han intentado. Y ambas tentativas fueron con todas las de la ley, nada de medias tintas. También las dos se salvaron por los pelos, aunque Lore estuvo a nada de morir.

»Todo eso ocurrió justo antes de que viniesen a verme, y no ha sido ningún camino de rosas trabajar los traumas emocionales que provocaron la desesperación que impulsó esos intentos. —Hizo una pausa para beber té y pensar—. No debería estar contándotelo, y no lo haría —dijo volviendo a alzar la vista para mirarle— si no fuese por el hecho de que cuando esta tarde he hablado con ellas sobre qué poner en los historiales ficticios, ambas han ideado directamente tramas relacionadas con sus tentativas de suicidio. De Elise no me ha sorprendido tanto; el incidente con Kroll de la otra noche estaba vinculado con su intento de suicidio. Todavía lo tiene fresco, en carne viva.

»Pero cuando Lore también me ha sugerido una trama de suicidio me he quedado de piedra. Es demasiada coincidencia. Y luego está lo del adiestramiento de Kroll, su trabajo con los interrogatorios. Los psicoanalistas han estudiado esas técnicas y las teorías que hay detrás. He leído artículos sobre el tema. —Clavó los ojos en él—. Muchos de esos presos se suicidaron.

—¿Crees que estaba intentando que Lore y Elise se matasen?

—Sí. Y creo que ellas también tienen ya un pálpito sobre lo que él busca. ¿Por qué si no iban a intentar atraerle con ese cebo? Ninguna de las dos sabe lo que me ha contado la otra, pero resulta que ambas inventan variaciones sobre una misma trama.

—¿Eso es lo que te han dicho que pongas en sus archivos? —Fane estaba igual de asombrado que Vera—. ¿Que estaban pensando en suicidarse?

—Lore incluso imaginó una trama en la que Kroll mencionaba que le gustaría estar presente cuando lo hiciera. Han enmarcado las historias en contextos distintos, pero en ambos casos han utilizado el suicidio como cebo.

—Cuesta encontrarle sentido a eso. ¿Por qué leches iba a querer manipularlas para que hiciesen una cosa así?

—Es enfermizo. Probablemente solo tenga sentido para Kroll.

Fane salió de casa de Vera a las 23.50 y caminó hasta el coche en el silencio húmedo y lloviznoso. Empezó a darle vueltas una vez más a qué hacer con Kroll una vez que recuperaran los archivos de Vera.

Uno de los principios básicos del negocio que tenía con Roma era que, independientemente de qué problemas les encargaran resolver, lo harían sin dejar indicio alguno de que este hubiese exisitido alguna vez. Invisibilidad. Anonimato. Silencio. Sin cabos sueltos. Lagunas como mucho, pero eso sería lo más parecido a una prueba que dejarían a su paso.

En ese aspecto era donde Kroll iba a suponerles una dificultad particular. Fane tenía la sensación —y estaba seguro de que Vera también la albergaba— de que no era un hombre que entendiese el concepto de «tablas», ni el de jaque mate. Ni las amenazas. Solo saber que existía te ponía en una posición en la que tarde o temprano tendrías que lidiar con él de una manera que debía ser definitiva.

Nada más montarse en el coche se apresuró a marcar el teléfono de Roma.

—Cinco minutos más —contestó ella— y te habría llamado yo.

—¿Dónde estás?

—En casa. Me estoy cambiando.

—Bueno, ¿qué ha pasado?

—Después de hablar contigo llamé a un contacto en San Francisco y le pedí que se metiera en las listas de los vuelos con destino Las Vegas. Ninguna Celia Negri.

—¿Usaría otro nombre?

—No lo creo. Después de dejar a Bücher me planté en casa de Celia en Pomroit.

—Muy poco inteligente —dijo secamente, y al instante intentó templar el genio—. Maldita sea, Roma.

—Celia me había dado la llave. Allí no hay nada, Marten. Ha desaparecido todo, la ropa, el botiquín vacío. Se ha largado.

—A lo mejor estaba más asustada de lo que creíamos.

—La bombilla del porche había desaparecido. La habían quitado; hace dos noches estaba en su sitio. Allí había algo inquietante.

—¿Qué quieres decir?

—No creo que haya huido. Creo que ha sido Kroll. —La voz de Roma era inexpresiva. Aquel asunto la había afectado.

—Si estás en lo cierto, eso quiere decir que está cortando los lazos con los archivos de Vera. O bien piensa que ya no los necesita o algo le ha hecho sospechar y está atando los cabos sueltos de la operación.

Roma no respondió. Fane le contó lo de los archivos ficticios y la angustiante conversación que acababa de mantener con Vera sobre el suicidio. Roma se quedó helada.

—¡Increíble! Dios santo, ese hombre está enfermo.

Fane estuvo de acuerdo y luego añadió:

—Pero lo he estado pensando y puede que haya algo más importante en todo esto que la psicopatología del propio Kroll.

Casi podía oír el engranaje de la mente de Roma intentando anticiparse a él.

—Moretti nos contó que Kroll había dejado la CIA bajo

sospecha —continuó Fane—, por la manera en que había experimentado con las técnicas de interrogación de «el Programa». Si a ese dato le sumas lo que le hemos visto hacer con esas mujeres, y lo que me acaba de contar Vera, las posibilidades que se nos presentan son bastante aterradoras.

—¿Como cuáles?

—¿Y si los experimentos de Kroll incluían la manipulación psicológica de los presos hasta que conseguía que se suicidasen? Si era capaz de explotar la debilidad psicológica de los sujetos y empujarlos a la desesperación..., al suicidio, si de verdad era capaz de hacerlo, habría creado una habilidad letal muy vendible.

»Piénsalo. Deja la CIA y se pone a trabajar para Vector. Le asignan a Currin y se entera de que la esposa de este va a terapia. Para él suponía una oportunidad ideal para poner a prueba los resultados de sus experimentos. Hasta ese momento solo había podido hacerlo en las celdas de tortura de los centros de detención clandestinos. Tenía que demostrar que también era capaz de hacerlo en el mundo «normal».

—¿El suicidio como asesinato? —Roma intentaba asimilar la posibilidad—. Pero ¿cuántos blancos potenciales podría haber cuya psicología los hiciese vulnerables a ese tipo de ataque, y cuyo historial psicológico estuviese a su alcance? La verdad es que no me parece muy práctico.

—El espionaje por encargo ha progresado mucho y muy rápido en la última década —terció Fane—. Tal vez tengamos que repensar el concepto de «blanco» del viejo juego de espías. Si eres una empresa de espionaje por encargo, tienes una plantilla cuajada de antiguos operativos de inteligencia y representas los intereses tanto de corporaciones multinacionales como de estados soberanos. Es muy fácil ver cómo se difumina la línea entre ambos tipos de clientes. Cuando hay cientos de miles de millones de dólares en juego, la diferencia entre «competencia» y «enemigo» puede empezar a difuminarse.

Roma se quedó un instante callada para luego decir:

—Me cuesta entenderlo. ¿Me estás diciendo que si Kroll ofertase el crimen perfecto invisible, este podría resultar una opción tentadora para actores de primera fila de las multinacionales?

—Lo que estoy diciendo es que si Kroll es capaz de demostrar que puede hacerlo..., te aseguro que habrá montones de personas que le darán trabajo.

Roma volvió a callar. Fane supo que estaba tamizando las teorías de él por sus propios filtros.

—No me extraña que ese hombre turbase tanto a Elise y Lore —dijo Roma—. Estaban recibiendo malas vibraciones de él bastante antes de que empezase a portarse mal con ellas.

—Creo que estamos en un buen lío —sentenció Fane.

Capítulo 35

Lore Cha estaba nadando desnuda y sola. Había palmeras alrededor de la piscina y, detrás, un césped de un verde resplandeciente y una vieja mansión de estilo victoriano, abandonada y desierta. Buceó hasta el fondo de la piscina para luego ascender a través del agua a la luz desvaída del anochecer.

Al alcanzar la superficie dio contra algo diáfano y suave. El agua estaba cubierta por una película impenetrable. Confundida, nadó hasta el bordillo de la piscina, pero estaba atrapada dentro por la cobertura transparente. Le entró el pánico.

La imagen esmerilada de un hombre apareció entonces en el borde. Pidió ayuda a gritos. Él se puso a cuatro patas y gateó lentamente por la película transparente. También estaba desnudo y se arrastraba sobre su barriga como un lagarto, deslizándose por la superficie en dirección a ella. Era Kroll. No la ayudaba; por el contrario, se quedó allí extendido justo sobre su cara, haciéndole muecas obscenas.

De pronto Lore empezó a quedarse sin aire… a ahogarse…

Abrió los ojos y jadeó intentando respirar. El mundo estaba del revés. Las luces del Puente de la Bahía brillaban a sus pies mientras que las de Oakland se extendían por encima de su cabeza.

Le dolía el cuello. Se enjugó los labios y se dio la vuelta en la cama mientras tiraba de las sábanas y volvía a acomodarse. ¿Cuánto tiempo llevaba así?

Se quedó inmóvil, a la espera de recuperar el equilibrio. Se apartó el pelo de la cara para contemplar, más allá de las sábanas, el puente, con sus tendones de luces volviéndose cada vez más nítidos. Una noche de esas tomaría más asquerosos somníferos de la cuenta, los bajaría con demasiado alcohol y se mataría por una tremenda estupidez… La muerte de una monada asiática descerebrada.

Rodó la cabeza al otro lado y miró el reloj: medianoche pasada. Se acordó de que Richard estaba en Chicago, aunque tampoco importaba mucho. Siempre estaba sola. Unas habitaciones espectaculares, unas vistas espectaculares… una soledad espectacular.

Se acordó entonces de Elise. Cuando poco antes esa misma noche salieron de la consulta de Vera, se pararon en el vestíbulo y Lore, como por impulso, le dio su número de móvil a Elise, que se quedó un tanto desconcertada pero pareció agradecerlo y le dio a su vez el suyo, como si compartiesen un grupo sanguíneo poco habitual y tuviese sentido poder contactar entre sí. Era un vínculo, y eso era importante cuando nada más parecía serlo.

Se incorporó, se sentó en la postura del loto y arrebujó las sábanas en torno a su regazo, veintiocho plantas por encima del Puente de la Bahía. Se puso a pensar en aquella tarde extraña, en ella y Elise pegadas a Vera por turnos, abriéndose en canal, murmurando sobre aquel aterrador espectro que era Kroll.

Y Townsend, tan atractivo y esquivo en sus maneras como el propio Kroll, aunque sin el hedor del diablo en su aliento. El tipo era un enigma, pero Vera confiaba en él, y ella en Vera; de todas formas, no lo haría sin reservas.

¿Qué pensaría Elise de Townsend? ¿Le habría contado tanto sobre su relación con Kroll como Lore? ¿Era distinta la relación de Elise con Kroll a la suya? Townsend les había explicado que Kroll utilizaba las notas de Vera para personalizar sus aventuras con ellas. ¿Qué narices estaría tramando Kroll?

Joder, la historia era muy fuerte.

Se inclinó hacia la mesilla de noche y cogió el móvil. Marcó el número de teléfono.

—¿Hola? —La voz sonó ronca: ¿de recién despertada?, ¿de bebida?

—Soy Lore…

Al otro lado del hilo hubo duda y luego:

—Ah, sí, claro.

—Creo que deberíamos hablar.

El sitio estaba cerca del cruce de la calle Sutter con Larkin, y era uno de los pocos asadores abiertos a esas horas en aquella zona y a medio camino, más o menos, de la casa de Lore en Rincon Hill y de la de Elise en Pacific Heights.

Eligieron una mesa cerca de las cristaleras frontales, lejos del resto de clientes del local, agradecidas por que la muchedumbre se hubiese dispersado para dejar apenas un par de parejas y un puñado de solitarios en la barra. Quedaba solo una hora para el cierre.

Pidieron café y empezaron a charlar. A pesar del breve espacio de tiempo que tenían, fue un proceso: las generalizaciones del principio llevarían poco a poco a detalles, conforme empezaron a coger confianza; en poco tiempo se olvidaron de las reservas y toda confesión era poca para saciar el alivio que suponía descubrir que no estaban solas en la pesadilla Kroll. Eran las únicas integrantes de un selecto grupo de supervivientes, una secreta hermandad de dos.

Sin embargo, no era exactamente lo mismo para ambas, y Elise era más consciente de ello que Lore. Para ella el engaño de Kroll llegaba más profundo de lo que Lore podía entender. Le había desgarrado el corazón, y no se curaría por mucho que exteriorizase sus sentimientos.

Por fin se produjo una pausa en la conversación y Lore comentó:

—Una de nosotras va a tener que volver a verle la cara a ese cabrón.

Elise asintió. Se había obligado a no pensar en eso.

—Townsend —prosiguió Lore—. No es fácil llegar a conocerle. Es bastante complejo, aunque supongo que sabrá lo que se hace. ¿Tú confías en él?

—Sí, me fío.

—Yo también. —Lore echó un vistazo a su alrededor—. Pero… no sé, la verdad es que no nos ha dicho cómo piensa deshacerse de Kroll, ¿no? A ver, al fin y al cabo si me puse en contacto con Townsend…, ¿tú sabes cómo se llama de verdad? —Elise sacudió la cabeza—, pues eso, que si decidí hablar con él fue para quitarme de encima a ese cabrón. No obstante, ¿cómo va a hacerlo? Ha sido todo muy precipitado, eso ya lo sé. Pero ¿ahora qué?

—Creo que es una cuestión de prioridades —razonó Elise—. Lo primero es recuperar los archivos. Me quitaré un gran peso de encima cuando sepa que Kroll no podrá utilizarlos contra mí nunca más.

Lore asintió, corroborando, y miró hacia otra parte. Estaba sentada con el cuerpo ligeramente echado hacia un lado, para poder cruzar bien las piernas, y había empezado a balancear el pie. Elise ya la había visto hacer ese mismo movimiento en la consulta de Vera cuando se impacientaba o se enfadaba.

—Venga, ¿en qué estás pensando? —le preguntó Elise.

—Supongo que una vez tenga los archivos, Townsend se sacará un plan de la manga —dijo Lore en un tono que contradecía sus palabras.

—Pues, tal y como lo has dicho, no parece que lo creas.

Lore miró a Elise:

—Es que sigo dándole vueltas a lo que Townsend nos ha contado sobre el historial de Kroll. Joder, yo no sabía nada de eso cuando le pedí que apartara a Kroll de mi vida. Pensé…, no sé, que era una especie de depravado, un pervertido, alguien a quien Townsend podría espantar sin problemas. Pero el Kroll que nos ha descrito hoy no parece el tipo de persona que se achanta. Y eso sí que me da miedo.

Lore volvió los ojos hacia la calle envuelta de noche y lluvia.

—Sospecho lo que Townsend debe de pensar —dijo Elise.

Los ojos de Lore volvieron como un resorte a la otra mujer:

—¿Y entonces por qué no nos lo ha contado? Somos nosotras las que estamos en medio de esta locura. Es a nosotras a las que nos está pasando y resulta que no nos quieren decir lo que van a hacer con ese trastornado.

—Townsend juega con las cartas muy pegadas al cuerpo. Ya nos las enseñará cuando llegue la hora.

—Ah, pues a mí no me vale con eso. Cuando le contratamos pensamos que velaría por nuestros intereses. Y ahora resulta que trabaja para Vera.

—Sus intereses son los nuestros.

—Hasta cierto punto.

—¿A qué te refieres?

—Bueno —contraatacó Lore—, pues que Vera no se ha estado tirando a Ryan Kroll, ¿o sí?

A Elise se le subieron los colores. No era porque Lore pensase que la relación de Elise con Kroll podía no haber sido igual que la de ella. Elise no se lo tenía en cuenta, pero oír a Lore asumir una semejanza y expresarla de una manera tan cruda solo servía para añadir más amargura a la forma en que Kroll la había tratado.

—Y ella no ha tenido que estar aguantando su rollo obsesivo con la seguridad meses y meses —continuó Lore—. Ni tampoco ha sufrido sus humillaciones repentinas, sus arrebatos de crueldad que iban mucho más allá de… —se le quebró la voz—… de todo…

Elise la miró, sintiendo el nudo en la barriga al rememorar aquellas mismas ignominias. Y los recuerdos eran más vergonzosos si cabía porque encima no eran exclusivos; saber que Lore, y quizás otras, había pasado por lo mismo solo servía para degradar aún más su relación con Kroll.

Dios santo, era repulsivo recordar que había llegado a pensar que lo que tenía con él era único. Era asqueroso darse cuenta de que con cada revelación casual Lore desmontaba aquella falsa ilusión. Y rebajaba el papel de Elise en su aventura con Kroll a poco más que la crédula víctima de un violador en serie.

Se sentía estúpida y tremendamente rabiosa. De repente se sintió tan alterada que creyó explotar.

—Tengo que salir de aquí —profirió, levantándose repentinamente—. Tengo que irme.

Lore se puso en pie de un brinco.

—¡Espera! ¿Ir adónde?

—A casa.

Lore la agarró de la mano y balbuceó:

—Pero… ¿y yo qué…?

La atribulada mirada de ansiedad de la cara de la por lo general intrépida Lore hizo que Elise se parase en seco. Entendió enseguida que a Lore Cha le paralizaba la idea de quedarse sola. Y no tenía a nadie a quien recurrir.

Elise la cogió de la mano:

—Venga, vente conmigo.

Capítulo 36

Kroll se desvistió en la cochera y lo tiró todo a la basura, incluidos los zapatos. Con la memoria colgada de la cadena alrededor del cuello por única vestimenta subió al dormitorio por las escaleras, tiró la memoria a la cama y se metió en la ducha.

Media hora después salió enfundado en un albornoz y subió otro tramo de escalones que llevaban a la planta principal de la casa, donde estaba el estudio con vistas a China Beach. En la habitación no había nada más que una silla Aeron y una mesa cromada de cristal. Encima, tres portátiles. Se sentó ante uno de ellos, insertó la memoria y abrió el último documento.

#248/Jane8

La sesión de hoy con Jane8 me ha producido una gran desazón. Continúa el deterioro de su relación con R. K., que parece estar sufriendo una evolución radical. (Sigue sin querer contarme nada sobre él que me ayude a entender —o siquiera a imaginar— qué puede haber detrás de esos cambios drásticos.)

Pero, sea como sea, la insólita habilidad de este para perforar hasta el núcleo más sensible de su dolor está experimentando cierto cambio, está tomando un cariz claramente más siniestro. Por desgracia no he sido capaz de reconocer estos nuevos acontecimientos como lo que son, no he sabido ver con antelación lo que presagiaban. En consecuencia este giro precipitado y cruel me ha cogido del todo desprevenida. Tengo miedo, aunque no lo he reconocido ante Jane8.

Durante las últimas sesiones me he concentrado en interrogarla sobre lo que veo que está ocurriendo. No me ha negado que suceda algo pero no quiere abundar en el tema. Sin embargo, sí que ha pasado algo terrible.

Hoy Jane8 me ha contado lo de R. K. y el pájaro de cristal. [Véanse notas de sesión.] Está completamente traumatizada. Lo que ha hecho ese hombre ha sido de una crueldad inimaginable en él, aunque lo peor de todo es cuán irritante resulta no saber cómo ha llegado a conocer la importancia de este símbolo para ella. Le sugerí que era probable que le hubiese mencionado el incidente de su infancia, que hubiese hecho alguna referencia a él que le habría permitido a R. K. inferir la importancia del símbolo. Jane8 jura que no ha sido así, pero he visto en sus ojos que empieza a dudar de sí misma: ¿lo habrá hecho y no se acuerda? ¿Cómo podría no acordarse de algo así?

Hoy ha llegado al punto de hablar de los «poderes especiales» de R. K. —es la primera vez que utiliza esas palabras—, una expresión de la que deduzco que busca más allá de la razón una respuesta a las habilidades de ese sujeto. Se trata de un giro peligroso para ella que la puede llevar a una desconexión de la realidad.

Lo acelerado de su inestabilidad emocional semeja en todo a una implosión… repentina y profunda. Por primera vez desde que viene a consulta tengo miedo de que se esté acercando al mismo estado de ánimo que precedió a su tentativa de suicidio hace dos años y medio.

Estoy conmocionada por este revés dramático. Nunca he visto nada parecido. He consultado varias veces al doctor S. J. en relación con esta evolución y coincidimos en que debería decirle a Jane8 que su relación con R. K. se está volviendo alarmantemente destructiva y debería dejar de verle.

Un último punto: hoy Jane8 relató el siguiente sueño de ayer por la noche, un día después de su incidente con R. K. y el pájaro de cristal. (El sueño es de una obviedad tan indecente que apenas requiere comentario.)

Jane8 y R. K. conducen por una carretera rural en plena noche. La vía es estrecha y tiene curvas cerradas, con muchos árboles a ambos lados. Al salir de una curva prolongada aparece algo en medio de la carretera, en el punto más lejano donde alcanzan los faros del vehículo. R. K. reduce la marcha y, conforme se acerca, se dan cuenta de que el objeto es una silla negra de madera con el respaldo alto. Se paran muy cerca, con la silla en medio del haz de luz.

Por alguna razón Jane8 se siente aterrorizada ante la visión de la silla. R. K. se comporta con absoluta calma, como si lo entendiese todo. Jane8 no tiene ni idea de qué significa esa silla, salvo que le da miedo. Él le dice que se quede en el coche, sale y va hasta la silla bajo el resplandor de los faros. Se vuelve y le hace gestos para que preste atención a lo que está a punto de mostrarle.

Se sienta en la silla negra, de cara a ella, con las rodillas juntas y muy erguido, justo en medio de la luz deslumbrante. Se saca algo del bolsillo de la chaqueta y se lo mete en la boca. Saca otra cosa del otro bolsillo: una pistola. Con los ojos clavados en ella dobla el brazo y se pone el arma contra la cabeza... y se dispara (con la bruma rosa suspendida en los rayos de luz, antes de desaparecer delicadamente en la oscuridad).

Esto no horroriza a Jane8, ni siquiera el hecho de que R. K. esté de pie en medio de la carretera con la cabeza reventada por un lado y un trozo de cráneo colgándole por detrás de una oreja. Él se acerca al coche, le abre la puerta y ella sale a la fría brisa nocturna. De la mano de R. K. camina hasta la silla y se sienta, con las rodillas juntas, igual de erguida, y cegada por las luces. R. K. le da lo que tiene en la boca, algo blando con una forma fría y familiar. Se lo lleva a la boca. Él le tiende la pistola y se aparta de la luz.

De repente se da cuenta de que el objeto que tiene en la boca es el pájaro de cristal verde. Empieza a llorar como una histérica, se lleva la pistola a la cabeza y aprieta el gatillo.

Se despierta de golpe, entre sollozos.

Cuando le pregunté a Jane8 qué pensó al despertar y recordar allí mismo en la cama el sueño, me dijo: «Sentí alivio. Por fin todo acababa».

Kroll se quedó mirando la entrada de Vera en la pantalla del ordenador. Era más incluso de lo que esperaba. El estado mental de Elise estaba listo para el acto final. Se había acercado a la oscuridad de la idea y había acabado por abrazarla. Y con Kroll interpretando el papel de mentor. Vaya, no habría captado mejor el mensaje ni aunque se lo hubiese puesto por escrito. Tenía a Elise a tiro.

En cuanto a la decisión de Vera List de aconsejar a Elise que no volviese a verle, había tenido suerte. Según la agenda de List había cancelado todas sus citas para el día siguiente, cuando lo normal era que hubiese tenido sesión con Lore por la mañana y con Elise por la tarde. Pero ahora no las vería hasta el lunes; para entonces poco importaría.

Abrió la última entrada de Lore Cha.

#62/Jane12

Jane12 ha acudido a su cita de hoy completamente sobrecogida tras interpretar una fantasía con «Robert» que ha adquirido un cariz amenazante. [Véanse notas de sesión.]

Jane12 ha descubierto que el carné de conducir de «Robert» es falso: no sabe con quién ha mantenido una aventura durante estos cuatro últimos meses y ese descubrimiento la ha sacado de quicio. Por no hablar de que «Robert» adornó su última interpretación de la fantasía de ella con datos que Jane12 afirma haberme contado solo a mí, fantasías secretas que ha revelado en terapia.

Si bien lo encuentro preocupante, no estoy del todo convencida de que recuerde con precisión con quién ha compartido algunas de esas fantasías. A mí misma ha olvidado haberme contado algunas de ellas, por muy increíble que pueda parecer. La primera vez que pasó yo no daba crédito, pero, como ya ha sucedido en varias ocasiones, tampoco puedo espantarme cuando me dice que «Robert» se ha colado en su cabeza como por arte de magia y conoce incluso las fantasías que no le ha contado.

Con todo, su miedo es innegable. No ha logrado dormir bien desde que esto ocurriera hace cinco días. Está alterada, no siente apetito y tiene la lágrima fácil. Y lo más alarmante es que fantasea con escenas de suicidio en las que Robert desempeña distintos papeles, siempre determinantes. [Véanse notas de sesión.] Con el historial de depresión y tentativas de suicidio que tiene, me temo que dicha inestabilidad pueda acelerarse demasiado, tanto que no pueda controlarse.

Lo que más sorprende es que, a pesar de las crisis de llanto en las que me cuenta las traiciones y abusos de «Robert», no puede evitar sentirse irresistiblemente atraída por él. Insiste en que la próxima vez que le llame y quiera verla, quedará con él, aunque eso le suponga más revelaciones desconcertantes. Se trata de una aceptación voluntaria de una conducta autodestructiva que la propia paciente admite que es obvia hasta para ella.

Sé que forma parte de su historial, y que está lidiando una batalla ardua, pero pensé que habíamos hecho progresos. Estos últimos acontecimientos, no obstante, parecen estar poniendo patas arriba todos esos avances.

Tengo una cita con el dr. S. J. para hablar sobre el repentino deterioro tanto de Jane12 como de Jane8.

Kroll se sintió aliviado; había estado preocupado por haber presionado más de la cuenta a Elise y Lore, y demasiado rápido. Temía incluso que hubiesen sospechado que estaba leyendo los historiales y le hubiesen pedido cuentas a List. Pero al parecer no podía estar más equivocado. De hecho, daba la impresión de que las había juzgado bien. Había subido la presión sobre ellas hasta el nivel adecuado y las había acercado más al límite.

Sin embargo, Vera List no era tonta, y tal vez había sido con ella con quien Kroll se había equivocado. Una sesión o dos más y lograría unir los puntos. Estaba ya a nada. Iba a tener que actuar con rapidez.

Fane se despertó con el timbre del móvil. Se había quedado dormido en el sofá de su despacho, todavía vestido. Eran las 2.15 de la madrugada.

—Tengo algo interesante —le dijo Roma, que parecía soñolienta—. Acaba de llamarme Bücher. A eso de la una Elise y Lore han salido de sus respectivas casas y se han visto en el Blaine's Grill que hay cerca de Larkin con Sutter. Hace unos minutos que se han ido del restaurante para ir juntas a la casa de Elise.

—Mal asunto… Como Kroll las esté siguiendo, la cosa se va a complicar.

—Como no sea por cámara no creo, porque Libby ha rastreado los alrededores de la casa de Elise y no ha visto ningún coche. Supongo que Elise habrá tenido las luces suficientes para guardarlos dentro. Bueno, ¿qué me dices?, ¿todavía crees que estas dos no se conocían antes de que empezara todo?

—Sí, eso lo tengo claro. Yo apostaría a que nuestra sesión de esta tarde en la consulta de Vera ha suscitado montones de preguntas. No habrán podido aguantarlo, tenían que hablar y comparar notas.

—¿Y de quién crees que ha sido la idea?

—Yo diría que de Lore.

—¿Y por qué han acabado en casa de Elise?

—Ahí me has pillado.

—Bueno, cuanto más rato estén juntas, mayor será el riesgo —sentenció Roma—. Vamos mal de tiempo.

Fane estuvo de acuerdo.

Roma hizo una pausa para luego añadir:

—No puedo dejar de pensar en la historia del suicidio. Es una locura, Marten, pero creo que puede que tengas razón. Y si las cosas empiezan a ponerse en su contra, a saber lo que es capaz de hacer.

Fane también estaba de acuerdo en eso, pero antes de que pudiese responderle Roma había colgado. En realidad le habría gustado oír unos minutos más su voz, escucharla atentamente, para tener una idea de cómo estaba llevando la desaparición de Celia Negri. Se temía que estuviese más preocupada de lo que dejaba ver.

Se sentó en el borde del sofá y se pasó una mano por el pelo. Contempló la posibilidad de llamar con algún pretexto pero rechazó la idea. Roma era capaz de olerlos a la legua. Aunque, bueno, tal vez aun así podía estar bien.

No lo hizo. En lugar de eso se quedó mirando la oscuridad y la niebla sobre el rosario de luces de la bahía y se dejó engullir por el vacío de la casa.

Fane seguía en el sofá, con los ojos clavados en el suelo y la BlackBerry en la mano, cuando volvió a sonar.

—Aquí Shen. Me acaba de llamar Parker y me ha dado un mensaje para ti.

Viernes

Capítulo 37

Al amanecer la ciudad había caído en las garras de un frente descomunal procedente del Pacífico que llevaba días amenazando con descargar en la costa. Cuando Fane bajaba la calle Steiner camino del Rose's Café, la mañana estaba teñida de un ánimo gris y apesadumbrado por unas nubes densas y bajas y una lluvia intermitente.

Una vez más la cafetería estaba poco concurrida. Fane llamó a Roma mientras esperaba el desayuno. La colombiana ya había contactado con su gente, que se turnaba para dormir y se preparaba para el largo día que tenían por delante. A continuación llamó a Vera y le contó lo de Elise y Lore.

—Era de esperar —explicó la terapeuta—. Lo entiendo perfectamente. Pero ¿eso de que se fueran juntas a la casa...? —Tras titubear añadió—: ¿No será un problema?

—He pensado que tú tendrías una opinión al respecto.

—No, no... yo no tengo ningún problema con eso. Me refiero para ti.

—La verdad es que no lo sé —reconoció—. Voy a llamarlas dentro de un rato para ver, pero no quiero que sepan que las tenemos vigiladas. Aunque tengo curiosidad por saber si me lo contarán.

—¿Y si no?

—Empezaría a preocuparme.

—¿Por qué?

—Aquí solo hay sitio para un plan —le dijo Fane.

—Ay, Dios. —La posibilidad la impresionó—. ¿No creerás que...? ¿Quieres que las llame?

—No, ya las llamo yo. Te mantendré informada.

Esperó a estar de vuelta en su estudio para llamar a Elise. Le dijo que Kroll, tal y como esperaban, había cogido los archivos por la noche, y le recordó lo que habían planeado para cuando llamase. Estaba bastante serena, a pesar de que por la voz se la notaba preocupada. No mencionó que Lore estuviese con ella.

Llamó a Lore. Tres cuartos de lo mismo, aunque demostró una actitud sumisa poco propia de ella. Tampoco le dijo dónde se encontraba, y Fane lo dejó estar.

Almorzó en la cocina: una copa de un Monastrell, un poco de queso español, pan de chapata, aceitunas. Le inquietaba el hecho de que ni Elise ni Lore le hubiesen dicho que estaban juntas. ¿Estaría pasando algo por alto?

Fue a sentarse en su estudio bañado por la luz grisácea y escuchó las *Trois Gnossiennes* de Erik Satie mientras estudiaba sus libros de fotografía. La música de aquel piano ensoñador cabalgó por las horas de la larga tarde solo interrumpida por chubascos intermitentes y llamadas ocasionales para tener controlados a todos los participantes. De tanto en tanto miraba hacia los puntos de colores de una de las pantallas del ordenador. Hubo poco movimiento.

Avanzada la tarde puso el disco *Alice* de Tom Waits y cogió otro libro de la pila que había sobre la otomana. Sus pensamientos seguían a la deriva, a pesar de la música y los libros. Al igual que Vera, se sentía incapaz de dejar a un lado las posibilidades abiertas. Tenían un encanto intelectual tan seductor como los sueños que piden a gritos una explicación.

—Soy Ray.

Elise le lanzó una mirada rápida a Lore.

—¿Ray?

Lore se quedó parada en mitad del cuarto como una gata sorprendida a punto de hacer algo. Estaban en el estudio-sala de estar que había justo al lado del dormitorio de Elise y acababan de echarse la primera copa de la noche.

—¿Cómo estás? —le preguntó Kroll.

No se esperaba aquello. Ray no hacía ese tipo de preguntas.

—Será broma, ¿no? —Le sorprendió el tono mordaz de su

voz. Como una loca, Lore le hizo señas de que pusiese el teléfono en manos libres. Así lo hizo.

—¿Qué? —se sorprendió Kroll.

—¿Que cómo estoy?

Se produjo una pausa, como si también a él le hubiese cogido desprevenido. Elise se lo imaginó corrigiendo sus ideas, reubicando sus instrumentos.

—¿Me has puesto en manos libres? —quiso saber, con un tono de sospecha.

—Sí, te he puesto —le dijo Elise, que logró añadir—: Me estoy sonando la nariz. He estado... he estado... Estoy enfadada —dijo por fin.

—¿Has llorado? —No parecía un tono de preocupación, solo de curiosidad.

Elise no contestó.

—¿Qué es lo que pasa?

—¡Ay, Dios! —exclamó, sin poder contenerse.

—Mira, si todavía estás enfadada por...

—¿Todavía? Por Dios, Ray, ¿como que «todavía»? ¿Se supone que ya tenía que haberme «recuperado»? ¿Eso es lo quieres decir?

Pasaron unos cuantos segundos.

—Mira —repitió él—, ¿qué... qué es lo que ocurre? Tú, no sé, estás... ¿ha pasado algo? ¿Qué se supone que tengo que pensar?

Elise se paró a reflexionar: ¿qué diablos estaba haciendo? No podía decir lo que sentía. Debía ceñirse al guion que habían fijado en la consulta de Vera el día anterior. Tenía que recordar el contexto de la trama que habían urdido en las notas falsas de la sesión falsa, y no apartarse del tono que exigía el guion, en el que estaba deprimida y suicida; no enfadada ni beligerante.

Volvió a la reunión en el despacho de Vera, a las palabras de Townsend y sus instrucciones: solo hay que hacer que os veáis en algún sitio, darle la oportunidad a la gente de Townsend de caer sobre él.

Pero de pronto, al oír su voz, y saber lo íntimamente que ese hombre conocía su forma de pensar... y de sentir, la manera en que la había manipulado, y cómo había caído en su trampa, se sintió furiosa… y paralizada. Él se iba a dar cuenta hiciera lo que hiciese.

—Ray… Yo es que… No puedo hablar de esto. Es… demasiado… —Calló, sorprendida y confusa, y sorprendida de sentirse confusa. Aquel papel le quedaba grande, llamarle Ray cuando sabía que se llamaba Ryan; intentar ceñirse al contexto falseado cuando sabía que la realidad era otra; fingir desesperación cuando en realidad estaba furiosa, herida, desconcertada, asustada. Qué cabrón, ¿por qué no había llamado a Lore? Ella sí que podía interpretar papeles; ella podía engatusarle para quedar. ¿Por qué a ella?

Miró desesperada a Lore, que estaba expectante, boquiabierta ante el silencio de Elise. ¿Qué?, ¿qué?

—No puedo hacerlo —dijo Elise, hablándole tanto a Lore como a Kroll.

Lore abrió los ojos con impotencia, y sacudió la cabeza con una expresión de «cálmate» en la cara. «¡Tienes que hacerlo!», le estaba diciendo.

—Bueno, vale —intervino Kroll, intentando calmarla y desistiendo—. Vale, pero aun así tendríamos que hablar. Tengo que saber qué es lo que ha pasado… Me lo debes, ¿no te parece? Ayúdame a entenderlo.

Elise se quedó helada. Era el tono más sincero que le había oído nunca, la inflexión de su voz era descorazonada, denotaba una profunda y genuina preocupación… e hizo que la recorriera un escalofrío. Era la clase de fraude emocional con el que la había manipulado desde el principio de su relación, y esa crueldad tan descarnada la mortificó. Era tremendo.

—¿Elise? —La voz de Kroll reflejaba inquietud por su silencio, miedo por que pudiese llegar a perderla—. No podemos…

Lore se precipitó al escritorio de Elise en busca de un bolígrafo… un papel… empezó a garabatear.

—… dejarlo así —estaba diciendo Kroll—. Tenemos que hablarlo… resolver lo que quiera que… lo que sea que te haya hecho enfadar así.

Lore volvió junto a Elise y sujetó entre las manos el trozo de papel para que pudiese ver las enormes letras que había escrito a toda prisa:

QUEDAR EN PÚBLICO... ¿¿VESTÍBULO HOTEL??

—¿Elise?

—Estoy aquí —respondió.

—Vamos a vernos y charlamos.

Larga pausa.

—¿Dónde?

—Hay una casa... es muy tranquila, apartada de...

—¡No!

Pausa.

—Vale. —Su voz era cautelosa—. ¿Cómo prefieres...?

—En público.

—¿En público? Bueno, vale, ¿qué te parece...?

—En el Fairmont. En el vestíbulo. Hay reservados en los que podemos hablar... en el vestíbulo.

Kroll no dio una respuesta inmediata.

—No lo entiendo. ¿Por qué en público? Nunca lo hemos hecho así.

—No me fío... de mí... contigo.

¡No podía haber dicho nada peor! Lanzó otra mirada desesperada a Lore, que le dedicó una de ánimo.

Kroll no respondió.

—Vale —dijo por fin—. Allí estaré. A las nueve.

Capítulo 38

Hubo una ráfaga de llamadas. Primero Fane le dijo a Elise que no se moviera de donde estaba, que volvería a llamarla; acto seguido telefoneó a Roma y luego a Vera. Y después de nuevo a Elise. Se verían en la consulta de la terapeuta.

Al cabo de media hora todo el mundo estaba o bien ya allí o bien de camino a otros puntos para el montaje de la vigilancia.

Elise y Lore llegaron juntas y explicaron desde un principio que habían quedado la noche anterior y que Lore había dormido en casa de Elise y dormiría también esa noche. Era todo un tanto extraño y suscitó un gran número de preguntas, pero no había tiempo para entrar en el tema.

Kroll había fijado la hora del encuentro en el Fairmont a las nueve de la noche, una extraña demora de tres horas desde la llamada. Extraña para Fane. Nadie más pareció notarlo. Con todo, les dejaba tiempo para prepararse.

Bücher y Roma llegaron a la vez. Fane les dio unas instrucciones someras y después Bücher les explicó que estaba allí para instalar un micro de gran sensibilidad en el sujetador de Elise; si ella era tan amable de ir al baño y quitárselo, él lo tendría listo en unos minutos.

—¿Lo puede hacer con él puesto?

—Va junto a la curva interior del alambre de la copa izquierda —le respondió Bücher fríamente.

—Entonces así es más fácil —dijo Elise levantándose y desabrochándose la blusa.

Sin mirar a nadie, Bücher abrió su bolsa y sacó un cable que parecía un alfiler de sombrero flexible, con una perlita en un extremo. Con la mano temblorosa y la ayuda de Elise apenas tardó dos minutos en instalar la escucha.

Una vez le hubo explicado las cosas que podían interferir en la trasmisión y hubo contestado un par de preguntas, se puso los auriculares y probó el micro. Satisfecho, recogió sus cosas y se fue.

Fane explicó cómo funcionaría el dispositivo de vigilancia.

—Jon permanecerá en la furgoneta de control, mientras que el resto estaremos cada uno en un coche, seis vehículos en total.

—¿Quién escuchará lo que digamos? —preguntó Elise.

—Todo el mundo. Es importante que todos tengamos la misma información a lo largo del proceso. De este modo cuando se toma una decisión sobre algo, todo el mundo sabe el porqué y no hay que explicar las tácticas. Son gente que lleva mucho tiempo trabajando junta y se entienden con pocas palabras.

Elise miró de reojo a Vera.

—Entiendo su preocupación —les dijo Fane a ambas—. Sé que les puede resultar molesto. Pero recuerden: su exposición ante este puñado de personas no es nada comparado con lo que podría ocurrir si no detenemos a ese hombre. Si se paran a pensarlo les compensa.

Elise asintió:

—Lo entiendo.

—Otra cosa —añadió Fane—, en el caso de que Kroll la llame por teléfono, póngalo en manos libres. Así podremos oír ambas partes de la conversación.

—Se dará cuenta, y le hará sospechar.

—Si lo menciona invéntese alguna excusa. Es crucial que podamos oír ambas partes. Tiene que hacer que se lo trague, es importante.

—¿Ha decidido qué va a decirle? —preguntó Roma—, ¿cómo va a abordar la conversación?

Elise sacudió la cabeza:

—No lo sé seguro…

—Recuerde solamente una cosa —le pidió Roma, que iba de un lado a otro por delante del sofá donde estaban sentadas Elise y Lore—. Tenemos que poder seguir a Kroll para averiguar dónde vive. Pero si no encontramos allí los archivos nos quedará trabajo por delante. De modo que debe mantener su interés, todavía no hay que quemar todas las naves con él.

—Entiendo —respondió Elise.

Estaba recostado en el sofá contemplando el mar de lluvia que caía por la cristalera que daba a China Beach. Experimentaba una insólita euforia cruzada por corrientes momentáneas de ansiedad. Lo encontraba extrañamente tonificante.

La conversación con Elise había distado mucho de sus expectativas. Las notas de Vera le habían llevado a pensar que se mostraría inestable, vulnerable; al menos eso era lo que se deducía de las afirmaciones de la terapeuta. Pero la mujer con la que acababa de hablar no daba muestras de tendencias autodestructivas; no estaba abatida. Alterada sí, pero no era el deshecho emocional que él había imaginado.

¿Parecía turbada? Sí, aunque al principio de la conversación también se había mostrado beligerante, desafiante. Aquello despertaba, por tanto, cierta confusión. ¿Qué era lo que le pasaba? No quería estar a solas con él: eso era miedo. Que se mostrase distante después de lo que había pasado en su último encuentro, por lo del regalo, sí lo esperaba, pero el miedo no entraba dentro de sus cálculos. Lo que había oído esa tarde era miedo.

Así que, ¿de dónde provenía? Tenía que admitir que aquella evolución de los hechos no se había dibujado ni tan siquiera en los bordes más remotos de su radar de posibilidades. Le había cogido de nuevas, como si fuese un completo novato, como si no hubiera planeado nada de nada. ¿Cómo no lo había visto venir?

De repente a Kroll le sorprendió que la lluvia se parase sobre el panel de cristal. Dejó de resbalar; salpicaba y se quedaba parada para después empezar a acumularse en un coágulo traslúcido. Ya no se veía el exterior; ni siquiera las luces empapadas en la distancia de la bahía penetraban la lluvia gelatinosa que se estaba acumulando en el cristal como una plasta de vaselina.

Cual autómata pulsó el botón de la grabadora y reprodujo partes de su conversación con Elise:

... reservados... donde podemos hablar...
... público... No me fío... de mí... contigo.
No me fío... de mí... contigo.
... No me fío... contigo.
... No me fío... de ti.

Tenía calor, estaba pegajoso; supuraba por cada poro. Volvió a darle a reproducir y esa vez la voz de Elise salió tan lentamente que permitía separarla por sílabas. De pronto estaba dentro de sus palabras, de sus frases, sus oraciones... elipses, las veía, las tocaba, las saboreaba, caminaba a través de sus olores y sonidos como examinando la estructura casi molecular de sus significados.

Cuando volvió a tomar conciencia de sí mismo no se podía mover, y tuvo que esperar a que se le regulara el pulso para poder respirar.

Se obligó a mirar la hora. Solo había pasado un instante. Todo aquello en un instante.

Así y todo, el sudor era real, y la lluvia cuajada había vuelto a su estado líquido, lloviznaba de nuevo sobre la cristalera.

Se levantó a toda prisa, luchando contra la claustrofobia, incapaz de extraer suficiente oxígeno del aire.

Sin explicación alguna, y totalmente en contra de su voluntad, Kroll se sintió arrastrado lentamente hacia el abismo de la incertidumbre, ese sanctasanctórum crepuscular de su archienemigo: la duda en uno mismo.

Capítulo 39

Las últimas dos horas y media habían sido como un chute de adrenalina. Para cuando Kroll se encontró subiendo por la empinada cuesta de la calle Sacramento bajo la fría lluvia, camino del hotel Fairmont, las piernas le temblaban. Había conseguido superar su sobredosis de suspicacia, se había calmado y se le habían bajado los efectos lo suficiente como para recobrar la sensatez.

No presentarse en el hotel Fairmont no era una opción, ni siquiera aunque algo oliese a chamusquina y su adiestramiento le dijese que cortara por lo sano y huyese, ya. Sin embargo sus planes, cuidadosamente trazados, se habían torcido, y necesitaba saber cómo y por qué.

La conversación que había tenido con Elise hacía un par de horas no cuadraba en absoluto con lo que había leído en las notas de Vera. Quería ver con sus propios ojos cómo se había producido esa distancia entre ambas impresiones. La curiosidad estaba triunfando sobre la disciplina… y el sentido común.

Fane le había dicho a Elise que una mujer llamada Libby estaría en el hotel para vigilar de cerca su conversación con Kroll, mientras que el resto de la unidad de vigilancia se repartiría por las calles aledañas al hotel.

Cuando dobló por Mason desde la calle California y detuvo el coche delante de la entrada, Elise estaba al borde de la hiperventilación. La perspectiva de volver a encontrarse cara a cara con Kroll la inquietaba bastante. Parecía haber pasado una eternidad desde que le diera el regalo hacía tres noches, y no tenía ni la menor idea de cómo iba a reaccionar.

Era una hora de la noche bastante ajetreada para los aparcacoches: gente que se iba a cenar en grupos, otros que llegaban para tomar una copa con unos amigos, el final de la jornada laboral y el principio de las actividades sociales nocturnas.

Elise le dio una propina al aparcacoches y le pidió que dejara el Mercedes en la parte de delante, a mano. Luego entró al grandilocuente vestíbulo rococó intentando resistir la tentación de mirar dos veces a toda mujer que pasaba con la esperanza de que Libby se identificase con un gesto tranquilizador. Escrutó el inmenso espacio en busca de una zona apartada que no estuviese ocupada y vislumbró un rincón cerca de la escalera principal.

Cruzó el concurrido vestíbulo para llegar hasta allí. A medio camino entrevió con el rabillo del ojo a otra figura que atravesaba la dispersa muchedumbre en su misma dirección. Kroll la estaba observando, anticipándose a sus pasos.

Llegaron al mismo tiempo. Se adelantó para saludarla con un beso cordial, pero Elise quitó la cara y fue a sentarse en medio de un pequeño sofá, para no dejarle sitio. Kroll se instaló en el sillón de al lado.

—¿Qué quieres? —preguntó ella sin más rodeos.

Kroll la miró con perplejidad.

—¿Qué es lo que pasa, Elise?

La mujer se quedó escrutándole en silencio. Tenía el pecho tan tenso con todas esas emociones en conflicto, ese flujo y reflujo que se alternaban a tal velocidad en su interior, que apenas lograba reconocer o comprender lo que sentía.

—En cuanto se termine esta conversación —dijo Elise por fin—, hemos acabado. No quiero volver a verte. Nunca más.

También a ella le sorprendieron sus palabras. ¡Cielos, pero es que literalmente no podía evitarlo! Kroll se quedó helado, con cara de palo.

—Pero ¿qué ha pasado? —preguntó, con tono y semblante estoicos.

—Que te has pasado de listo.

—¿Cómo?

—Te has extralimitado... te has equivocado y nunca sabrás por qué. —Observó la expresión de desconcierto de Kroll—. Una lástima… ¿no es verdad? Perderte dentro de tu propia conspiración.

—¿Conspiración? —Saltó al oír aquella palabra—. ¿Que me he equivocado? ¿Qué coño crees que sabes?

—¿Te sientes confuso?

—Nada de lo que dices tiene sentido.

—Oh, sí, sí que lo tiene. Pero tú no lo entiendes.

En su interior había despertado una ira implacable de la que no se sabía capaz. Kroll no controlaba ya la expresión de pasmo de su cara. Intentaba averiguar qué había pasado por alto, y cómo reaccionar. Hacer como que no entendía solo le hacía parecer un estúpido, algo intolerable para él.

Fuera lo que fuese lo que estuviera pasando, Kroll estaba tratando por todos los medios de hallar una forma de superarlo. Se veía de repente sin el control de la situación, y para un hombre que se había presentado ante Elise y Lore como omnisciente, verse de buenas a primeras incapaz de manejar la confusión resultaba de lo más vejatorio.

—El puto pájaro de cristal —dijo mirándola a los ojos.

Elise le odió por decir eso, por volver a sacarlo a relucir.

—Eres un fraude, Ray —le provocó. Para ella era nuevo ese deseo de causarle angustia a alguien. Había asimilado tanta de esa medicina durante tantos años, de tanta gente y por razones tan diversas, que estar al otro lado del dolor le resultaba, aunque le avergonzase reconocerlo, estimulante.

—Solo esa cosa —intervino Kroll—, sea lo que sea «eso», y con lo que signifique para ti, ¿solo eso y se ha acabado? —Casi sin aliento, añadió—: Vaya, pues sí que tuvo que ser una sorpresa desagradable.

A Elise le entraron ganas de gritarle lo que sabía. Desde sus entrañas ansiaba hacerlo para ver su cara de conmoción, para verlo trastornado. Pero había demasiado en juego para hacer descarrilar el plan de Fane… si es que, Dios no lo quisiera, no era demasiado tarde.

—Ray, desde que te conozco —dijo, manteniendo la voz inalterable e inexpresiva— siempre has sido capaz de anticiparte a mí, de «ver» lo que estaba pensando, de saber por qué lo estaba pensando. Tu percepción era alucinante… e incontestable. —Se detuvo y arqueó las cejas, mirándole como si le preguntase: «¿No es así?». Kroll sabía a lo que se refería—. ¿Por qué no te vales de esa alucinante percepción tuya para averiguar, para comprender lo que pareces no entender en estos momentos?

Elise podía ver en su cara que él sabía que le estaba provocando, y le conocía lo suficiente para imaginar que se estaba reconcomiendo por dentro. Supuso que estaría haciendo acopio de toda su fuerza de voluntad para mantener aquella actitud rígida.

Se miraron en silencio, como si el hervidero del vestíbulo no existiera. Era como si hubiesen bajado el sonido y todo se hubiese difuminado. Lo único que sabían era lo que había pasado entre ellos, todo lo que les había unido y, ahora, todo lo que les estaba separando.

—Estás cometiendo un error —sentenció Kroll, que se levantó, la miró con ojos vacíos y se alejó.

Libby siguió a Kroll hasta la entrada del hotel, donde por suerte un grupo de amigos se estaba subiendo a un Range Rover que estaba el primero de la fila bajo el porche. Kroll habló con el aparcacoches, que llamó a un taxi con la mano.

El taxi se detuvo detrás del Range Rover, donde los huéspedes, que hablaban a la vez intentando ponerse de acuerdo sobre dónde ir a cenar, tardaron una eternidad en montarse en el vehículo. Kroll se dirigió hacia el taxi seguido de cerca por dos hombres de negocios que se encaminaban a un segundo taxi detrás del de Kroll. Libby siguió de cerca a los ejecutivos y se metió entre los dos vehículos.

Mientras Kroll bajaba la cabeza para entrar en la parte de atrás, Libby dejó caer las llaves de su coche. Cuando se agachó a recogerlas colocó un transmisor GPS bajo el parachoques y acto seguido siguió andando, dejó atrás el hotel y se alejó en dirección a la calle California.

—Va en el taxi, y está marcado —informó Libby por el micro.

Roma y Lore estaban justo detrás del hotel, y en cuanto el icono del taxi apareció en la pantalla y se alejó del Fairmont por la calle California, Roma dobló la esquina. Dejó a Lore atrás y fue a reunirse con los que seguían a Kroll.

—¡Por el amor de Dios! —Roma no hablaba por la comunicación de grupo sino con Fane por teléfono—. ¿Qué coño ha pasado ahí dentro? No era lo esperado. O por lo menos yo no me lo esperaba. Ha sido ella la que ha mantenido la calma.

—Supongo que tampoco Elise lo esperaba —le dijo Fane—. No ha sabido manejarlo, ver a Kroll sabiendo lo que ahora sabe... lo cambia todo. No podemos culparla por eso.

—No, claro, tienes razón. Es que... no me gustaría perder a ese tipo.

Fane estaba mirando los iconos de colores del monitor.

—Vamos bien. Lo tenemos cubierto. Todo el mundo está en sus puestos.

El equipo de vigilancia se mantenía en las calles paralelas, a un radio de una manzana para que cuando el taxi girase pudiesen doblar ellos también a una manzana de distancia, sin dejarse ver por un Kroll obsesionado con la vigilancia.

No tenían ni idea de adónde se dirigía el taxi, tal vez a la península y a Silicon Valley, a lo mejor hacia el condado de Marin, o quizás a solo unas calles. Pero por fin estaban, o eso esperaban, de camino a los archivos de Vera List.

Capítulo 40

Kroll le dio la dirección al taxista, se acomodó en un rincón, pegado a una puerta, y al instante empezó a cuestionarse qué acababa de pasar.

No era bueno. En el segundo en el que había dado media vuelta y había salido del vestíbulo del Fairmont había perdido el control de los acontecimientos. Eso no era bueno. Pero a ver, ¿de qué iba ella?

¡Maldita sea, le había estado provocando! ¿Sabría algo de verdad? ¿Cómo era posible? No podía ser. Hacía apenas dos días se desmoronaba en la consulta de Vera List, ¿qué narices había podido pasar entre aquello y lo de hacía un momento para borrar de un plumazo seis meses de trabajo escrupuloso?

Pero el caso era que aquel cambio repentino resultaba muy sospechoso. La cosa olía a montaje. Elise todavía estaba enfadada por lo que él había hecho las últimas veces que se habían visto. ¡Maldita sea, debería haberse dado cuenta allí delante de ella: Elise había contratado a un detective privado, igual que había hecho con su marido! Eso era. Pero ¿por qué? ¿Qué la había llevado a eso tan repentinamente?

Joder.

Se dio la vuelta y miró por el parabrisas trasero del taxi. Había varios coches a lo largo de la prolongada pendiente que era la calle California, mientras que un tranvía traqueteaba cuesta abajo en el otro sentido. Escrutó cada coche, primero los más cercanos: la marca, el modelo, el color. Se giró, se sentó mirando hacia el frente y se dirigió al conductor:

—Tome —le dijo, tendiéndole un billete de cien dólares—. Dentro de unas diez manzanas estaremos cerca del templo de

Sherith Israel. Cuando lleguemos, doble a la izquierda por la calle Webster, acelere, coja la primera a la derecha por Pine y déjeme luego saltar en marcha a mitad de la manzana. Usted siga como si tal cosa, continúe el trayecto hasta Sunset. En la Treinta y dos con Ortega hay una tiendecilla, un pequeño negocio familiar. Dígale al tipo gordo de detrás de la caja que le envía Wes. Wes, ¿vale? Le dará otros cien.

—Entendido —contestó el taxista, como si fuera la cosa más normal del mundo.

Diez minutos después Kroll estaba en la entrada oscura de Orben Place, una especie de pasaje no muy largo entre las calles Pine y California, viendo brillar los faros traseros del taxi al torcer por Fillmore. No tenía ni idea de qué había en la calle Treinta y dos con Ortega, pero si el taxista era tan ingenuo como para ir hasta allí, mandaría al detective a kilómetros de Kroll.

Esperó un rato sin ver nada que le pareciese sospechoso. A continuación recorrió lo que quedaba de manzana hasta Fillmore, donde cogió otro taxi de vuelta a Nob Hill.

Elise se quedó donde estaba y esperó a Lore Cha con el corazón todavía a mil por hora. Eso le provocaba Kroll, aunque ya no sabía si era ira, odio o miedo lo que la hacía hiperventilar cuando hablaba con él. Y era aún peor cuando lo tenía frente a frente. No se esperaba la intensidad de la emoción que la recorrió cuando lo había visto caminar hacia ella por medio del vestíbulo.

—Elise.

Se estremeció y vio a Lore sentarse delante de ella.

—Así se habla —le dijo Lore.

—No sabía lo que me hacía. Me parece que lo he fastidiado todo.

—A mí me ha sonado a gloria. Pero estaba con Roma y ella sí que se ha agobiado un poco. Estoy orgullosa de ti.

Elise la miró, sorprendida por aquel comentario.

Lore señaló el pecho de Elise y se llevó un dedo a los labios; le hizo señas para que se quitase el micro del sostén. Sorprendida de nuevo, Elise lanzó una mirada de reojo al vestíbulo y metió la mano entre los botones de la blusa hasta que encontró el extremo del cable y se lo sacó de la copa del sujetador. Lore le hizo señas de que se lo diera y luego se levantó y fue hasta la escalera, donde dejó disimuladamente el aparato cerca de la alfombra de los escalones.

—¿Qué está pasando ahí fuera? —quiso saber Elise.

—Hasta donde yo sé, están siguiendo a Kroll.

—¿Y Vera? ¿Dónde está?

—No sé si seguirá en la consulta o se habrá ido a su casa.

A Elise le sobrevino de repente la fatiga. La pugna con Kroll le había chupado todas las energías.

—Salgamos de aquí —dijo.

Fane estaba en su coche siguiendo los puntos de colores por la pantalla y escuchando al equipo de Libby mientras seguía al taxi de Kroll desde Nob Hill, pasando por Fillmore y los barrios de The Western Addition y Haight Ashbury, hasta los llanos brumosos de Sunset. Por fin, al encontrar sospechoso el trayecto sinuoso del taxi, uno del equipo lo adelantó y vio que no llevaba pasajero. Con un rápido interrogatorio al conductor le sonsacaron lo que había pasado y la dirección a la que Kroll se dirigía antes de cambiar de opinión: la avenida Sea Cliff.

En cuanto Fane oyó la dirección llamó a Elise.

—¿Dónde está? —le preguntó.

—En casa, Lore está aquí conmigo.

—Eso está bien. Mire, hemos localizado la dirección de Kroll y vamos hacia allí en estos momentos.

Le dijo dónde estaba y le preguntó si ella o Lore habían estado allí. En caso afirmativo sus conocimientos de la distribución de la casa ayudarían a la gente de Bücher a desenvolverse.

Pero a ninguna le decía nada aquella dirección.

—Bueno, hay algo más —le dijo Fane—. Hemos perdido a Kroll. Algo le ha hecho sospechar y ha eludido nuestra vigilancia. Yo apostaría a que se ha asustado y ha huido. Aunque tengo la impresión de que antes pasará por casa.

—Ay, Dios. Lo siento, lo siento mucho… —se disculpó Elise—. Yo… perdí los papeles… Es culpa mía…

—Olvídelo —le dijo Fane—, no importa. Pero como no sabemos dónde está, asegúrese de que tiene conectado el sistema de seguridad.

—¿No creerá que...?

—No, no hay razones para pensar que vaya a ir allí. ¿Está encendida la alarma?

—Sí, lo está, pero ¿deberíamos irnos, ir a otra parte?

—¿Kroll ha estado allí alguna vez?

—No, nunca.

—Vale, eso no significa nada. Sigo pensando que ha huido, pero en cuanto pueda sacaré a alguien de la vigilancia para que se pase por allí y nos aseguremos, hasta que sepamos lo que va a pasar.

Fane se mantuvo al margen del vaivén de puntos mientras los coches giraban por Sunset y ponían rumbo a la avenida Sea Cliff. Tenía que dejar el camino despejado para que la gente de Roma hiciese su trabajo, aunque quería estar cerca para ayudarles a más no tardar en caso de emergencia.

Trató de imaginar el razonamiento que había llevado a Kroll a desaparecer, y seguía decantándose por la posibilidad de la huida. Lo más probable era que Kroll hubiese reflexionado sobre su encuentro con Elise, se hubiese dado cuenta de que su conducta no encajaba con lo que había leído en los archivos de Vera y hubiese decidido cancelarlo todo. Lo normal era que estuviese camino de su casa para recoger su alijo de documentos falsos, pasaportes y dinero en metálico, así como para borrar todo rastro de los archivos de Vera.

Al menos eso era lo que Kroll haría de estar pensando con sensatez. Lo único que quería Fane era llegar antes que él.

Meditó también sobre la insólita relación que había surgido entre Elise y Lore. Las diferencias entre ambas se disipaban en el fragor de la experiencia común con Kroll. A las dos mujeres les debía de corroer la curiosidad por conocer los patrones que Vera había observado en las interacciones de Kroll con ambas y que la habían llevado a su descubrimiento.

Cuando estuvieron cerca de la avenida Sea Cliff, Roma aparcó su coche y se reunió con Bücher y Kao en la furgoneta del primero.

¿Qué haría Kroll cuando llegase a casa y viese que sus ordenadores habían desaparecido? Fane ya había tomado una decisión respecto a qué hacer con Kroll, pero hasta que la gente de Roma no estuviese a salvo, fuera del encuadre, no haría esa llamada. Si llegaban a los archivos antes que Kroll, la llamada de Fane podía poner el punto y final. Si era al revés, cualquier cosa era posible. Había todavía demasiadas posibilidades, y demasiada poca información.

Iba a llevar un rato. Fane se paró en una cafetería para comprar un café y regresó a Sea Cliff. Encontró aparcamiento en la calle Lake y se acomodó para la espera.

Capítulo 41

Mientras el taxi pasaba por delante del Fairmont, a Kroll no le sorprendió comprobar que el Mercedes de Elise ya no estaba en la zona de los aparcacoches delante del hotel.

Le dio al taxista una dirección de Pacific Heights y se recostó en su asiento para repasar las cuestiones logísticas que tenía por delante.

Kroll sabía que la relación de Elise con Currin había llegado a tal grado de deterioro que su comunicación no solía pasar de una o dos conversaciones breves por semana. A veces podía trascurrir hasta un par de semanas sin que el uno supiese del otro.

Conforme su distanciamiento de Currin crecía, Elise se fue recluyendo cada vez más. Por la época en que Kroll empezó a verse con ella, les daba fines de semanas de tres días a la cocinera, al ama de llaves y al jardinero. Lo que significaba que de viernes a domingo estaba completamente sola en la vieja mansión.

En dos palabras, nadie se preocupaba mucho por ella. Por eso dependía tanto de sus sesiones con Vera; ello también contribuyó a la facilidad con la que Kroll se introdujo en su vida. En los últimos cuatro meses, aparte de Vera, Kroll había sido la persona a la que más había visto.

En la calle Fillmore le pidió al taxista que parara delante de una tienda en una esquina, se bajó corriendo y compró un paraguas. Al cabo de veinte minutos el taxi lo dejó a dos manzanas de la casa de Elise.

Una vez que el vehículo desapareció al doblar la esquina, Kroll cruzó la calle y empezó a subir la cuesta. Una fina llovizna caía sobre su paraguas nuevo. Los árboles goteaban ligeramente a su alrededor mientras dejaba atrás inmaculadas casas de estilo reina Ana hasta llegar a la cima de la colina.

Una vez en la calle Broadway se detuvo para contemplar la vieja casa neoclásica de tres plantas de la esquina. Estaba a oscuras salvo por la luz de las ventanas del tercer piso, las que miraban a la bahía. Elise estaba en casa.

Cruzó la calle hasta el lado de la casa que daba a Broadway y se acercó a una puerta de madera que había en el muro cubierto de hiedra del jardín. Tanteó por la parte inferior de la pared, hurgó entre la enredadera mojada y dio con una cajita de plástico, de donde sacó una llave con la que abrió la puerta.

Por la misma época en que empezó a colarse con regularidad en la consulta de Vera, antes de utilizar intermediarias, Kroll empezó también a entrar en casa de Elise. Hizo el trabajo de campo con mucha paciencia: estudió sus rutinas, se enteró de cuándo estaba allí el personal y cuándo no, y modificó la configuración de su sistema de seguridad para poder entrar y salir con tranquilidad. A veces había estado allí mientras Elise dormía.

Se detuvo por un momento en el jardín arbolado, con el sonido de fondo de la llovizna, y le dedicó un último pensamiento a lo que estaba a punto de hacer.

No sabía qué le había pasado a Elise en el tiempo entre que Vera había registrado sus pensamientos sobre la sesión y el encuentro que había tenido con ella hacía unas horas. Pero algo la había alterado, interrumpiendo así meses de concienzuda planificación, durante los cuales había cultivado en ella un estado de ánimo que la había predispuesto para un momento de desesperación excepcional.

No sabía lo que había pasado, pero creía poder darle la vuelta. Tenía toda la noche y conocía la cabeza de Elise por dentro mejor de lo que ella creía. Si la pillaba completamente desprevenida, la desarmaría y quebraría la entereza que había mostrado en el hotel, podría llevar su mente al punto que estaba cuando Vera elaboró las notas en las que describía su abatimiento. Con un pequeño susto lo conseguiría.

Y si no era así, pues tendría que encargarse de ella igual que de Britta Weston: deshacerse de Elise a no más tardar para eliminar la distracción que suponía un plan fracasado y centrarse en Lore Cha. Con esa sí que podría.

Habían transcurrido treinta y dos minutos cuando el teléfono de Fane volvió a la vida.

—Vale, hemos pasado el sistema de seguridad —le informó Roma— y estamos entrando en el nivel inferior..., prácticamente todo vacío, el garaje, las habitaciones. Segunda planta, más cuartos vacíos, su dormitorio. Bücher y Kao están subiendo por las escaleras.

La niebla espesa se estaba disipando en llovizna y Fane arrancó el Mercedes para calentarse un poco.

La voz de Libby surgió por los auriculares y el ordenador:

—He comprobado la dirección. La casa está a nombre de Morgan Searcy, de Nassau, en las Bahamas.

Fane sacudió la cabeza. Cuando entrasen en los ordenadores de Kroll encontrarían que tenía varios nombres falsos vinculados a inmuebles, cuentas en otros países, móviles, pasaportes, páginas web, cuentas de correo, tarjetas de crédito. Esa era su vida, vivida por dobles de sí mismo.

Roma habló en la BlackBerry:

—Este tío vive en plan monje. Apenas hay muebles, y los que hay están todos en un par de habitaciones. Un vestidor lleno de ropa y zapatos caros, pero ni basura, ni iPod, ni DVD para la televisión de plasma. Por lo que estoy viendo, no te podría decir nada del tipo que vive aquí salvo que es muy austero.

»Entrando en el baño. Nada... vale, Jon está aquí.... Hay tres portátiles, nada más en toda la casa. Podemos rastrear por si hay algo camuflado...

—No —dijo Fane—. Creo que ya habéis encontrado lo que estábamos buscando.

—Vale, entonces voy a mandar a Kao a la furgoneta para que vaya empezando con los portátiles, y le diré a Jon que se ponga con las cámaras. Yo creo que con tres lo tendremos todo cubierto.

Fane se quedó esperando mientras Roma le daba instrucciones a Bücher.

—¿Y qué pasa con el equipo de Libby?

—Los dejaré por el vecindario y que nos informen si ven a alguien por la zona. Si vuelve lo verán, no te quepa duda. Y dejaré la furgoneta de Bücher cerca. Kao tiene allí todo lo que le hace falta. Ven a echarle un vistazo al contenido de los ordenadores en cuanto puedas. Tal vez haya algo en ellos que nos dé alguna idea sobre lo que Kroll tiene pensado hacer.

Fane se quedó en el Mercedes hasta que vio la furgoneta de Bücher pasar por el cruce que tenía delante, camino de la avenida Sea Cliff. Acto seguido arrancó el coche y dio media vuelta, en dirección a la casa de Elise Currin en Pacific Heights.

Capítulo 42

Había una pequeña pérgola en el jardín; Kroll se agachó junto al tercer poste y cogió una llave que había metida entre la madera y la enredadera. Fue a la puerta de servicio, la abrió con la llave y entró en la casa.

Se guardó la llave en el bolsillo y fue directo al panel de seguridad, donde introdujo el código que desconectaba el sistema de alarma. Estaba en un pequeño aseo, mojando en donde estaba previsto que estuviese mojado. Colgó el paraguas en el perchero, se quitó el impermeable y lo puso en el gancho de al lado, todo muy metódicamente.

Se metió la mano en el bolsillo para sacar un par de guantes de látex quirúrgicos sin talco. Pequeños. Ceñidos. Se los puso y atravesó la despensa y una enorme cocina industrial hasta el comedor. Se detuvo a escuchar mientras se enfundaba bien los guantes con la mente en otra parte.

Pasó al salón, una especie de museo eterno que la única vida que veía era cuando la criada limpiaba el polvo una vez a la semana. La luz desvaída que entraba por las altas ventanas salpicadas de lluvia le valió para moverse sin problemas por la sala.

A la entrada de la estancia había un reloj de pie de más de dos metros de alto, con un péndulo parado. La parte de arriba estaba rematada por una especie de cornisa y, por detrás, en el hueco, había una CZ-75 automática negra con el cargador lleno. Llevaba allí casi dos meses.

Kroll cogió la CZ, salió del salón y cruzó el amplio vestíbulo de entrada hasta la majestuosa escalinata que llevaba a un entresuelo. La alfombra de la escalera amortiguó el sonido de los zapatos mojados durante su ascenso. Los dedos enfundados en látex agarraban el arma como si la tuviera pegada a la mano. Atravesó el entresuelo hasta un segundo tramo de escalones que le llevaron a la tercera planta.

Elise se pasaba la mayor parte del tiempo en varias habitaciones contiguas con vistas a la bahía que había en la esquina noreste de la vieja mansión.

Se detuvo en un pequeño recibidor a la entrada de sus dependencias y pegó la oreja a la puerta. Nada. Detrás estaba la sala de estar: tenía que prepararse porque cabía la posibilidad de que la sorprendiera allí.

Giró el pomo, sintió el juego de la puerta en el marco y la abrió con un rápido empujón.

Elise pegó un brinco; la había sorprendido con las manos en alto mientras se recogía el pelo en un moño detrás de la nuca. Se quedó paralizada, conmocionada. Llevaba un camisón verde esmeralda y en la mesa de centro que tenía delante había una copa recién servida. Kroll vio que los ojos de Elise reparaban en los guantes de látex, y en el arma.

—¡Ray!

El grito de Elise hizo que Lore se parase en seco, con la mano en la cisterna del váter, donde estaba sentada desnuda salvo por las bragas bajadas hasta las rodillas. Tenía la combinación que le había prestado Elise al alcance de la mano, sobre una mesita.

Oyó una voz masculina. Profunda, pausada, tranquila.

La envolvió un calor sudoroso.

Aunque Elise hablaba en voz alta, Lore no lograba entender nada. La puerta del baño estaba cerrada y entre medias había un vestidor.

Temblando, levantó la mano del tirador metálico y se incorporó. Se olvidó de las bragas por las rodillas y a punto estuvo de tropezar, pero se apoyó en el respaldo de una silla que casi vuelca. ¡Joder! Se subió la ropa interior, cogió la combinación de la mesita y se la puso.

Fue de puntillas hasta la puerta del baño y pegó la oreja con mucho cuidado.

—¿Un arma, Ray? —Elise hablaba más alto de lo normal.

Lore sintió una sacudida en la cabeza… ¡Kroll!

Si abría la puerta, el corredor amplio del vestidor la dejaría al descubierto desde algunos puntos del estudio y Kroll podría verla desde múltiples ángulos.

Tenía el móvil en el dormitorio.

Había una ventana… y tres plantas hasta el suelo.

—¿Qué es lo que pasa, Elise? —le preguntó Kroll—. ¿De qué iba el rollo de antes en el Fairmont?

La mujer estaba sentada con la espalda recta contra el sofá, una pierna pegada a la otra y las manos juntas sobre las rodillas. Era consciente de que estaba mirando a Kroll con cara de póquer. Iba a matarla.

—Ya he aguantado bastante —le respondió Elise—. No puedo seguir haciendo esto contigo. Es enfermizo, y me da asco.

—¿Haciendo esto? ¿Haciendo qué?

—No estoy muy segura, Ray —le dijo mirándole a los ojos—. ¿Qué es lo que has estado haciendo? Dímelo tú.

Kroll continuaba de pie delante de la puerta, que había cerrado tras él. En ese momento avanzó hacia ella. Seguía con el arma en la mano derecha pegada a un costado. Cogió la copa de Elise con la izquierda y le dio un trago.

A Elise los guantes quirúrgicos le resultaban más aterradores que la pistola en sí. Eran macabros. El vello del dorso de la mano de Kroll parecía un producto embalado bajo el látex.

Se quedó allí parado delante de ella, mirando hacia abajo mientras bebía.

—No lo has averiguado, ¿verdad? Antes en el hotel no estaba seguro, pero no tienes ni idea de lo que está pasando, ¿no?

—¿Qué quieres de mí?

—Todo.

—No lo entiendo.

Se quedaron mirándose y Elise vio en sus ojos que intentaba atisbar su pecho bajo el camisón.

—Poco a poco… ya te enterarás.

Elise se sintió desnuda. No quería que la tocase. Si iba a matarla… eso no, eso también no.

—No… eso no va a pasar —terció—. Sé más de lo que tú te crees, Ray.

La miró y le dio otro trago a la bebida. Era vodka. Con lima. Y hielo.

Elise observaba cómo la miraba, con una tranquilidad que resultaba repulsiva. Disfrutando de la copa y de la vista… saboreando lo que estaba por llegar. Sabía que antes de hacer lo que fuera que tuviese pensado hacer, querría metérsele entre las piernas.

—Tengo que ir al baño.

—Olvídate.

—Tengo que ir, Ray.

—Mea en el sofá.

Elise le desafió con la mirada. Se levantó lentamente, sin miedo, sin desplantes.

—Pégame un tiro si lo crees conveniente.

Rodeó el extremo del sofá y se encaminó al baño. Oyó que la seguía. Era de locos.

Las luces del vestidor estaban apagadas, solo había luz en el dormitorio. Atravesó el corredor medio en penumbra del vestidor hasta la puerta del baño. Estaba cerrada. Al abrirla vio a una Lore petrificada detrás de la puerta, fuera del campo de visión de Kroll. Elise no la miró. Se volvió para cerrar la puerta.

—Déjala abierta —le ordenó Kroll, que estaba justo delante de la puerta—. Quiero mirar. —Seguía con la copa de vodka en la mano.

Elise fue hasta el váter, se dio la vuelta, se levantó el camisón esmeralda y metió los dedos por los laterales de las bragas. Kroll se acercó a la puerta para contemplar la escena y alzó la copa para beber.

En ese instante Lore se abalanzó contra la puerta con todas sus fuerzas y se la estrelló en la cara: cristales rotos, un alarido de dolor, un cuerpo golpeando el suelo.

—¡Cierra, cierra, cierra! —chilló Elise, bajándose el camisón mientras Lore se incorporaba e intentaba alcanzar el pestillo.

La puerta se abrió como en un estallido y lanzó a Lore contra el tocador mientras Kroll se precipitaba en la habitación, intentando recuperar el equilibrio y sangrando a borbotones por las rajas que le había abierto en la cara el cristal.

Estaba mareado, boquiabierto ante la visión de la mujer del suelo, ciego de un ojo, con las piernas abiertas en su lucha por permanecer en pie y consciente. Apuntó a Elise con el arma para que no avanzase, pero volvió la cara ensangrentada hacia la mujer del suelo. La miraba con los ojos como platos, había reconocido a Lore y se le notaba la confusión en el rostro a pesar de la maraña sangrienta de cortes.

—¡Hostia puta! —mascculló entre baba y sangre. El vidrio le había practicado una raja desde la comisura del labio hasta la mejilla y tenía lascas de cristal incrustadas por toda la cara.

Lore estaba petrificada, incapaz de moverse o responder.

—Levanta —gruñó Kroll.

La mujer se incorporó como pudo del suelo, apoyándose en el tocador.

Kroll desplazó el arma de Elise a Lore. La bajó hasta la altura de la entrepierna y se la incrustó con fuerza allí mientras miraba a Elise.

—Como te muevas —le dijo a Elise escupiendo sangre— pinto el puto baño con su sangre.

Capítulo 43

Mientras conducía, Fane abrió un compartimento que había en la puerta del coche, de donde sacó su vieja Walther y comprobó la munición y el mecanismo de carga. Roma se habría puesto hecho una fiera. Esta no era, según el acuerdo mutuo desde que se hicieran socios, la forma en que hacían las cosas. Pero por aquel entonces Fane nunca habría imaginado que tendrían que vérselas con gente como Ryan Kroll.

Necesitaba una descripción de la distribución de la casa de Elise. Llamó a Vera.

Cuando llegó pasó varias veces por el cruce. Las únicas luces de la vieja mansión en penumbra eran las de las ventanas de la esquina superior, donde Vera le había dicho que estaban las habitaciones de Elise.

Aparcó calle abajo. Decidió no coger el paraguas y optó por ponerse la gabardina y un viejo sombrero de fieltro que tenía en el asiento trasero. Fuera, la lluvia apenas llegaba a llovizna mientras remontaba la cuesta.

Fue directo a la puerta del muro del jardín que había visto dos días atrás cuando había ido a inspeccionar el terreno antes de recoger a Elise en su primer encuentro. Aparte de la entrada principal y del garaje, era el único acceso a la residencia desde la calle.

Lo más probable era que la puerta estuviese cerrada; en caso contrario sería una mala señal. Llevó la mano al tirador de forja, lo giró hacia abajo y sintió que cedía.

Empujó la puerta cuidándose de no hacer ruido y entró. A su izquierda un camino llevaba a través de otra verja del muro del jardín hasta una entrada en la parte delantera. A la derecha un camino bajo una pérgola conducía a la cochera. Se decidió por la entrada de servicio y probó el pomo. Tampoco estaba cerrada con llave. Dios.

Se llevó la mano a la americana y se sacó la Walther de la parte de atrás de la cinturilla de los pantalones. Abrió poco a poco la puerta y entró en el aseo. Había una gabardina de hombre junto a un paraguas en la percha de la pared. Los tocó. Ambos estaban aún mojados.

Atravesó rápidamente la despensa y la cocina y, en vez de por el comedor, cruzó por el ancho pasillo que llegaba hasta el vestíbulo de entrada. Sin perder tiempo subió las escaleras en curva hasta la segunda planta y luego dejó atrás el entresuelo para subir el segundo tramo de escalones.

No le costó mucho encontrar la puerta de las habitaciones de Elise. Se paró entonces para quitarse la gabardina y el sombrero, que dejó en el suelo sin hacer ruido, en una esquina del pequeño recibidor. Se acercó a la puerta y pegó la oreja con cuidado. Nada.

Aquel era el momento tonto: si tenía suerte y el estudio estaba vacío, las probabilidades de oírlos en uno de los cuartos sin que supiesen que estaba allí eran altas; pero era simple y llanamente una cuestión de suerte.

Kroll estaba en una banqueta junto al lavabo mirando de reojo a ambas mujeres, sentadas las dos en el suelo con la espalda contra la mampara de cristal de la ducha. Seguía sangrando de la herida que unos trozos de cristal le habían hecho en el pómulo, justo debajo del ojo izquierdo. Por ese mismo lado tenía la boca hinchada, aunque la hemorragia se había detenido.

Lore le había quitado los trozos más grandes; lo había hecho lo mejor que se podía con un cañón de una CZ contra la entrepierna. Nadie habló. Kroll había estado a punto de perder el conocimiento con el golpe de la puerta, pero minuto a minuto se le iba despejando la cabeza. El dolor atroz que sintió mientras Lore le quitaba los cristales de la cara lo ayudó.

En ese momento lo único que estaba haciendo era mirarlas fijamente, sin dejar de apuntarlas con la pistola.

—¿Qué está pasando aquí? —preguntó Kroll. Ambas mujeres le miraron, paralizadas—. Elise, ¿de qué coño os conocéis las dos?

La cara de Elise era un poema.

—¡Me cago en...!

—Mira... mira —tartamudeó Elise—, la verdad... la verdad es que estamos teniendo una aventura.

—¿Que qué? —¿Cómo demonios podía habérsele pasado algo así?—. Joder. —No se lo creía.

—Hace... hace ya un tiempo que nos vemos —prosiguió Elise—. Nadie lo sabe, y...

Kroll movió lentamente la CZ hacia Lore, apuntándole de nuevo entre las piernas. Las dos estaban sentadas con las rodillas por delante, las bragas entreviéndose bajo sus cortos camisones.

—No estoy de humor para andar con mierdas. Dime lo que está pasando ahora mismo. Y no me mientas —le dijo a Elise.

Fane giró lentamente el pomo de la puerta y la abrió.

Nadie.

Asimiló rápidamente la disposición de los cuartos, comparándola con la descripción de Vera: un pasillo hasta el dormitorio a través de un enorme armario-vestidor, a la izquierda la puerta del baño y a la derecha la del dormitorio. En el vestidor no había luces pero más adelante sí.

Escuchó la voz de Elise, aunque tan baja que no pudo distinguir lo que decía. Luego una voz de hombre en tono conversacional, ni de pelea ni de amenaza. Pero ¿por qué en el baño? ¿Y dónde estaba Lore?

Para llegar había que atravesar el amplio pasillo del vestidor, a lo largo del cual se extendía una alfombra persa que amortiguaba el sonido. Vislumbró algo cerca de la puerta del baño. Relucía. Cristal roto.

Fane avanzó de puntillas por el vestidor en penumbra y se detuvo a solo unos pasos del baño.

La voz de Lore. Alguien se estaba moviendo dentro. Fane no podía acercarse más y seguía sin entender lo que decían.

Tenía que asumir que Kroll iba armado, de modo que debía pillarle desprevenido. Lo malo era que los sorprendería a los tres a la vez, y eso podía suponer un problema. Así y todo, tenía que hacer que salieran del baño y necesitaba una ventaja táctica.

Sacó el teléfono y llamó al móvil de Elise, que sonó en el estudio.

Elise se quedó helada, con los ojos clavados en los de Kroll mientras el teléfono sonaba una y otra vez.

—¿Esperabas la llamada?

Elise sacudió la cabeza:

—No.

—¿Quién sabe que estás aquí?

—Nadie... o sea, quiero decir, que yo siempre estoy aquí...

La asimetría en el rostro de Kroll seguía aumentando con el ojo izquierdo cerrado del todo y la parte izquierda de la boca desbordándose de su forma. Aun así Elise notaba que las respuestas que le daba a sus preguntas le alteraban. Su instinto debía de estar diciéndole que le mentía.

En ese preciso instante parecía estar pensando que el sonido del teléfono era otro esfuerzo deliberado por parte de ella de confundirle. Callado, la fulminaba con el único ojo bueno. Elise tenía la impresión de que cada timbre le empujaba más al borde del ataque.

El sonido paró.

Por increíble que pareciese, empezó a sonar otro teléfono. Esa vez en el dormitorio.

Lore se quedó de piedra:

—El mío.

—¿Qué está pasando aquí?

Kroll lo dejó sonar... cinco veces y silencio. No era ninguna coincidencia. La cosa estaba pasando ya de castaño oscuro. Por unos momentos se sintió desorientado, pero luego ató cabos.

—¿Quién coño sabe que estáis aquí las dos juntas esta noche?

—Nadie —contestó Lore demasiado rápido.

—Quiero saber quién coño es —le instó Kroll a Elise. Se levantó y señaló la puerta con el arma—. Levanta.

Reculó hasta fuera del baño y se detuvo, de pie sobre los trozos de cristal roto.

—Yo me quedo aquí —le dijo, apuntando a Lore con la pistola y señalando hacia el estudio con la cabeza—, tráemelo.

El teléfono estaba sobre la mesa de centro, delante del sofá donde se sentaba Elise cuando apareció Kroll. Pasó a su lado y atravesó el vestidor hasta el estudio. Cogió el móvil y miró las llamadas perdidas: «Townsend». Dios, ahora se lo tendría que explicar a Kroll.

Emprendió el regreso por el vestidor. En cuanto se internó en la penumbra vio el perfil de Fane a la izquierda de la puerta. Kroll no pudo ver la reacción de Elise gracias a la oscuridad relativa del vestidor y a su deteriorada visión. Fane se puso el arma cerca de la cara para que ella la viese, y un índice en vertical sobre los labios.

Aunque no dejó de andar, el corazón le dio un vuelco y se le disparó.

Kroll le arrebató el teléfono a Elise, lo puso a la altura de su ojo bueno y luego la miró:

—¿Quién es este?

De repente volvió a sonar el teléfono de Lore.

—Trae aquí ese chisme —le ordenó Kroll a Elise, que fue al dormitorio, rebuscó entre las ropas de Lore que estaban encima de la cama y cogió el teléfono.

Se lo llevó a Kroll, que miró la pantalla y lo volvió hacia ella. «Townsend», ponía.

—¿Quién coño es?

—Townsend —le explicó Elise a Lore.

—Ella seguirá llamando —dijo Lore sin perder un segundo—. Íbamos a hacer un trío.

A Elise le sorprendió la rapidez mental de Lore. Se le iba a salir el corazón por la boca. Kroll estaba mirando hacia las sombras del vestidor. De ella dependía facilitarle a Fane una oportunidad; tenía que conseguir que Kroll se girase. Fane necesitaba un ángulo muerto.

Marten tendría que ser capaz de saber si Elise le estaba dando lo que necesitaba solo de oído. Kroll estaba a apenas un par de pasos, apoyado contra la puerta del baño.

—Vale —dijo Elise de repente—. Ya está bien. O nos pegas un tiro o nos dejas que nos pongamos algo. Mírala. —Señaló a Lore, que todavía estaba sobre el frío mármol del suelo abrazada a sí misma—. Se está congelando. Venga, Lore.

—Quietecita ahí —le dijo Kroll a Lore, y luego a Elise—: Ve a por dos batas.

Elise se dio la vuelta y se adentró en el vestidor, mirando de reojo a Fane mientras cogía las batas de las perchas. Este levantó ambas manos como si sujetara la ropa. Elise asintió.

Acto seguido regresó al baño con las dos batas suspendidas delante de ella.

—Tengo estas dos...

Fane apartó a Elise de delante de la puerta del baño y golpeó la Walther contra la cara de sorpresa de Kroll, que dio un traspié y se tambaleó hacia atrás, gritando del dolor y la furia. Pegó un tiro al aire contra la pared del baño mientras Fane le hacía retroceder y le embestía una segunda vez con la pistola en la cara, intentando dejarle sin conocimiento. Kroll volvió a disparar a lo loco y Fane le atizó un puñetazo en la mano de la pistola que fue a impactar contra la muñeca y los dedos, que soltaron la CZ al suelo. Como por instinto, la mano libre de Kroll se agarró a la ropa de Fane y le asió por la solapa, mientras enterraba su cara sangrienta en la pechera en un intento desesperado por protegerse de la lluvia de golpes castigadores de Fane. Con una resistencia increíble Kroll trató de contraatacar valiéndose de su mano lisiada, que blandía contra la cabeza su agresor mientras seguía agarrado a él con la mano buena.

De repente Fane cogió a Kroll del pelo, le echó la cabeza hacia atrás, puso la Walther entre ambos y le metió el cañón en la boca. Kroll dejó de retorcerse, al tiempo que babeaba sangre e intentaba coger aire. Se quedaron mirándose fijamente, cara a cara destrozada, con la Walther mediando entre ellos y el cañón bien dentro de la garganta de Kroll, que calculaba sus posibilidades.

Fane notó cómo le soltaba poco a poco la ropa e intentaba respirar ruidosamente, sin resuello, sufriendo lo suyo por no ahogarse en su propia sangre. Empezó a venirse abajo, jadeando, con la cabeza todavía hacia atrás sujeta por el otro. Hincó las rodillas en el suelo.

Fane retiró la Walther y la estampó contra la cara alzada de Kroll una vez… y otra… y otra, hasta dejarlo sin sentido.

Capítulo 44

Roma contestó al teléfono al primer tono.

—Marten. Eh, no puedes ni imaginarte lo que nos estamos encontrando aquí…

—Luego me lo cuentas. Necesito ayuda.

Hubo una pausa de un par de segundos tras la cual Roma dijo:

—Vale.

En un momento la puso al tanto.

—Estoy en casa de Elise. Hay una puerta en el muro del jardín, por el lado de la casa que da a la calle Broadway. Entra y llámame.

—¿Qué pasa?

—Tengo aquí a Kroll.

Colgó. Veinte minutos por lo menos.

Kroll estaba todavía inconsciente en el suelo y sangraba sin parar. El cañón de la Walther de Fane le había abierto las heridas de mala manera y le había practicado nuevos cortes en la cabeza y encima del ojo bueno, que ahora también estaba hinchado. Cuando volviese en sí se iba a sentir como uno de esos presos a los que interrogaba en los centros de detención.

Fane le presionaba un trapo húmedo en las heridas más graves. Lore estaba de pie en medio del baño, mirando boquiabierta por turnos a Fane y a Kroll, conmocionada todavía por el asalto repentino del primero.

—Madre mía… vaya… vaya locura —decía—. No me lo puedo creer.

—¿Tienes Valium o algo parecido? —le preguntó Fane a Elise, que estaba junto a la puerta.

Fue al botiquín, cogió un frasco de pastillas y se lo tendió.

—Lore, deme un vaso —le dijo Fane, y luego a Elise—: ¿Sabes si hay algún rollo de cinta americana o algo así en alguna parte?, ¿en el garaje tal vez, o donde las herramientas?

—Creo que sí —respondió Elise, y salió.

—Lore, tráigame el cinturón de bata más fuerte que encuentre. O algo parecido.

—Voy, voy —dijo, empezando ya a pensar, trayendo la cabeza al momento presente.

Los veinte minutos pasaron rápido y para cuando Roma llamó desde el aseo de abajo y subió corriendo por los dos tramos de escaleras, Kroll estaba en una silla del dormitorio con las manos atadas con la cinta y los pies amarrados de tal forma que solamente podría arrastrarlos llegado el momento. Aunque Fane le había dado un único comprimido de una dosis moderada, cinco miligramos, ya le había hecho efecto. Se mantenía en un silencio amodorrado, con la cara tremendamente hinchada y apenas sujeta por un *collage* de vendas.

Roma miró horrorizada las ropas ensangrentadas y desaliñadas de su compañero y luego a Kroll; Fane habría jurado que se puso lívida.

—Santo dios, Marten.

—Tenemos que hablar ahí dentro —le dijo Fane señalando el estudio—. Elise, vigílale, pero a distancia.

La mujer sacudió la cabeza, apartando los ojos de Kroll.

—Yo no puedo estar aquí con él —dijo mientras retrocedía hacia el baño—. Yo me quedo aquí.

—Yo le vigilo —se ofreció Lore rápidamente.

—Quédate donde pueda verte —le dijo Fane, y acto seguido él y Roma se dirigieron al estudio.

Lore no se acercó mucho a Kroll pero se quedó en la puerta del vestidor, desde donde podía verle tanto a él y a Elise como a Fane.

—¿Qué habéis encontrado en los archivos? —le preguntó a Roma, bajando la voz mientras entraban al estudio. La cabeza le iba a explotar. Sabía lo que iba a hacer con Kroll pero deseaba que Roma hubiese hallado algo en los archivos que le diese una línea alternativa de acción.

—¿Te encuentras bien? —le preguntó Roma, mirándole

de nuevo la ropa; aunque no estaba preguntándole por la ropa, y él lo sabía.

—Sí, estoy bien.

Roma asintió, tenían que seguir.

—Bueno, cuesta creer mucho de lo que hay en los archivos, la verdad. En primer lugar llevaba un diario encriptado en uno de los portátiles. —Empezó a hablar con un tono sereno y ágil—. En realidad no es un diario exactamente, es más bien una agenda, como si la usase solo para tener organizadas las cosas. Me he remontado un año atrás. Diste en el blanco con tu teoría. Al tener acceso a los archivos de Vector sobre Currin fue cuando Kroll descubrió que su mujer estaba en terapia. De eso hace casi un año.

»En cuestión de semanas, después de su primer allanamiento de la consulta de Vera, recopiló una lista de nombres de posibles objetivos entre los historiales. Por esa misma época Stephen List fue asesinado… aunque Kroll no menciona nada de eso en su agenda.

—Stephen y Vera compartían consultas —comentó Fane—. Seguramente Stephen encontró algo que ponía en peligro los planes de Kroll. Tenemos que…

—Espera —le interrumpió Roma—. Hay mucho más. Kao ha encontrado algo en otro ordenador que responde a muchas preguntas. Los «experimentos» de Kroll cuando estaba con los programas de interrogatorios consistían en ver si podía crear una forma más sutil de manipulación de prisioneros. Tenía acceso a los historiales psicológicos de muchos de esos presos… —Roma cabeceó como si no diera crédito a lo que estaba a punto de decir—. Al parecer le «daban» a él a esos prisioneros una vez que creían haber conseguido todo lo que podían de ellos. Kroll utilizaba entonces la información de los historiales para… para hundirlos en la desesperación. Diseñó un programa propio con el que manipulaba a esos desgraciados hasta que se suicidaban. —Fane estaba asimilando sus palabras como buenamente podía—. Por increíble que parezca logró hacerlo en ocho ocasiones antes de que le mandasen de vuelta a Estados Unidos. Fue entonces cuando se rompió su relación con la CIA. Lo más inquietante de todo es que Vector sabía todo eso antes de contratarle. No me extraña que hayan reducido su «expediente oficial» a una página. —Fane no daba crédito, pero Roma continuó—. Así que, después de desaparecer de Vector, en los diarios se ve que empieza a redactar un archivo extraño en el que va formando listados sobre «B. W.», una especie de perfil psicológico: vulnerabilidades, inseguridades, obsesiones... Uno de ellos era una lista de puntos «explotables». Por el contexto yo diría que estaba hablando de una mujer, una de las pacientes de Vera.

Fane sabía quién:

—Britta Weston.

—Será esa. Al final habla de «haberla presionado demasiado rápido», y sobre lo complejo que resulta ajustar su sistema a las diferencias psicológicas entre sujetos curtidos en guerras y mujeres civiles... Es una auténtica locura. Luego cuenta que B. W. se estaba empezando a asustar, que no podía recuperarla y tendría que empezar de cero. Se deshace de ella.

—La mató... No se suicidó.

—Y en ese punto los diarios muestran que justo después se pone a recopilar datos de Elise. Un par de semanas más tarde Lore entra en escena.

A Fane le asombraba la eficiencia con la que Kroll había desvalijado a las pacientes de Vera. Habían sido blancos penosamente fáciles para él.

—¿Qué más? —preguntó Fane. En tales circunstancias la pregunta resultaba un tanto morbosa.

—Por ahí iba cuando me has llamado. A saber qué aberraciones habrán descubierto Bücher y Kao en esos ordenadores.

Fane volvió a sacudir la cabeza. Era demasiado.

—Ha estado muy cerca —comentó—. Quién sabe cuánto tiempo más habrían aguantado lo que les estaba haciendo.

A través del vestidor buscó con la mirada a Lore, que seguía en bata bajo la luz del baño y hablaba en susurros con Elise, que estaba fuera del encuadre, al otro lado de la pared del baño.

Roma siguió los ojos de Fane y luego se quedó mirándole a él:

—¿Qué vamos a hacer?

—Sacarle de aquí —le respondió Fane—, ahora mismo.

ϒ

—¿Encargaros de él?, pero... ¿cómo exactamente? —La voz de Lore subió de tono, ansiosa. Se había plantado delante de la puerta del estudio. Kroll estaba medio grogui en una silla de respaldo recto, no muy lejos. Lore les había franqueado la salida, exigía saber más.

—Lore —le dijo Fane—, no tiene que preocuparse por eso. Ese es mi trabajo.

Lore montó en cólera:

—Perdone usted, «Townsend» —le increpó, y ese «Townsend» tenía un tono de burla con el que quería hacerle ver que no se dejaba impresionar por su alias de pacotilla—, ¡estamos hablando de mi vida! Y desde luego, mi vida le gana a su trabajo. Quiero saber lo que van a hacer con él. No quiero volver a verle la cara a esa basura humana en mi vida... ¡nunca más! ¡Después de todo el... infierno que he... que hemos... —hizo una seña hacia Elise, que estaba junto a la puerta del vestidor— ... pasado con ese animal, no creo que tenga ningún derecho a decir que no me va a contar lo que va a hacer con él, «Townsend»!

Fane intercambió una mirada con Roma, que arqueó una ceja que venía a decir: «Pues aquí la mujer tiene algo de razón». Y Fane estaba de acuerdo en parte. Pero tampoco era buena idea contarle todo lo que quería saber, y no estaba dispuesto a hacerlo.

—Ya sabe por qué no le podemos llevar a la policía. Va a tener que ser otra cosa. —Lore torció el gesto—. Yo me encargaré de todo —sentenció Fane sin mudar el tono.

—¿Eso es todo? —Lore se sentía insultada.

—Lea entre líneas —le aconsejó Fane en el mismo tono. No tenía tiempo para aquello.

—Pero ¿cómo narices vamos a saber...?

—¡Lore! —Elise se había acercado. Le pasó el brazo por encima y tiró de ella—. Venga, déjales que lo resuelvan. Ya se asegurarán de que...

—Pero...

—¡No nos lo pueden decir, Lore! —exclamó Elise.

Los ojos de Lore buscaron los de Elise y por unos segundos

se quedaron mirándose hasta que la primera se zafó del abrazo y salió del cuarto enfadada.

—Gracias —le dijo Roma a Elise. Fane ya tenía la puerta abierta y estaba desatando a Kroll de la silla.

Capítulo 45

A las diez y media Fane hizo una llamada breve y acelerada a Moretti: una pregunta, un repaso, y luego instrucciones precisas.

Llamó a Bücher y le dijo que se encontrase con él y con Roma en un aparcamiento cercano a la calle California con la Veintisiete. Fane necesitaba que le dejase un micro.

Mientras tanto Roma llamó a Libby para hacerle saber que estaba volviendo con Fane a la zona de vigilancia. También le dijo que alejase a todo su equipo del barrio y esperase instrucciones.

Cuando pararon detrás de la furgoneta de Bücher en el aparcamiento de una cafetería de la calle California apenas habían pasado unos minutos de las once. Bücher le dio el micro y Fane le dijo que cortase la retransmisión de todas las cámaras y las escuchas salvo para el Mercedes de Fane. Bücher se conocía el paño: lo que no se veía ni se oía, no se sabía… y no había por qué.

Con Bücher y el equipo de vigilancia de Libby ya lejos del barrio de Sea Cliff, Fane y Roma entraron con el coche en el recinto de la casa de Kroll y aparcaron delante de la entrada de la planta baja. Sacaron del Mercedes a un Kroll grogui y se dedicaron a la laboriosa tarea de meterle en el ascensor y subirlo hasta el dormitorio.

A las once y treinta estaban arrastrando a Kroll hasta la cama, atado todavía de pies y manos. Fane instaló entonces el micro en una esquina del cabecero.

Estaban los dos dentro del Mercedes en la calle Sacramento, justo enfrente del centro médico Pacific, donde un coche aparcado con dos personas dentro no llamaba mucho la atención. Se estaban tomando un café mientras contemplaban a Kroll inerte en el monitor, dividido en cuadrantes; tres de ellos retransmitían en directo lo que captaban las cámaras que Bücher había colocado unas horas antes.

—¿Cuánto crees que les llevará? —preguntó Roma.

—No tengo ni idea. Di por hecho que desde el momento en que Parker le dijo a Shen que Vector lo quería y yo accedí a entregárselo, pondrían un equipo de guardia. No debería llevarles mucho tiempo. Si yo fuera ellos ya estaría allí. Por lo que a Vector respecta Kroll es una bomba de relojería. Y nosotros no sabemos ni la mitad.

—¿Saben el estado en que está?

—Se lo he contado a Shen. Le he dicho hasta la hora a la que se le pasaría el Valium. Si quieren cogerle antes de que se fugue, solo tienen un par de horas.

—Pero de la cámara y del micro no le has dicho nada, ¿no?

—No. No había por qué. Sabrán que quienquiera que les esté entregando a ese tío querrá asegurarse de que lo han recogido, de que no va a ir a ninguna parte.

Dieron un trago al café. La llovizna se mezclaba ahora con la niebla. Había sido una noche de aúpa, y Fane estaba empezando a sentir el cansancio que sobreviene tras una descarga de adrenalina. Era admirable lo bien que estaba conteniendo Roma su rapapolvo. Le echaría la bronca por lo que había hecho, pero cuando llegara la hora. En ese sentido su delicadeza con él era impecable.

La mujer apareció flotando en el marco de la imagen como un espectro. Fane y Roma la vieron por unos segundos antes de dar crédito a sus ojos, antes de poder reaccionar.

—Aah... mira... —Roma se incorporó en el asiento, rígida.

Fane se puso tenso.

Estuvo solo un momento en el primer cuadrante, el de las escaleras de entrada, y luego desapareció. Se pegaron más a la pantalla.

La mujer entró por el segundo monitor, el del pasillo principal de la segunda planta. Llevaba un impermeable y una peluca rubia hasta los hombros —tenía que ser una peluca— que le caía a ambos lados de la cara, ocultándole las facciones. Inspeccionó las habitaciones vacías y salió del encuadre al doblar la esquina.

Un minuto después la cámara del dormitorio captaba su silueta desdibujada junto al umbral del cuarto de Kroll; se desplazó entonces por la luz irregular.

—Dios mío —exclamó Roma entre dientes.

La mujer se detuvo en medio de la habitación, con las manos en los bolsillos del impermeable. Tras ese titubeo breve se acercó a la cama y se quedó allí mirando a Kroll. No habrían podido decir si se sorprendió al ver el estado de su cara.

—Ryan —murmuró.

Ninguna reacción.

—Mira —dijo Fane señalando el primer cuadrante. Se entreveía una figura con una sudadera con capucha al borde del plano, esperando junto a la puerta de la calle.

En el dormitorio de Kroll, la mujer de la peluca rubia sacó la mano del bolsillo y le tocó el pecho.

—Ryan —repitió ella. Había pasado bastante rato y a Kroll ya se le habría pasado la modorra del Valium, de ahí que en ese instante volviese la cabeza hacia la mujer—. ¿Me oyes? —le preguntó. Kroll asintió con un gruñido.

La mujer se agachó y se inclinó con cuidado sobre él, tan cerca de Kroll que los labios debieron de rozarle la oreja. La barbilla de él se alzó ligeramente mientras le hablaba. El micro del cabecero no captó nada más que sibilantes, fricativas, oclusivas, sonidos vocálicos entrecortados.

Para Fane, que miraba y se esforzaba por oír lo que decía la mujer, cada sílaba ininteligible que pronunciaba era una tortura. Pero no duró mucho.

La mujer se incorporó, sacó un arma del impermeable, fijó el cañón entre los ojos de Kroll y le disparó dos veces.

Se dio la vuelta y salió de la habitación.

El corredor de *jogging* encapuchado que esperaba abajo pegó un brinco hacia las escaleras al oír los dos tiros.

Fane y Roma se quedaron obnubilados ante el monitor,

donde la vida de Kroll se derramaba por la cama, cubriendo las colchas de negro a su alrededor.

—¿Qué acaba de suceder? —Roma estaba horrorizada.

—Espera. —Fane vio a la mujer pasar como un rayo por el segundo cuadrante del monitor y un minuto después por el primer cuadrante, donde el encapuchado tenía ya sujeta la puerta abierta.

Acto seguido desaparecieron.

—¿No pensarás que...? —Roma empezó a marcar un número.

Fane puso la mano sobre las de ella para detenerla. Sabía que estaba llamando a Elise. Se miraron.

—Puede que fuese gente de Vector —le dijo—. No lo sabemos. No queremos saberlo.

Alargó la mano para apagar la retrasmisión de las cámaras. Se había acabado.

Capítulo 46

Se quedaron un rato sin terciar palabra. La lluvia se reanudó y empezó a aporrear el techo del Mercedes con un arrullo sordo. Caía con fuerza sobre las calles, formando una capa turbia de charcos de un palmo de profundidad.

Aunque resultaba absurdo, Fane estaba pensando en que no sabía qué cara tenía Kroll. Ya estaba deformada cuando le entrevió en ese milisegundo antes de pegarle con el cañón de la Walther. Cuando acabó con él estaba irreconocible. Tampoco había trascendido ninguna fotografía suya, y probablemente nunca lo haría. En la autobiografía de Kroll su cara sería su último secreto.

—Dios santo —repitió Roma.

Fane hubiese preferido permanecer en silencio pero la mente de Roma estaba rumiando.

—Lo que me fastidia de este asunto con Kroll es que no ha sido más que un vistazo entre bambalinas. A saber lo que habríamos visto si hubiésemos podido tener levantado el telón más tiempo.

Fane compartía su frustración. No podía quitarse de encima la sensación de que habían estado a nada de algo terrible, pero se lo habían perdido justo antes de llegar a entender qué estaban viendo.

—Repasemos nuestro anonimato —terció Roma, mirando de frente a la lluvia tras el parabrisas—. A través de Elise y Lore no somos vulnerables. Tú siempre has usado «Townsend», ¿no es así?

—Sí.

—Somos vulnerables por parte de Vera.

—Como siempre lo somos con los clientes.

—Pero esta vez tenemos a Vector.

—Ellos no conocen a Vera. Solo saben que alguien estaba buscando a Kroll, pero no por qué. Alguien le ha encontrado y ha querido dejarle en sus manos.

»Eso es todo lo que saben. Todavía no tienen ni idea de quiénes somos.

—Pero la muerte de Kroll no les va a frenar, van a seguir intentando averiguar quién se lo ha puesto en bandeja. Asumirán que Kroll tiene ordenadores que contienen información perjudicial para ellos, y que quienquiera que les haya entregado a Kroll ahora los tiene en su poder.

—Ya.

—De modo que aquí no ha acabado nada.

La lluvia tamborileó algo más fuerte por un momento para al cabo reanudar su ritmo uniforme.

Roma se quedó callada. A pesar del modo renqueante en que había terminado el caso, las identidades de Fane y su equipo permanecían ocultas. La única excepción era Vera List, quien en realidad deseaba mantenerlas en secreto más que ellos mismos.

Pero Vector, el titán del trabajo sucio, seguía suelto, y la mancha de sus negocios oscuros se había filtrado hasta su órbita a través de los delirios de Kroll. Fane sabía que no le resultaría fácil borrar de sus asuntos esa mácula.

Contempló el perfil de Roma contra la luz cuarteada que entraba por la ventana en lluvia. Aunque la colombiana trataba de mostrarse estoica ante ese negocio de los secretos, en realidad la había privado de su familia, un precio muy alto por vivir en los márgenes de su incertidumbre.

Por supuesto, Fane sabía que su compañera estaba considerando las sombrías perspectivas que habían generado al despertar a Vector..., y en lo cerca que habían estado de descubrirse a sí mismos.

Para Fane, en cambio, el secreto no era algo incompatible con él. Ni lo temía ni lo odiaba. Lo aceptaba por lo que es: otro dilema moral que define lo que significa ser humano. El hombre es indisociable de los dilemas éticos de sus secretos, de lo que son, de quién los guarda, quién no... y por qué.

Ya no recordaba cuándo había dejado de desear que la vida fuese distinta a como era. Pero sí que recordaba lo que dolía desearlo. Mirando en ese instante a Roma se dio cuenta de que tal vez incluso sentía cierta nostalgia por el dolor.

Roma volvió la cabeza, hacia la lluvia, y Fane arrancó el coche.

Habían pasado solo unos minutos de la medianoche cuando Fane estacionó el Mercedes detrás del todoterreno de Roma en Pacific Heights. La lluvia había hecho una pausa. Cansados de estar sentados en el coche salieron y se quedaron en la acera bajo los ficus goteantes.

Ambos estaban agotados: las posibles implicaciones de los frenéticos acontecimientos de los últimos cinco días tendrían que esperar a conversaciones posteriores.

—¿Vas a ir ahora a ver a Vera? —le preguntó Roma al tiempo que sacaba las llaves del bolso.

—Es mejor no demorarlo. Tiene que saber que Kroll ha muerto, que se ha acabado.

No distinguía bien la cara de Roma bajo la luz lluviosa de la calle, solo un destello pálido sobre el puente de la nariz, un triángulo amarillento sobre un pómulo prominente. Ninguno de los dos lograba leer el vocabulario del rostro del otro. Pero Fane notaba la mirada de ella fija en las cuencas oscuras de sus ojos. Era como mucho una comunicación mixta, abierta a interpretación, igual que otras muchas cosas que habían pasado en los últimos días.

Roma se acercó a él y le rodeó con los brazos. Sorprendido, Fane la abrazó a su vez.

Si, al rememorarlo, habría quien diría que se quedaron así más tiempo de la cuenta, si Fane recordaba demasiado bien el calor de la cara de Roma contra su cuello, y su olor, sería sin duda por un fallo de evocación, una jugarreta de la memoria.

Sin mediar palabra, Roma se dio media vuelta, abrió el todoterreno, se montó y se fue. Fane se quedó mirando hasta que se perdió de vista. En unos minutos iría a ver a Vera List. La hora no importaba; sabía que estaría esperando a que la llamase. Pero no se movió. Respiró lenta y profundamente e intentó no pensar en nada, con la mente puesta en las luces aureoladas de niebla pendiente abajo.

Y entonces empezó a llover.

Se montó en el Mercedes y arrancó el motor. Cambió el sentido de la marcha y puso rumbo a la casa de Vera en Russian Hill.

Epílogo

(Tres meses después)

Capítulo 47

Era bien entrada la noche y me encontraba en el estudio terminando una larga conversación con Roma, que se encontraba en Nueva York tras una pista de un nuevo encargo que estábamos considerando. Cuando colgamos regresé al sofá y a mi ejemplar trasnochado de e. e. cummings. El teléfono volvió a sonar entonces.

—Marten, ¿es segura la línea?

Era Shen Moretti. Sabía que no había problema para hablar, pero era su forma de avisarme de que la cosa era seria, por si había alguna razón por la que no debiésemos hablar en ese momento. Le dije que adelante.

—Acaba de llamarme Parker. Alguien de V. S. quiere hablar contigo.

Hacía un tiempo que me había dedicado a pensar en Vector Strategies, ahora ni ganas que tenía. Después de la muerte de Ryan Kroll me llevó un mes o así sacarme de la cabeza toda la operación Vera List. Siempre se da un periodo de reajuste cuando se acaba un trabajo. Durante un plazo de tiempo se convierte en toda tu vida hasta que luego, de repente, ya no está. Pero el suplicio de Vera apenas había durado una semana, una corta e interminable semana de mucha intensidad; la manera en que esta historia se había quedado conmigo era desproporcionada teniendo en cuenta el poco tiempo que había empleado en ella. Me había desestabilizado bastante.

Entre tanto Roma y yo nos embarcamos en nuevos proyectos, aunque lo hicimos con paso más cauteloso, y leímos más atentamente los matices que acechaban entre líneas. La llamada de Shen era un desagradable latigazo que nos devolvía a hacía tres meses.

—¿Alguien?

—Dice ser alguien importante. Un jugador de primera fila. Quiere concertar un encuentro.

—¿Por qué iba a hacer yo eso? —pregunté.

La perspectiva de una cita con un miembro de Vector, por muy bien situado que pudiese estar en la corporación, me producía cierto recelo. Ya de por sí tenía la sensación de que mi anonimato con esas personas estaba en la cuerda floja.

—Por las respuestas, me ha dicho.

—¿Y por qué iba él a querer darme respuestas a mí?

—No lo sé, Marten. ¿No las quieres?

No se merecía siquiera una respuesta, y no se la di. Pero Shen esperó. Estaba en una situación delicada, él conocía a ambas partes de ese extraño acuerdo y mantenía oculta de los unos la identidad de los otros. Al dejarle ser nuestro intermediario nos estábamos demostrando entre nosotros que confiábamos en él. Shen no me habría venido con esa historia si no pensase que había razones legítimas.

Yo sabía lo que estaba haciendo Shen, con esa espera suya en silencio, como si hubiese alguna razón para dudar sobre lo que yo iba a hacer. Me conocía demasiado bien, sabía lo que seguiría.

—Yo decido la seguridad —le dije.

—Sin problema.

El encuentro se celebró dos noches más tarde en la calle Powell, en un punto en el que esta descendía en picado hacia Market. Shen y yo ya habíamos usado antes ese mismo sitio para situaciones parecidas, y él estaba familiarizado con la dinámica. Yo ya había estacionado en lo alto de la cuesta cuando el todoterreno de Shen dobló por Powell desde una perpendicular algo más abajo de mi posición y aparcó junto a una hilera de ficus.

La persona con la que me iba a ver no tenía ni idea de dónde estaba yo, aunque seguramente habría supuesto que no andaba muy lejos. Me vibró el móvil. Shen me dijo que le iba a pasar el teléfono encriptado al hombre del asiento de atrás. Se produjo un silencio y vi que Shen se bajaba del Land Rover y cruzaba en diagonal hasta el café Roxanne de la esquina, donde esperaría el tiempo que durase nuestra conversación.

—¿Está bien así? —dijo el hombre. Tenía una voz melodiosa de barítono, sin tensiones.

—Adelante.

—Me parece bien el anonimato mutuo. Será más fácil de mantener si ambos queremos lo mismo.

No capté muy bien aquella observación y él tampoco me dejó tiempo para responder.

—Mi gente da por hecho que el fallecido tenía ordenadores, y que contienen mucha información sobre nuestro establecimiento. Información que nos compromete. —Hizo una pausa para darme tiempo a corroborar. No lo hice—. Cuando este individuo vino a nosotros nos ofreció un *pack* de habilidades bastante... peculiares —explicó el hombre—. ¿Sabe a lo que me refiero? Porque no estoy hablando de sus credenciales o de su adiestramiento. De esa clase de gente tenemos a puñados. Pero él nos ofrecía algo concreto. —Hizo una pausa—. No sé qué es lo que usted sabe... lo que ha averiguado por los ordenadores. ¿Me entiende?

—¿Sobre lo del «*pack* de habilidades especiales»?

—Ajá.

—¿Habla de sus experimentos?

—En otro país, sí.

—Sí. —Aunque el lenguaje velado amenazaba con volverse borroso del todo, ninguno de los dos parecía dispuesto a aclararlo. En un negocio así la paranoia, como una fiebre leve, siempre acecha justo bajo la superficie.

—Vale, bien, pues eso es lo que nos ofrecía. No podía utilizarse para todo tipo de situaciones, desde luego. Era obtuso, complicado, dependía de su instinto, de cómo manejase el asunto. Pero era inteligente, genial. Y en las circunstancias en las que podía utilizarse, era brillante, perfecto.

»Pero la propuesta fue motivo de una acalorada polémica en el seno de nuestro establecimiento. Aun así al poco tiempo le contratamos, como hacemos con otros muchos con sus credenciales, y lo pusimos a trabajar en cuentas de categoría mientras debatíamos sobre su oferta.

Aquello era toda una revelación: ¿Vector estaba considerando la posibilidad de contratar a un asesino? Y la primera persona del plural también era reveladora. Si ese hombre tenía un puesto dentro de la estructura de Vector que requería tomar parte en un debate interno sobre si contratar o no a un asesino, entonces estaba impresionado. No cabía duda de que ese hombre pertenecía al escalafón superior de la corporación global, era posible que fuese uno de solo una media docena de personas, como mucho.

—Al final nos dividimos sobre si aceptar o no su oferta. Yo estaba en el bando de los de «no lo hacemos». Y perdimos. Pero los que se impusieron querían garantías por su parte. Dado que solo lo había hecho en esos sitios especiales en otros países, querían que demostrase que era capaz de hacerlo bajo circunstanciales «normales». Accedió a mostrárnoslo.

»Estuvo trabajando en una cuenta y sabía que la esposa del sujeto estaba viendo a cierto especialista médico. Puso la mira en la esposa y en otra mujer. Aseguró que podían valerle. Por increíble que parezca, nuestra gente le dio luz verde.

El hombre hizo una pausa. Cuando volvió a hablar, noté en su voz que le había dado una larga y profunda calada a un cigarrillo. Vi una bocanada de humo salir por la ventanilla del copiloto del coche de Shen.

—A ver, que me aclare —le dije—. ¿Me está diciendo que usted se oponía a aceptar la línea de trabajo de ese hombre, o únicamente se oponía a su técnica peculiar en particular?

Se trataba de una pregunta con miga: ¿se oponía a que Vector estableciera un departamento de asesinatos, o ya lo tenían y él únicamente desaprobaba el modo en que Kroll proponía hacerlo?

Pero la pregunta había sido demasiado directa y el hombre la ignoró y prosiguió a lo suyo:

—Así que empezó. Queríamos mantenernos a cierta distancia de él. Si el engranaje desbarraba, no queríamos vernos afectados por la onda expansiva. De modo que llegamos a un acuerdo con él y un buen día desapareció sin más. Fingimos nuestra conmoción, nuestra consternación. El director general se reunió con su enlace en el comité ejecutivo de la junta y le dio la mala noticia. Creamos una cacería ficticia que alargamos durante unos meses antes de dejar que poco a poco pasase a un segundo plano.

—Así pues, ¿su junta no conocía la historia real? —le pregunté.

Volvió a hacer una pausa y en esa ocasión deduje que estaba calibrando consigo mismo, asegurándose de no estar diciendo demasiado ni demasiado poco. Estaba basculando su equilibrio. Al tomar la decisión de tener esa conversación estaba caminando por una cuerda floja. La caída podía ser letal.

—No tuvimos contacto con él en seis meses —continuó, ignorando una vez más mi pregunta—. Tenía a la mujer en el punto de mira y esperamos para ver si sucedía tal y como él nos había asegurado.

No podía creer lo que me estaba diciendo, ni podía creer que me lo estuviese contando a mí. Se produjo una pausa y otra bocanada salió por la ventanilla del todoterreno.

—Luego Moretti contactó con un amigo suyo que trabaja para nosotros y nos enteramos de que alguien, usted, le estaba siguiendo la pista y conocía su vínculo con nosotros. No sabía, ni sé, quién es usted. No sabía, ni sé, por qué andaba tras él, pero tampoco importaba. Se había vuelto radioactivo para nosotros, una catástrofe a punto de desencadenarse. Le dije a mi gente que le cortasen el grifo.

Otra ambigüedad. ¿Qué había visto en la casa de Ryan Kroll la noche que le asesinaron?

Mientras ponía en orden mis pensamientos, debatiéndome por hallar una manera de conseguir una respuesta más directa por su parte, el arco luminoso de una colilla salió por la ventanilla del Land Rover para caer sobre la acera mojada.

—Eso es todo.

—Un segundo. Creo que no estaría de más que me explicase por qué ha querido tener esta conversación.

Otro titubeo.

—Limitémonos a seguir con el acuerdo de anonimato mutuo. Creo que nos resultará igual de conveniente a los dos.

La llamada se terminó ahí.

Me quedé un momento tratando de sacar algo en claro de lo que me acababa de contar aquel hombre. Era apabullante.

Debió de hacerle alguna señal a Moretti, porque en ese

momento Shen salió del café Roxanne, cruzó la calle y se montó en el Land Rover. Se encendieron las luces de posición y salió del estacionamiento para desaparecer colina abajo en las luces húmedas de la noche.

Recordé una críptica observación de Diane Arbus respecto a la naturaleza de una fotografía. Era «un secreto sobre un secreto. Cuanto más te cuenta, menos sabes».

Al final había más sombras que luces en lo que se había dicho, y todas ellas sugerían asociaciones inquietantes que no me veía capaz de discernir o entender. Llevaba en este trabajo demasiado tiempo para esperar conseguir siempre claridad de las sombras. Sabía que me había visto involucrado en algo mucho mayor que lo que de momento había salido a la superficie, y supuse que probablemente nunca llegaría a entender todo lo que había pasado durante esos cinco días que duró el caso Vera List.

Pero también sabía que el tiempo era el astuto guardián de la revelación. A veces las respuestas llegan cuando menos te las esperas, y a veces la mejor manera de disipar la oscuridad es simplemente ser paciente y esperar la luz.

Agradecimientos

Si bien un libro se concibe en soledad, su alumbramiento está en manos de diestros parteros sin los cuales nunca lograría sobrevivir. Me siento especialmente en deuda con tres personas que se comprometieron a cuidar estas páginas hasta traerlas al mundo.

David Gernert, mi agente, quien con su alquimia y su imaginación ha obrado milagros para mí, desde los remotos comienzos hasta hoy.

Steve Rubin, el director de la editorial Henry Holt and Company, un visionario de posibilidades, desde los remotos comienzos hasta hoy.

Ha sido una tremenda suerte haber vuelto con ellos al punto de partida.

Y por último a Lauren Culley, mi editora de mesa, cuya orientación, persistencia y comprensión perspicaz de mis páginas han sido inestimables.

Este libro utiliza el tipo Aldus, que toma su nombre
del vanguardista impresor del Renacimiento
italiano Aldus Manutius. Hermann Zapf
diseñó el tipo Aldus para la imprenta
Stempel en 1954, como una réplica
más ligera y elegante del
popular tipo
Palatino

***
**
*

Perturbado se acabó de imprimir
en un día de verano de 2011,
en los talleres gráficos de Egedsa
Roís de Corella, 12-16, nave 1
08250 Sabadell (Barcelona)

***
**
*